酒呑みの自己弁護

山口瞳

筑摩書房

目次

酒呑みの自己弁護

はじめての酒①

私の家は軍需成金だった。景気がいいということでは、大東亜戦争がはじまった昭和十六年頃が絶頂であったと思う。そのとき、私は、中学の三年生だった。

私の家の台所には、いつでも白鷹《はくたか》の樽《たる》が置かれていた。その頃の東京では「白」のつく酒が多く飲まれていたという記憶がある。白鹿、白雪など。

いつ頃から酒を飲むようになったか覚えていないが、その頃の私は樽酒の味を知っていた。樽酒に馴れると、瓶詰《びんづめ》は味が落ちるように思われてきた。樽のほうが味が濃いように思った。特に、樽の中身がだんだんに減っていって、最後の一杯というあたりになると、ドロドロとしてきて、非常に濃厚で、うまいと思った。早く減ってくればいいと思ったりした。

最後のほうの一杯もうまいけれど、樽の栓を抜いたばかりの最初の一杯もうまい。これは、酒にかぎらず、ウイスキーでもビールでも何でもそうである。最初の一杯がうまいし、もうこれでおしまいだという時の一杯がうまい。出あったときと、お別れのときがうまい。特に樽酒はそうであって、早く減ってくれればいいと思っていても、いざ別れるとなると辛い思いをする。あるいは、人生一般について、何事でもそういうものであるかもしれない。

いま、こう書いてきて、やはり、酒樽がいつでも台所に置いてある家というのは普通ではないように思う。戦前は樽酒がよく飲まれたが、それでも珍しい家であったに違いない。

中学生である私が樽酒で晩酌をやっていたのではない。酒を飲むことは許されていなかった。つまり、もっぱら盗み酒である。従って、私の酒は常に冷《ひ》やであった。樽の栓を抜き、コップで受ける。あたりを見廻して、すばやく飲む。

ところが、不思議なことに、酒に関するかぎり、盗んで飲んでも罪悪感がなかった。これは、どういう加減のものであろうか。戸棚をあけてボタ餅を盗んで食べるというのとは違っていた。ボタ餅のほうは、なにか、卑しい感じがする。私も、ツマミグイをするようなことはなかった。

一日にマンジュウを十箇喰わないと気がすまない人がいる。これも卑しい感じである。一日に酒を一升飲む人がいる。それでもって平然としていれば、これは豪快である。ジョン・ウエインやクラーク・ゲイブルの演ずる西部の男がバーボン・ウイスキーをストレートで呷《あお》って馬に乗って出てゆく。これは爽快《そうかい》である。

ジャック・パランスの殺し屋が、酒場の隅でブラック・コーヒーを飲む。ジョージ・

ラフトのギャングがミルクを飲む。これは陰惨で苛烈な感じがする。
このあたりが酒呑みの得である。
わが師吉野秀雄先生の歌に、
酒の慾を卑しとせねば大宮の酒を酔ふまでいただきつ我は

白鶴
絵も
最初の一枚は 口あたりのいいものである

というのがある。

酒の盗み飲みをやっているところを女中にみつかっても「あらあら、まあ、坊ちゃん」というぐらいで済んでしまった。これがマンジュウの数が足りなくなったり、センベイが減っていたりすれば女中の責任になる。

母にみつかっても、ひどく叱られるようなことはなかった。戦前の男は、それが子供であっても、大事にされ、男であるということだけで尊敬されるという気味あいがあった。

男が酒を飲んで何が悪いか。酒ぐらい飲めなくてどうするか。まあそういったものであったろう。

しかし、私の酒は、せいぜい、コップに一杯だった。世のなかにこんなにうまいものはないと思っていたけれど。

はじめての酒②

私が最初に酒を飲んだのは、小学生のときである。五年生か六年生のときだった。

私に酒を飲ませたのは、小学校の担任の教師だった。こういうところが、戦前と戦後とでは、ずいぶん違う。なんだか、西部劇で、老いたるカウボーイが「昔の西部はよかった」と呟《つぶや》いているような気分になるが、こういうことになると、本当に、昔はよかった。

いま、こんなことが行われたら、大変な騒ぎになるだろうし、ひょっとしたら新聞ダネにもなりかねない。

私の担任教師は、若くて、非常に優秀な教師だった。受持の生徒を、三人か四人ずつ交替で自分の下宿先に招き、勉強をさせながらそばで、ゆっくりと酒を飲んでいた。生徒が疲れてきて眠くなってくると、チョコで一杯か二杯の酒を飲ませて励ましたのである。

その酒を私はそれほどうまいとは思わなかった。もっとも、そのときにうまいと思ったら、それこそ大変なことになる。ただし、教師が、私を大人のように扱い、男として扱ってくれたのは気持がよかった。

私は、教育とは、生徒をヤルキニサセルことだと思っている。そのためなら、多少の乱暴は仕方のないことだし、いいことだと思っている。戦後の教師は、これは教師にかぎったことではないが、人間が小さくなってしまってきている。

*

台所に、酒樽のほかに、ウイスキーも置かれるようになった。それも、サントリーの角瓶の十二本入りの箱が置かれていた。このほうが、酒樽よりも豪華な感じがした。ウイスキーをケースで買うというのが豪華なのである。父が軍需景気で潤っていたからであった。

私は、戦前の私の家が軍需成金であったことを恥とするようなことはない。そのことに関しては割に平気であり、誰にでもそう言い、そう書いてきた。

日本のすべての産業がそうであった。軍の庇護《ひご》なしに成長した産業は無かった。これは実は、戦後においても同様だった。

戦後において、ナニナニ・ブームというのが何度も起るけれど、その最初のほうのブームに、カメラ・ブームがあった。なぜそうなったかというと、戦争中において、軍隊が、レンズの会社を庇護したからである。いうまでもなく、望遠鏡をつくらせるためであった。そのために、カメラ会社が、他にさきんじて復興したのである。

サントリーについても同じことが言える。ウイスキーを日本全国にひろめたのは、実に、日本の軍隊であった。

サントリーも軍の庇護を受けた。ウイスキーが軍隊に配給されるようになった。アルコール度数の強いウイスキーは酒よりも便利であった。それまで、ウイスキーの味を知

っている日本人の数は極めて少数であったといっていい。

「この良きもの」を知ったのは戦争のためでもあった。特に、戦地で、サントリーの角瓶を見ると、兵隊は狂喜し、奪いあいになったのである。香港《ホンコン》に凄《すご》くうまいウイスキーがあるので分捕ってきたというので、見ると、それはサントリーだったという話がある。

戦争が終り、復員が行われ、ウイスキーの味を知った日本人が全国に散らばっていったのである。戦後の洋酒ブームには、こういう下地があった。

これは歴史的な事実であって、恥とするような事柄ではない。

だいたい、こんなに酒が飲まれるようになったのは、戦時中の配給制度のためでもあった。配給されるのだから飲まなければ損だということになった。それではじめて酒を飲むようになった人は大勢いるはずである。煙草も同様だった。

はじめての酒③

台所に樽酒とウイスキーがあったけれど、私は、ウイスキーは飲まなかった。あれは、ちょっと、こわい感じがした。高価で貴重なものだと思っていた。

その頃、どういう関係でそうなったのか知らないけれど、新聞記者が何人か遊びに来ていた。私は『毎日新聞』で福湯豊という署名のある随筆を読むと懐かしい気がする。変った名なので覚えている。こちらは中学生なので、むこうのご記憶はないだろう。新聞記者は、私の家で麻雀《マージャン》をやっていた。

そのなかに蔵田さんがいた。蔵田さんは、いま、競馬評論家になっていて、そのほうの権威である。その頃は、やはり毎日新聞社に勤めていて、宮内庁を担当していた。

蔵田さんは麻雀がうまく、強かった。私の知っている範囲では、一番強いように思う。私はうしろで見ていて惚《ほ》れ惚《ぼ》れとしていた。蔵田さんは、酒もよく飲んだ。何か破れかぶれみたいなところがあって、それが一種いさぎよい感じでもあった。蔵田さんは私の博才を評価していて、私が小説を書くようになったのを驚いていた。「バクチの才能があるのは知っていたけれど」と言われた。

競馬場で蔵田さんに会うと、いまや悠然としていて『人生劇場』の吉良常《きらつね》を見る思いがする。競馬で儲《もう》けようと思っちゃいけない、お遊びなんだからと言われる。

昔の蔵田さんは飛車角か宮川であって、鋭い気合いがあった。こっちは青成瓢吉《ひょうきち》かな。どうもあまり冴《さ》えた『人生劇場』ではない。その蔵田さんが、空襲になると、まっさきに防空壕へ飛びこむ。それはいいのだけれど、いつでも一升瓶を持って逃げた。

空襲のときに酒を持って逃げるというのは、私の感覚からすると、奇妙だった。変った人だなと思った。いま考えると、蔵田さんは酒と心中しようと思ったのではなく、恐怖感でそうなったのだと思われるけれど、当時の私としては、それも小気味のいいことに思われた。

麻雀で遅くなると、蔵田さんは私の部屋に泊った。

ある朝、蔵田さんは、布団のなかで煙草を吸っていた。隣の布団にいる私を見て言った。

「あれッ？　朝起きて、きみは煙草を吸わないの。……そりゃあ、体に毒だぜ」

私は、すでに煙草も吸っていた。

蔵田さんは、酒のことに関しても、煙草のことでも、世間一般の常識とは逆のことをして、逆のことを言った。

それは私にショックをあたえた。大袈裟《おおげさ》に言えば、私の人生観を変えてしまった。

朝、目がさめてすぐに煙草を吸うと実にうまい。それを我慢して吸わないでいるのは健康に悪いということになるのだろうか。私は蔵田さんの言葉はよくわからなかったのであるけれど、そこに何かがあるような気がした。

戦時中である。快楽を我慢するのはよくないという言い方は、私にとって新鮮だった。

＊

私が最初にウイスキーを飲んだのは、中学四年の時だったと思う。私と兄とが父に連れられて柏崎《かしわざき》へ行った。柏崎の旅館に着いたとき、私は腹が減っていた。食事が運ばれるのが遅いので、ウイスキーを飲んだ。なにか、口にも腹にもゴツンと突き当るような感じで、たちまち天《てん》井《じょう》に引きあげられるような快美感を味わった。

こりゃあうまいやと思い、三杯か四杯飲んだ。

気がついたとき、私は横になっていた。目をつぶっていても、部屋がグルグル廻っていた。快楽を我慢するのはよくないといったって、むさぼり過ぎると、こういう報酬があるんだなと思った。

グルグル廻る部屋は、その後も何度も経験した。大人になるということも大変だなと思った。

甲府の葡萄酒

昭和二十年の七月のはじめに、私は、甲府の連隊に入隊した。当時の年齢の数え方でいえば二十歳、いまでいえば十八歳である。

入隊してすぐに甲府の中心地を焼きつくす大空襲に出会った。

空襲のあとには、不思議な解放感があるものである。守るべきものは、もう何もないといった感じになる。肩の重荷がおりたようで、実際に体が軽くなり、スッキリとする。解放感と虚脱感であろうか。

そういう感じは、軍隊のなかだけでなく、町のなかにもあった。甲府は温泉の町である。市中に湯が湧《わ》き出る。湯村温泉なんかがそれである。

温泉であるということは、空襲で浴場が焼け落ちてしまっても入湯できるということである。つまり野天風呂である。そこに簡単な囲いをして温泉にはいる。空襲で埃《ほこり》や灰をかぶっているから、誰だって風呂を浴びたいという気持になる。

私が兵隊で使役に出ていて、ちょっとした岡の上にいたり、あるいは線路上で作業していたりすると、こういった温泉のなかがまる見えになる。

私は、こんなふうに、公然と、多数の裸女をいっぺんに見るのは初めてのことだった。こちらから見えているのがわかっていて割に平気でいるというのは、やはり、解放感であり虚脱感であり、戦争であったと思う。恥ずかしいなんて言っていられない。食糧のほうもそうであって、空襲のあとは罐詰《かんづめ》類が豊富に配給された。ラベルに焼け焦げのあるサケ罐などがあった。

町に使役に出ると葡萄酒を飲ませてくれる家があった。私の記憶では葡萄酒は瓶《かめ》にはいっていた。

もちろん私はそれを飲んだけれど、班長にひどく叱られた。私は入営以前から下痢《げり》が続いていて、彼がそれを知っていたからである。

甲府に関しては、いい思い出といったものが残っていない。軍隊、空襲、暑い夏ということであれば、それは当然である。

私は甲府について偏見をいだくようになった。盆地であって夏は暑く冬は寒い。盆地の人間は、こすっからい。土地が狭い。葡萄以外、何もないところである。温泉はぬるい。

＊

私は中学四年のとき松本高校の受験に失敗していた。だから、中央線に乗って甲府を過ぎ松本へ行くということでさえ厭《いや》な気がしていた。

サントリーは山梨に東洋一という大葡萄園を持っている。私はそこを退社した人間であるが、在籍中に、その葡萄園を訪れたことはなかった。そういう廻《めぐ》りあわせになったに過ぎないが、私のなかに拒否するものがあった。

三年前の初秋の頃、私は何か、やみくもに労働したい、額に汗したいと思い、そこへ

行って葡萄切りの仕事をやらせてもらった。

作業のあと、葡萄園で飲んだ葡萄酒のうまさを忘れることができない。パンもうまい。そこは富士に直面していた。決して狭い土地ではなく、大きな眺めであった。葡萄園のあるあたりは避暑地にもなると思われるくらいに爽快な風が吹いていた。

後に、青柳《あおやぎ》出身の将棋の米長邦雄八段と親しくなった。こすっからいどころか、高原に吹く風のような、さっぱりとした青年である。

そのときから湯村温泉を愛好するようになった。その湯は私の体にあうように思われる。何度も出かけた。

私は、一杯の葡萄酒が私の偏見を払拭《ふっしょく》してしまったような気がしている。

飯盒《はんごう》の酒

甲府の連隊で空襲に遇ったとき、何人かの兵隊が死んだ。それを、やはり、戦死者と呼んでいた。

移動部隊があって、そこでも二名の戦死者が出た。私は、その補充に当てられた。あろうことか、その戦死者の衣服がそのまま私の衣服としてあてがわれた。靴下などは、洗ってあっても、まだ血がこびりついていた。こんな軍隊が戦争に勝てるわけがない。長いことかかって姫路へ到着した。私は他の兵隊の目をぬすんで友人達に手紙を書き、駅にいた民間人に投函《とうかん》を托《たく》した。電話の普及がいまのようではない時代の手紙というのは、なかなか味のあるものである。私の手紙には、目の前の兵隊が豚のように眠っているという文句があったはずである。そんな手紙が見つかったら大変なことになる。この「豚のように」は、いくらか私の愛情もこもっているのであるが、こんなことの通ずる場所ではない。書かでものことだった。私はデスペレートしていて、どうともなれと思っていた。

姫路から姫新《きしん》線に乗って米子《よなご》のほうにむかった。私たちは中国地方の山のなかの米子寄りの小駅に降ろされた。宿舎は、机や椅子の片づけられた小学校の教室だった。

夏だったから、まだしもよかったのかもしれない。板の間に毛布一枚でも寒くはない。

兵舎ではなくて小学校であると何か野戦に出ているような気がするのは不思議なものである。

軍隊には演芸会と称するものがある。多くは歌を歌わせられるのである。浅草のミルクホールの経営者であるという男は、しゃれた小話なんかをやる。分隊長は「誰か故郷を想わざる」という歌が好きであって、誰かに歌わせて、しみじみとした声で、ああいいなあと言うのが常だった。

もうひとつの娯楽は、民家へ遊びに行くことだった。風呂にいれてもらい、煎《い》った大豆をご馳走になったりする。

私が行ったのは農家であって、主人が出征中の若い妻がいた。もの静かな、いい人だった。子供は、赤ん坊が一人である。赤ん坊は寝てばかりいた。

「よく寝ますね」

と言うと、

「ええ、昼間は寝ていて夜なかは起きているんです。親孝行で困ります」

と言って、その人は笑った。

戦争が終って、また姫新線で帰るときに、その人は浴衣を着て赤ん坊を抱いて駅まで送りにきてくれた。

軍隊では軍旗祭というものもあった。芸人が小屋掛けの舞台で何かやったようだけれど、はっきりした記憶がない。上等な水蜜《すいみつ》が出た。それから小量の酒が配給になった。どの程度の量であるかというと、飯盒には中盒《なかごう》というお菜《かず》をいれる薄い皿のようなも

のがついているが、その中盒に酒がはいっていて、少しでもかたむけると、すぐに一方の高くなったほうが陸になって底があらわれるという分量だった。

あれはたしかに酒であって、わずかに酒の匂いがしていたが、私は、どうしても、酒ではない何か別の飲みものであったような気がしてならない。

酔って暴れた上等兵なんかがいたから、階級によって出される量が違っていたのだろう。

戦争はよくない。そんなことになったら困る。しかし、一応は、その考えを捨てたうえで、私にひとつの提案がある。

最下級の兵隊が年に一度の軍旗祭で酒が飲めないというような情況になったら、そのあたりで戦争をやめて降服したらどうかということである。私はシラフで戦争するのは厭なのだ。

暗がりの酒

軍隊にはいる前は、早稲田《わせだ》の第一高等学院の学生だった。私はそこをズルズルと休み続けて、結局は中途退学してしまったのであるけれど、学校といったって学校教練のほうが次第に主になっていって、日曜日でも麻布《あざぶ》三連隊につれていかれて、一日入隊で教練をやらされたのである。

学生の大半は教練のほうの研究会に強制的に入会させられて、学校だか軍隊だかわからないようになっていた。私は歩兵砲研究会というのにいれられていた。この歩兵砲の運搬というのが、まことに重くて、うんざりしてしまった。

私は、話が違うと思った。そのくらいなら予科練へでも行ったほうがマシだ。「学の独立」などはなかった。だから、私は休み続けたのであるけれど、これは怠け続けたのでもなく、サボッタのでもないと思う。私は早稲田大学に入学したのであって、歩兵砲の研究に行ったのではなかったのだから。

＊

そのほかに、援農ということもあった。農繁期に、農家の手助けに行くのである。

昭和十九年の七月に、群馬県の太田《おおた》のちかくにある村へ行かされた。いま毎日新聞の論説委員をやっている上田健一さんと二人が同じ農家に泊ることになった。

農村には若い男がまるでいなかった。私たちに割りあてられた農家には何人かの娘がいて、長女は齢頃《としごろ》の娘で色の白い無口な人だった。いつも頬かぶりをしているので、余計におとなしい感じになる。私たちが何かを言っても、うっすらと笑うだけである。

しかし彼女は働き者である。午前四時には起きていたのではないか。それは農村では普通のことであろうけれど、私は農家の生活というものを知った。とにかく働きづめに働く。

私たちのほうは、かなりいい加減に仕事をする。それでも感謝された。牛に車をひかせ、それに乗って利根《とね》川べりの遠い畠へ行って雑草を刈《か》ったりする。それは牧歌的といってもいいような、そのころの私たちには珍しいノンビリとした体験だった。

私たちは感謝され、優遇され、それに、モテタような気分があった。都会の学士様の扱いだった。

そのうちに、その農家ではない近くにあった別の農家の人たちの私を見る目つきが何か違っているように思われてきた。その人たちは私を見ると、何かを話しあったりするし、顔を赤くするような気配もあった。

だんだんに、その家の長男だか次男で、戦地へ行っている息子に私がよく似ているのだということがわかってきた。

私は、それまでにも、たびたび同じようなことを経験していた。すると、私の顔は、日本人にはザラにある顔ということになろうか。

七夕《たなばた》になった。

どこの家でもアンコロモチをつくった。風呂にはいり、アンコロモチを食べていると、私のことを話題にしている農家の人が呼びにきた。そっちの家へも来てくれという。

そこで、お座敷のかかった芸者のような気持で、その人のあとについていった。農村の夜の道は、まっくらである。

その農家の縁側に腰かけていると、遠まきに、庭や、家のなかから何人かの人が私をうかがっている気配があった。暗いので、よくわからない。

そこでもアンコロモチが出た。それから、無言で、誰かが茶碗の酒を置いていった。

私はノドを鳴らして飲んだ。

「飲みかたまでソックリだ。ああ、よく似ている」

という声がした。それが母親であったらしい。涙声になっていた。

空襲の翌朝

私の家が戦災で焼けたのは昭和二十年五月二十五日だった。五月二十三日にも空襲があり、家のすぐ近くまで焼けたので、これは、ことによると焼け残るかと思ったけれど、やはり駄目だった。オメコボシにあずかることは出来なかった。米軍の空襲計画は、きわめて綿密であると感心したりした。

そのころ、私たちは、麻布《あざぶ》の高台に住んでいた。新興成金が旧ブルジョワを席捲《せっけん》したともいえるし、富豪連は疎開を完了していたのだともいえる。焼夷弾《しょういだん》が降りそそいで、軒に当り、庭に落ち、隣家が燃えあがって、これはもういけないというときに、私は何をしたか。

煙草を一服やろうと思ったのである。ところが、マッチがない。燃えさかる火を前にして、煙草の火がつけられないということは皮肉であった。そこで煙草をあきらめた。こういう際に煙草を吸うということはキザである。次に何をしたか。レコードをかけたのである。曲は「シェラザード」だった。これは大いなるキザである。停電になっていなくて、電気蓄音機は廻りだした。音量をいっぱいにあげた。焼け落ちる寸前まで、

「シェラザード」を鳴りひびかせるという考えである。

逃げなければならぬ。何を持って逃げるか。

客間に桐の箱にはいった立派な将棋盤と駒があった。それが焼失するのは惜しい。その頃も私は将棋好きであった。しかし、将棋盤は重すぎた。

ウイスキーを持って行こうと思った。台所へ行って、一本のサントリーの角瓶を摑《つか》んだとき、待てよ、と思った。ウイスキーは、池のなかに沈めておけば助かるのではないか。

私は火急の際にそれだけのことを考え、実行したのであった。案外に落ちついていたと思われるかもしれないが、そうではない。私が実際に持って逃げたのは一箇の柄杓《ひしゃく》であった。これが、どうも、わけがわからない。

＊

有栖《ありす》川《がわ》公園で短い一夜が明けた。

家は完全に焼けおちていた。焼けあとに、高く盛りあがった灰がある。それがレコードだった。重ねてあると燃えにくいものなのかもしれない。

家も工場も焼け、私たちは軍需成金から一挙に乞食《こじき》のようになった。

斜めむかいに、弁護士の小林俊三さん一家が住んでおられた。小林さんは後に最高裁判所の判事になられた方で、八十歳を越したいまでもお元気である。

私はウイスキーのことを思いだし、池から取って、小林さんの所へ持っていった。
小林さんは非常に喜ばれた。小林さんも、配給制度によって酒と煙草を覚えられた方である。
小林さんは、ウイスキーをラッパ飲みにされようとした。次の瞬間に、飲んだものを吐きだされた。

「これは、だめだァ……」

私も飲んでみた。ウイスキーは、完全に、池の水といれかわっていて、生臭い味がした。そういえば、池の水はあたたかくなっていて、金魚は死んでいた。

その金魚を私は面白半分で焼いて食べてみた。これも喰えたものではなかった。

この空襲で、隣の製薬会社の社長の家では、一家全員が防空壕のなかで夜を明かし、奇蹟《きせき》的に助かったのだった。

私は空襲の話になると、隣家のことと金魚とウイスキーを思いだす。

そのウイスキーの会社に後年入社することになるとは、そのときは全く思ってもみないことだった。

お流れ頂戴

私は大酒呑みであると言われることがある。はたしてそうであろうか。

十二、三年前、銀座で毎晩のように大酒を飲んでいた。あの時分は、遇うといつでもベロベロだったと言われる。三年ほど前、糖尿病で禁酒を申しわたされましたと某大酒家の先生に報告すると、先生は、そうだね、もういいだろう、あれだけ飲んだんだからと言われた。私は、そんなものかなと首をひねった。

私は、自分では大酒呑みではないと思っている。たいしたことはない。

＊

米沢市に講演に招かれたことがあった。どうやら、その地方に殿様みたいな人がいて、一族郎党の集まる日であったらしく、私の講演は余興みたいなものであった。

終って大広間で宴会になった。私は講師であるから上座に坐らせられた。見渡したところ、禿頭《はげあたま》の爺様ばかりである。酒は二合瓶の「東光」であったと思う。ところが、このジイサン連中の飲むこと飲むこと。それでもって席はいささかも乱れない。

例によって、献酬がはじまる。

「お流れをいただきます」

ピタリと前に坐って動かない。ご老人だから、厭とは言いにくい。しかし、なにしろ、多勢に無勢である。私は、のびてしまった。

以後、自分のことを大酒家などと言ってはならぬと心にきめた。
＊

文藝春秋の営業局長の向坊《むかいぼう》寿さんにその話をした。

「そうでしょう……」

と、向坊さんが言った。

向坊さんも東北地方で同じような経験をされたそうだ。

そこで、一計を案じた。営業局長としては、私よりもずっとそういう機会にめぐりあうことが多いはずである。しかも、ぶっ倒れるわけにはいかない。

向坊さんの考えたのは、まず、ウイスキーをストレートでタンブラーにいっぱいに注いで目の前に置く。それを、ゆっくりゆっくりと飲む。ウイスキー以外は飲まないと言うのだそうだ。

これは名案だと思った。

「それでどうなりました」

「それで……？」

意外にも向坊さんは渋い顔をした。

東北地方で宴会があり、はたして、一人の老人が向坊さんの前に進みでて、

「お流れを頂戴します」

と言ったそうである。

向坊さんは、考えてきた通りのことを言った。

すると、老人は目をパチパチとやって、すこしのあいだ考えていたそうだ。

やがて、向坊さんのタンブラーを取りあげて、ひといきで飲みほしてしまって、変らぬ声で、

「お流れをいただきたいのですが」

と言われたというのである。

こうなると、こんどは向坊さんがウイスキーを一息で飲みほさなくてはならない。老人は、むろん、もう一杯飲むつもりでいる。

私が、自分のことを大酒呑みだとは思わず、人に大酒家だのと言わないわけがこれでわかっていただけると思うのであるが。

お燗番《かんばん》

私が小学校の五年生か六年生であった頃、新橋の待合で、お燗番を務めたことがある。そろそろ父が軍需景気の波に乗りかかってきた時だった。戦災で焼けてしまったが、新橋の半玉《はんぎょく》を総あげにした写真なんかがあった。半玉が三列か四列にならんで、その中央に父のいる記念写真だった。

父は西八丁目寄りの「花香」という待合を贔屓《ひいき》にしていた。花香というのは、斬られお富の十六代目の孫と言われた人で（このへんは、にわかには信じがたいが）、往年の名妓である。去年、九十何歳かで亡くなられた。

新橋だか築地だかの内儀《おかみ》で、戦後になって、千円札の伊藤博文を見て、まあ、おなつかしいと言った人がいたそうであるが、花香さんもそういう人であって、当時の芸者は高位高官とツキアイがあり、耳学問できたえられているから、話をしても面白かった。

＊

私が待合へ行ったのは、父が仕事の客をしていて、そこへ何かの品を届けに行くといった用事ができたためだと思われる。麻布から新橋というのは、近いといえば近い。

父は、もうすぐ帰るから待っておれという。私を座敷へ通すわけにはいかない。そこで、階下の台所の隣の、長火鉢のある三畳ぐらいの部屋で待っていた。そこは、お座敷のかかった芸者の通り道でもあった。

「こんばんは……」

芸者が裾風を吹かせて通り抜けて行く。待合というのも、なかなか忙しいものであることがわかった。

ちいさい樽《たる》にナマコがはいっている。これがツキダシとなるようだ。つまんでみると、やわらかくて、シコシコしていて、うまい。

目の前の長火鉢の銅壺《どうこ》の酒がふきこぼれそうになる。そこで、アッチッチで取りだして、盆のうえにのせる。そんなことがあって、こんどは、人肌で取りだすようになる。

待合の内儀も芸者も、まあ、坊ちゃん、もったいない、なんてことは言わないものである。彼女等には、なんでも面白がってしまう精神が身についてしまっている。

「ああ、よしよし、何事も修行をすればうまくなる」

そんなことを言って盆を持ってゆく。こっちは、権利として、悠々とナマコをつまむ。かくして、まことに信じ難いことであるが、小学生の私は遊蕩《ゆうとう》の気分を味わっていたのだった。私は楽しかったのである。会社員になってから、どんなに立派な料亭や待合へ行っても気遅れがしなかったのは、こういう経験があったからだと思っている。

中学生になってからは、父はあまり私を待合へ呼ぶようなことはしなくなった。それに、戦争が激しくなってからは、芸者遊びも、すたれていったようだ。

あれは、いわば、子供の特権であったと思う。

＊

戦後になってからも、私は、たびたび花香さんと会うことがあった。当時の芸者にも会った。

しかし、何か、感じが違っていた。落魄《らくはく》というのとも違う。花香さんは、芸人を可愛がったりしていて、依然として元気だった。商売のほうは旧《もと》に戻らなかったけれど……。

梅の客戦《いく》さをへだててまた会いぬ

という久米正雄（三汀）の句がある。これは懐かしさだろう。その懐かしさともちょっと違う。なんだかわからない。

十八歳の私は、むこうから来る女を避けて通るモトの旦那の気分はこんなものかと思ったりした。

酒亭たにし

まだ終戦直後といっていい時代に、早稲田大学から目白の日本女子大学にむかって急な坂を登りつめたあたりに「たにし」というオデン屋があった。あのへんを高田豊川町というのだろうか。いまでいえば、田中角栄さんの豪邸のならびである。

この「たにし」はまだ営業中であるという話をきいた。実際はどうなっているのか、私は知らない。その近くに私の勤務する出版社があり、間借りしている家もあった。そこへ高橋義孝先生と酒を飲みに行ったことがあり、池島信平さんに会うこともあった。高橋先生も池島さんも、お住まいは目白である。

池島さんは懐かしそうにその頃の話をされる。池島さんは「たにし亭」と言われる。私の記憶は、単に「たにし」なのであるが。

「たにし」は屋台店を大きくしたような程度の店であり、バラックのような造りだった。そこに、色の浅黒い美人で若い内儀《おかみ》さんがいた。無口であるけれど感じのいい人だった。百円あれば充分に飲めた。二百円あれば威張ったものである。

私は会社で仕事をしていて、今日は、ツミレとダイコンにしようか、それとも、ツミレをやめてバクダンにしようか、フクロにしようかと策戦を練ったものである。メモ用紙に、ひそかに計算したり、財布のなかを確かめたりした。

＊

「たにし」へ行くと、必ず、奥の席に四十歳ぐらいの男がいた。その人は、焼酎《しょうちゅう》を二杯か三杯飲む。時によると四杯飲む。オデンはあまり食べない。

私はその人が英雄に見えた。ひどく羨《うらや》ましく思われた。なんという酒の強い男かと思った。乱れることがない。また、なんという大金持ちかとも思った。

私が「たにし」に行くとしても、三日に一度という程度である。それ以上は経済的に許されない。私から見ると、その人は、ロックフェラーだった。そうでなければ、酒のために家庭をかえりみない人だった。当時の私からすると、そのことも英雄だった。飲んでいるときに悠然としていて余裕があった。

とにかく、私は、毎日、焼酎が二杯か三杯は飲める身分になりたいものだと願っていた。

その人に出会い、その人が店を出てゆくときに、私は、森鷗外流に書けば「目迎えてこれを送ることを禁じ得ない」といった有様だった。

あるとき、私は、その人に、よくお飲みになりますね、と言った。

「ショッチュウ（焼酎）です」

と、彼は答えた。

別のときに、いまに誰かに表彰されるんじゃないでしょうかと言った。

すると、その人は、落ちついた声で言った。

「ノーメル賞です」

それ以外のことを言わなかった。そのことでも、私は彼を尊敬せずにはいられなかった。

私は、そういう静かで寡黙な酒呑みになりたいと思っていた。毎晩のように焼酎が飲める身分になりたいと思った。そのくらい飲んでも悠々としていられるほどに酒に強くなりたいと思った。

いま考えると、私がそう思っていたということが実に不思議である。私は、どうも惚《ほ》れっぽい男であるようだ。

その頃、私は、うっくつしていた。酔っぱらって「たにし」の裏に出て、崖《がけ》の上から早稲田大学方面にむかって小便をした。時に、バカヤローと叫んだ。時には、いま食べたものをそっくり吐いてしまった。どのときでも、内儀さんは、見て見ぬふりをしていた。

最後の高見順さん

私が、酒場で飲んでいる高見順さんを最後に見たのは、銀座の「エスポアール」という店でだった。その直後に、高見さんにガンの疑いが生じ、検査が行われ、入院ということになった。

高見さんの壮行会（実際にそう名づけられた）が行われたのも同じ店であるが、私は行かなかった。誰もが即日帰郷を願ったことであろう。

＊

そのとき、私が「エスポアール」の一階に入ってゆくと、左の角のところに高見さんがいた。「エスポアール」という店は、一階と二階の入口が別になっていて、二階は若手作家などが多く、一階は会社の重役クラスが多い。私は、わざと一階へ行くという妙な性癖があった。若いときからそうであって、生意気だと言われるのはそのためである。生意気だと言われるのを好むようなところがある。

高見さんは、黒っぽいカスリの着物を着ていて、下駄をぬいでいて、素足で、ソファの上に坐るでもなく寝るでもなくという中途半端な姿でいた。横坐りで手枕という姿勢だろうか。その恰好は、色っぽいといえばそうとも言えるし、しどけないとも言える。まるで、自分の家の居間で、ぼんやりと休息しているように見えた。

他に客はいなくて、私は席についてから、高見さんに黙礼した。高見さんは、オッという顔になり、目だけで応答した。それだけで、おしまいだった。それがまた何とも色っぽいし、粋《いき》である。お前のような若僧の来るところではないと言うような野暮な人ではない。

高見さんと私とは東京の同じ小学校の出身だった。また高見さんは私の大学の教師でもあった。

私は、そのとき、高見さんにひとつのことを教えてもらったように思った。それは、銀座の高級酒場へ行ったときは、こんなふうにして飲めばいいということだった。高見さんは、浅草のお好み焼き屋にいるときと同じ姿勢だった。峠《とうげ》の茶屋にいるときと同じだった。

これでいこう！　と思った。

ということは、私は、その頃はまだまだ構えているところがあって、高級酒場の扉を押すときに、我軍ハ戦闘状態ニ入レリとするような心持があった。

その後は、私は、手拭とセッケンを持って銭湯へ行くのと同じ心境になることが出来るようになった。すくなくとも、心構えとしては、それである。知り合いに会ったら、オッという顔をすればいい。フリチンで挨拶をする馬鹿もいない。
混みあっていれば、ああ混んでいますね、おっと、あんまり湯を飛ばさないように、
まあまあ譲りあって、おやおや立派なイレズミですね、といった具合にやればいい。

＊

高見さんは若い頃は浅草を愛された。戦後は銀座だった。高見さんにとって、浅草も銀座も同じだった。それは同じく東京のダウン・タウンである。

それが高見さんの一面である。高見さんには、もうひとつの面がある。それは、高見さんが一高東大の出身であって、友人に政府の高位高官、あるいは財界の著名人が多いということである。それは、高見さんが、昔、共産党員であったことで、案外に見逃されている面である。高見さんは、政財界の人と話をしていてもよく似あうし、大学の教室にいてもピッタリする。さらに、近代文学館の館長も適任であった。エリートであって、もう一方で、高見さんは、私生児であり、浅草を愛し、馬肉を愛し、女給を愛し、流しのバンドを愛していた。

それが、あの、何か遣瀬《やるせ》ないような姿勢となってあらわれている。もっとも、真似をしようと思っても、長身で美男子でなければ恰好のつかないことではあるのだが。

天に昇る電車

ただ単に酔えばいいという時代があった。酒もなかったし、金もなかった。

私は、カストリ焼酎を飲み、バクダンを飲んだ。カストリとバクダンの差はわからないのだけれど、バクダンのほうが即席で造れる密造焼酎だったと解釈している。

神田に「ランボー」という喫茶店があった。いや、いまでも、別の場所にある。コーヒーのうまい店である。「ランボー」では、カストリ焼酎は薬罐《やかん》で出てくる。軍隊にあったような厚手の白い茶碗に注いで飲む。もちろん、警察の目を逃れる手立てだった。

私は、そこで、平野謙、武田泰淳、梅崎春生、椎名《しいな》麟三《りんぞう》といった人たちの顔を見た。渡辺一夫先生も来た。すなわち「ランボー」は、『近代文学』および東大仏文研究室の巣窟《そうくつ》だった。

渡辺一夫先生が、はたして共産党に入党するや否や、中野重治の説得やいかに、熟柿《じゅくし》となって落ちるかどうかについて、私など手に汗にぎって見守っていた。

＊

カストリ焼酎に唐辛子《とうがらし》をいれるとよくきくと言う人がいた。目薬を一滴か二滴たらすと凄《すご》いと言う人もいた。焼酎を飲んで、鼻をつまんで百メートルばかり全力疾走するといいという説もあった。私はそれを実行したことがない。

バクダンというのは、うまくもなんともない。酔って気分が悪くなるというだけの飲みものである。あれを飲むという神経は、自分のことながら、いまでも理解に苦しむ。

それでも、卑しいもので、

アサヅケがうまいからといって行く店は、バクダンとアサヅケだけしかないのである。白駅のそばの屋台店に出かけたりした。小さい茶碗に一杯ならなんとか耐えられるが、二杯飲むと必ず嘔吐《おうと》した。それでも、一杯でやめられなくて、いつでも二杯頼む。飲みおわって店をはなれるときに、もうフラフラになっていた。

そういう店でよく喧嘩《けんか》した。

夏に銀座で飲むときは、浴衣で下駄ばきである。大酒を飲むと、私は風邪をひいたような感じになる。頭は熱っぽく、全体に寒気がしている。

銀座で飲んでいて、外国製の自動車が駐車しているのを見ると、自動車の横っ腹を下駄で蹴《け》るのである。そうすると、少し、へこむ。運転手に追いかけられて、何度逃げたことか。私は銀座の裏通りの細い路地に精通していたから、つかまることはなかった。

当時の私の感覚からすると、外車に乗っている人間は悪い奴であり、悪いことをしている人間だった。そういうと正義派のように思われるかもしれないが、実際は、金持ちや羽振りのいい奴が憎くてたまらなかったのである。

＊

バクダンを二杯飲んで電車に乗ると、その電車は空にむかって飛んで行くとしか思われなかった。どんどん昇ってゆく。そんなはずはないと思いながら、体は動かない。

こういう人情は必要だが
「勝手に飲んで、勝手に吐いている
他人の介抱をする」人情は
もたなくても恥ではない。
――拒酒党語録より
YAMA Fuji '72

そうして、吐《は》いてしまう。

その頃は、たいてい、誰かが介抱してくれた。車内に散らばっている新聞紙を集めてきて、この上にお吐きなさいと言ってくれたりする。電話はありますか、おたくへ電話をかけておきましょうかと言ってくれたりする。

いまは、こういう酔っぱらいはすくなくなった。しかし、酔っぱらいを親切に介抱する人がいるだろうか。おそらく、マユをひそめ、そっぽを向くだけだろう。当人が悪いのだから仕方がない。

しかし、みんな貧乏だったけれど、あの頃のほうが、人情は豊富だったような気がする。貧乏だから、おたがいに身につまされ、助けあって生きていたのだろう。

酒場の勘定

酒場だけに限ったことではないけれど、料理屋にしても、自動車代にしても、奢《おご》ったり奢られたりという関係は、とかく一方に片寄りがちなものである。

Aという人は、いつでも奢ってくれる。Bという人に対しては、いつでもこっちが勘定を持つようになる。

これは必ずしも収入とは関係がない。Cという人が、むかし私の勤めていた会社の上司であったとする。私が部下であったとき、Cは身銭《みぜに》でもって私に奢ってくれた。そのCと町で会って飲みにゆくとする。かりに私のほうが羽振りがよかったとしても、こっちで払うとは言いにくいものである。また、それがエチケットでもある。

*

私と梶山季之さんとの関係もそうであって、私が奢られる側である。

私がはじめて梶山さんに会ったのは、新橋の「トントン」という酒場であって、梶山さんが出世作である『黒の試走車』を書く以前であった。その頃は、知る人ぞ知るトップ屋の雄であり、梶季彦という名でルポルタージュを書いたりしていたが、世間的には無名であった。

私は梶山さんの飲みっぷりに惚れてしまった。なんともすがすがしい男であると思った。どうやら向うも私のことを見ていたらしい。私の書いたものが直木賞の候補作になったとき、終始一貫、応援し励まし、ジャーナリストにむかって、あれはいいものだと吹聴してくれたのが梶山さんである。受賞となったときに、文壇の仲間でもっとも喜んでくれたのも彼である。梶山さんは銀座で女房に洋服を買ってくれたりした。

梶山さんの『李朝残影《りちょうざんえい》』が同じ賞の候補になり、選考委員会が開かれた日に、彼は神楽坂《かぐらざか》の「伊勢藤」という呑み屋で一人で酒を飲んでいた。銀座の酒場にいて、文藝春秋社の担当者からの連絡を待ち、それを梶山さんに知らせるというのが私の役目だった。私の時のことがあり、彼の作品に私は自信を持っていたから、その夜は底抜けに飲むつもりでいた。勘定を払わせてもらうつもりで金の用意をしていた。

私は、結果を聞き、「伊勢藤」へ行った。私は、自分の生涯で、あんなにマズイ酒を飲んだのは初めてであるし、今後も絶対にそういう機会は訪れないだろうと確信している。

＊

梶山さんは私より三歳わかい。それでいて、奢られる側になってしまった。そういう気風《きっぷ》の男であるし、酒場の支払いが一カ月に八十万円とか百万円という男であるから、その勘定をこっちで持つのは不可能である。申しわけないと思いながら、ついつい、そういうことになってしまう。

＊

私が糖尿病を宣告され、禁酒を申しわたされたとき、もっとも悲しんだのも梶山さん

であった。

その梶山さんが喀血《かっけつ》し、入院した。

先日、池島信平さんと話をしているときに、池島さんが高血圧症で禁酒を命ぜられ、酒場でオレンジジュースかなんか飲んでいると、世の中がカラーテレビから白黒テレビに変ったように思ったと言われた。

「じゃあ、梶山さんはどうでしょうか」

と、私は言った。梶山さんはラジオになっちゃったんじゃないでしょうかと、重ねて言った。

池島さんは、しばらく考えてから、沈痛な顔つきで、ラジオだラジオだ、それも鉱石ラジオだと言われた。

梶山さんの病院からの私宛《あて》の手紙に、

「病院生活も、そろそろ一カ月ともなると、鼻について来て、毎晩、酒を飲む夢ばかりです」

という一節があった。

私の先生

私には先生が大勢いるが、実際に先生と呼び先生と書くのは、吉野秀雄先生と高橋義孝先生の二人だけである。

その他にも先生と書く場合があるけれど、心持としてはずいぶん違ったものになっている。

吉野先生は歌人であり、高橋先生はドイツ文学者である。私は小説家を師にもとうとは思わない。鷗外だろうが漱石だろうが、私は末輩の末の末に連なる者ではあっても、弟子ではないし弟子であろうとは思わない。あらっぽく言えば、同志であり敵である。

そうかといって、私は歌をつくらないし、ドイツ文学に関しては全く無知識である。そのへんになると、わけがわからないけれど、まあ、人間に惚れているということにしておこうか。初めて会ったときに、マイッタという感じになり、それが四分の一世紀も続いているということになる。

＊

お二人に共通している点は、大酒豪ということである。これは動かしようのない事実である。しかも、最後の最後まで飲む。すなわち、斃《たお》レテノチ止《や》ムという酒である。こういう人に若年のときに会い、惚れてしまったのだから、私の酒がこうなってしまうのも無理はない。

私の先生は、なにか、こう、人生全般の先生であると同時に、酒の先生である。私が学んだとすれば、酒を通じての何かである。まことにもったいない話であるけれど、こちらに受けいれる素地（学問）が無いのだから仕方がない。

＊

私が吉野秀雄先生と知りあった頃は、鎌倉の長谷《はせ》観音寄りに家があった。吉野先生は駅のそばの小町である。

吉野先生が私のところで酒を飲んでいると、むろん、泥酔するまで飲むわけであるが、先生を自宅まで送りとどけるのが大仕事であった。

先生の酒は、すぐに酔ってしまって、あとは無限に飲むというところに特徴があった。だから、先生は、俺は酒が弱いんだと言っていた。しかし、酔ってからの酒量というのは大変なものであった。

私の母は、私が酒を飲むことを嫌っていた。お前はまだ一人前じゃないのだからと言う。それを言われると辛かった。一家をなしていないと言う。

酔っぱらってしまった先生は、正体がなく、地面に寝たり、電柱に鳴神上人《なるかみしょうにん》のように抱きついてしまう。それを抱きおこし、ひっぺがし、かついで行く。
サンクフル、サンクフル、ベリマッチ
アイラブユウ、ユウラブミイ
恋はその日の出来心

ベビーちゃんが出来ても

アイドントノウ

というのが先生の愛唱歌だった。どうにも大変な教師だった。

その頃は、タクシーはなかった。あっても乗るだけの金は、先生も私も持ちあわせていなかった。

先生をご自宅まで送りとどけ、また、歩いて帰ってくる。あの夜の道は、実に実に遠かった。店は戸をしめており、人っこ一人通らず、物騒だった。

黒人兵にピストルをつきつけられるような事件の多い時だった。それでも私は何か意気軒昂《けんこう》といった感じで夜の道を歩いて帰った。日本の最高の歌人を無事に送り届けたという喜びがあった。使命を果《し》した気になっていた。

みだらかに酔ひ痴れゐしが戻りきて四人《よにん》の子らの寝姿覗《のぞ》く

その頃の先生の歌である。最初の奥様を亡くされた失意の時であった。先生は酔っぱらうとダラシナクなってしまうが、誰にも愛され、慕われていた。

幻のマルチニ

十日ほど前に、ある所のある酒場へ行った。さしさわりがあるので、場所も酒場の名も書かない。ただし、これは有名バーである。

その日、私は緊急の仕事で出版社のクラブでカンヅメになっていて、夜の十一時に原稿が出来て、ちょっとした解放感を味わっていた。

飲まざるべからずという夜であった。こういうときは、まっすぐに帰ったとしても寝られるものではない。また、こういうときの酒は実にうまいし、不思議に悪酔いはしないものである。

その酒場で、ウイスキーの水割りを飲む気にはなれなかった。もっと強い、キックするものが飲みたい。キックする酒というのを、永井龍男さんは、たえず舌を蹴《け》っている感じと言われたことがある。そういうものを求めていた。

私は、ジン・ベースのものが飲みたいと思った。そうかといって難かしいカクテルを頼んでバーテンダーに恥をかかせてもわるい。

目の前の棚に、ジンもあり、ベルモットもある。そこで、マルチニをくださいと言った。(マルチニのことを、マーティニイと言ったり、マテネエと言ったりするが、私は、マルチニというのが、いわば癖になっている)

マルチニなどのカクテルは食前酒であるが、もはや食前も食後もない状態だった。それに、マルチニは、カクテルのなかのカクテルであるから、バーテンダーが処方を知らないはずがない。

そこで会った知人と話をしていると、目の前にカクテル・グラスが置かれた。ちいさいグラスである。そこに、緑色をした桜ん坊の如きものが楊子《ようじ》にささって沈んでいる。グラスの縁に、厚切りのレモンスライスが突きささっている。どうやら、オリーブもオニオンもないらしい。

とにかく、飲んでみた。いやあ、そのまずいこと、どうやったら、こんな味になるのかわからないくらいに、まずいのだ。

そこで、私は、目の前のジンの瓶を指し、それをオールドファッションド・グラスに注ぎ、ノイリー・プラットをすこし滴らしてくださいと頼んだ。

すると、フロア・マネージャー(そういう人もいる酒場なのだ)の如き人が、このノイリー・プラットは瓶だけで、中身は入っていないのですと言った。すると、さっきのマルチニは、どうやってつくったのだろうか。

仕方がないので、それではジンをいっぱい入れて、そのうえにビタースを二、三滴たらしてくださいと言った。すると、バーテンダーは、ビタースって何ですかと言う。これではどうにもならないので、ではジンのストレートに氷をいれるだけでいいと言った。かたわらの女給が、あなたってお強いのねと言う。別に強いわけじゃない。それをお代りしたりしているうちに、やはりマルチニが飲みたいという思いが募って

きた。そこで、好きではないのだけれど、ベルモットはチンザノでいいから、マルチニを一杯、ただし、チェリーもレモンもいらないよと言った。

こんど私の前に置かれたのは、タンブラーに入った焦茶色の液体であった。コカコーラの色をしていた。あるいは、チョコレート・キャラメルを溶かしたような色であり、そういう味であった。それでも、バーテンダーに悪いから、飲むことは飲んだ。

これが、東京のまあまあ、一流の下か二流の上という名前だけは有名な酒場の現状である。

私は、友人である、新宿の「いないいないばあ」のマスターである末武正明さんのつくったマルチニや、「クール」や「ボルドー」や、昔の東京会館のマルチニのことを思いだし、その夜は、寝床の中でも、それらの味がちらちらしていた。

千秋楽の酒

恒例により五月場所の千秋楽に行ってきた。蔵前で相撲があるときは、千秋楽に必ず相撲を見に行く。高橋義孝先生の席に招待されるからである。

先生の席は、砂っかぶりである。向う正面の一の六という席である。行司溜《だま》りの、検査役が二人いるけれど、右側の検査役のうしろである。

私は思うことあってテレビには出演しないが、この日ばかりは、どうしてもテレビに映ってしまう。検査役の大きい体のうしろにかくれているのであるけれど、仕切りに熱が入ってくると、どうしても顔が出て、テレビに映ってしまう。その顔の間の抜けているったら、ありゃしない。

帰りに先生の家に寄って、相撲ダイジェストなんかを見ていると、取組中の私の顔がうつり、その間抜け面を見ながら、また酒を飲む。緊張しているから、よけいに、おかしな顔になっている。とくに分解写真がいけない。もしそれが私の方へ力士が落ちてくる場面であると一層滑稽である。

＊

先生は、初場所がお好きである。初場所の初日がいいと言われる。

初場所の千秋楽になると、打ちだしになって外へ出ると、日射しの伸びの寸法がいくらか違っているという。また、初日と千秋楽とくらべると、外の明るさが、少し違うと言われる。

だんだんに、すこしずつ明るくなって、千秋楽には、ほの明るいというのが、かすかにかすかに初日とは違ってきている。

私は、先生に、

「そういうことがわかるというのがいけない。わかるということは、どうしたって、そこで一杯やりたくなるという心持になる。それがいけない」

と、言ったことがある。

先生は、ウムとうなずいて、あとは何も言われなかった。

先生は、相撲の千秋楽というのは、遠縁にあたる誰かが死んだような気分であると言われた。がっくりと力を落しているようだ。その感じがこちらに伝わるから、さらにいけないことになる。

＊

千秋楽の酒は、通夜の酒になる。

千秋楽というのは、きまって、日曜日である。現今の東京では、日曜日に営業する呑み屋なり酒場なり待合なりは、きわめて稀《まれ》である。

私の知っている所では、日曜日にも店を開いている所は、銀座では、「浜作」の西店ぐらいであるが、そういう高級店には、そうそうは行かれない。そこで、旅館に交渉したり、待合に無理を言ったりすることになる。

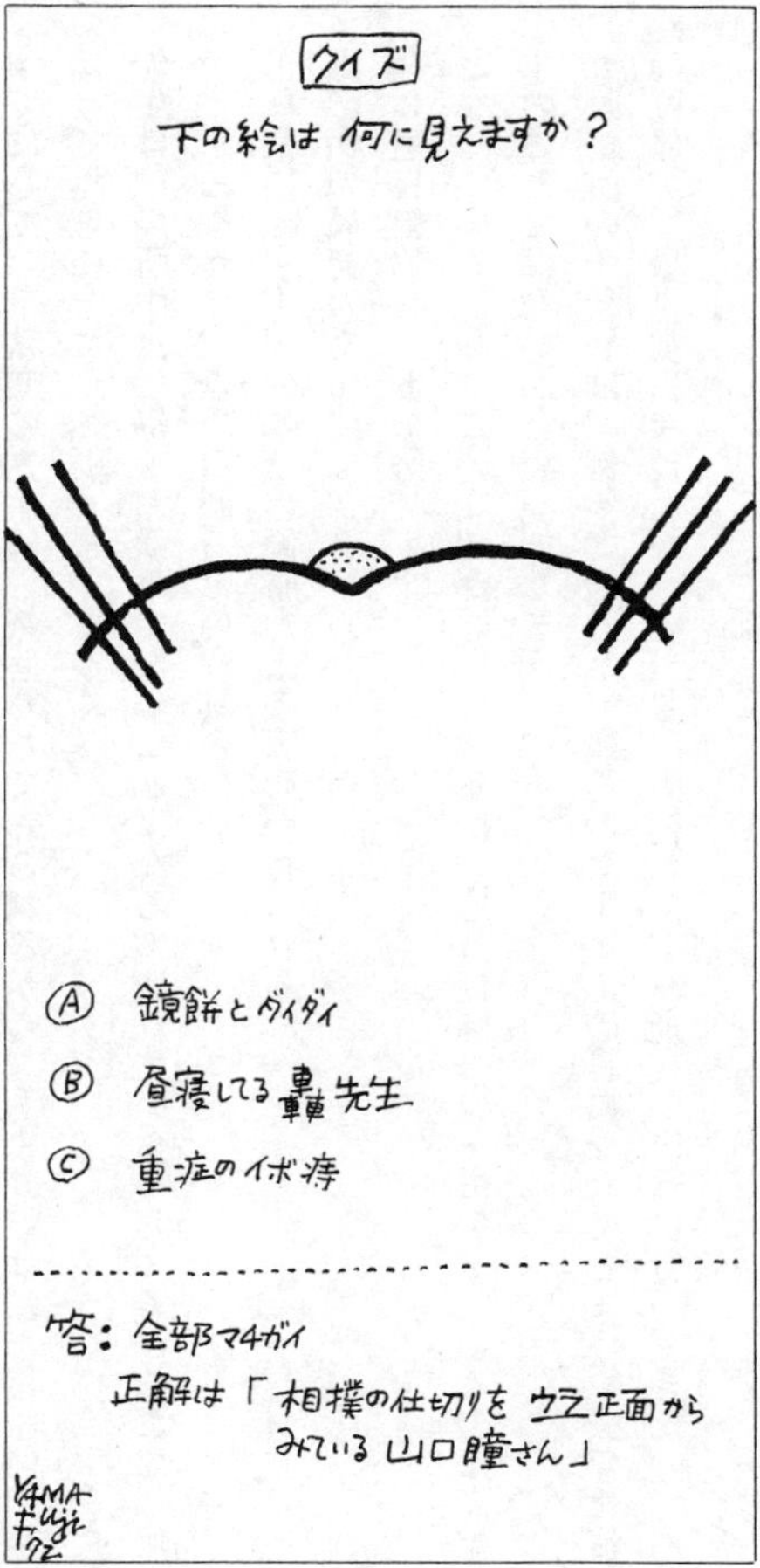
クイズ
下の絵は何に見えますか？
Ⓐ 鏡餅とダイダイ
Ⓑ 昼寝してる轟先生
Ⓒ 重症のイボ痔
答：全部マチガイ
正解は「相撲の仕切りをウラ正面からみている山口瞳さん」

すでにして、千秋楽の先生は、気落ちしておられるから、あまり頼りにならない。私のほうで無理にどこかへ引っ張ってゆく。

先生は、場所中は、毎晩お飲みになることになる。疲れていらっしゃる。そこで、無言で、しめやかに、盃《さかずき》を重ねるという具合になる。

千秋楽には、十両や幕下の優勝力士の表彰が行われる。

表彰状の最初の文句には、

「右ハ連日健闘モットモ努メ……」

となっている。私はこの文句が好きであるが、連日健闘モットモ努メているのは高橋先生のことではないかと思ってしまう。

五月場所の千秋楽は、例年であると、競馬のダービーの日になってしまう。去年は流感の関係で、皐月《さつき》賞になったが、そっちは失礼して、お通夜のほうに行ってきたのである。

札幌の夜

いまから七、八年前の夏のことだった。私は、雑誌の取材の仕事で北海道へ行った。帯広の山の中へ人を訪ねて行ったりして、最後が札幌になった。編集担当者とカメラマンと広告部の人と四人での旅だった。

このあたり、記憶がすこぶるアイマイになるのだが、千歳《ちとせ》発午前五時とか六時とかいう飛行機があった。五時だとすると、札幌を三時半に出ればいい。はっきりした記憶がないのであるけれど、とにかく、私たちは仕事を終り、ホテルをひきあげて、ススキノへ酒を飲みに行った。

そういうわけだから、私たちは、時間の許すかぎり、ジャンジャン飲んだ。最後の酒場では、私のことを知っている女性がいたりして、なかなかに愉快だった。銀座の酒場に勤めていた頃、私の席についたことがあるという。私のほうは忘れている。こういうことは、妙にナツカシイような感じになるものである。旅情とは、こういう感情のことではあるまいか。

私たちは、それぞれのアイカタを連れて、新しく出来たホテルの最上階にあるナイトクラブへ行った。その頃の札幌はホテル・ブームといった状況で新築やら増築やらが行われていた。ホステスたちは、それを自慢する気配があった。

＊

札幌のホステスは、頭を高く結いあげているという印象がある。それが流行だったのだろう。また、和服の人は誰もが黒の絽《ろ》の羽織を着ていた。そういう女が、町の角々からあらわれては消えてゆく。何か忍者の群れであるかのように思われた。

さいわいなことに、私に同行した女性は、洋服を着ていて、髪も小さくまとめていた。

「おなごりおしいわねえ」

といったようなことを彼女が言った。

ホテルの最上階だから見晴らしがいい。札幌の夜景というのは、なかなか味がある。札幌というのは案外に山がせまっているのである。町の灯が少しずつ消えてゆく。

「もう一晩泊って行かれるんだったら、このホテルに一緒に泊るかね」

そんなことになるはずがないので、私はそう言ったのである。

「もちろんよ」

と、彼女が言った。彼女のほうは、私が飛行機の切符を持っていて、同行者が三人いるということで、安心しているのである。

「あら、それよりも私のアパートに来てよ。ここから見えるのよ。ほら、あそこよ……

あのアパートの三階よ」

彼女が指さした。近い所に彼女の部屋があった。

彼女は三十歳前後だと思われた。私は、その部屋に彼女の夫と、小学生ぐらいの子供が二人寝ているはずだと思った。

私と彼女とは、残念だわねえ、惜しいなあ、またいらしてね、必ず来るよ、そのときはキットね、といった会話を続けていた。

行かなければならない時刻になって立ちあがりかけたときに、編集担当員が来て、飛行機が濃霧のために欠航になったむねを告げにきた。私と彼女とが、どうやって別れたかという記憶もない。非常にバツのわるい思いをしたことだけを覚えている。

＊

もとのホテルにもどると、一部屋だけしかあいていなかった。時刻が時刻だから、サービスは皆無である。私たち四人は、床《ゆか》に寝るけれど毛布をあたえられる者、ベッドの上だけれども何も無し、ソファ・ベッドの上で枕だけかかえこむ者、寝間着を着て椅子に坐るという四組に別れて少し眠った。

大宴会

私がサントリーに入社したのは、昭和三十三年の二月で、三十一歳になっていた。その前年に社員募集（採用一名）の予告があり、大阪に本社があって、課長以上はほとんど大阪出身者で固められている会社であるから、東京支社で社員を入社させることを現地採用と言っていた。

社員募集のひとつの条件は、三十歳未満となっていた。私は、それを知ったときには三十歳だったのだから、三十一歳でもいいじゃないかと思っていた。

宣伝部で社員を一名採用しようとしたのは、当時の宣伝部のホープでありエース的存在であった開高健の副業である小説のほうがいそがしくなりそうな気配があったからである。その彼が三十三年一月に芥川賞を受賞したので、あわてて入社試験が行われることになった。

私の入社歓迎会が行われたとき、年増《としま》のフレッシュマンで申しわけありませんと挨拶した記憶がある。

＊

当時のサントリーは、トリス・ブームで急上昇を続けていて、非常に活気があった。社員の数もふえていったけれど、当時はまだ東京支社全員で社員旅行を行うことができた。いまではそうはいかないだろう。

ローモンドという銘柄の社員用ウイスキーがあった。これは月給の現物支給の名残りであり、主として入社年限によって購入切符を渡されていた。むろん転売は固く禁じられていたが、なかなかにうまい酒で、友人達にうらやましがられた。

その頃はまだビールを発売していなかったので、社員旅行のときは、角瓶《かくびん》、トリス、ローモンドをバスに積み込んでゆく。ウイスキー、ウイスキー、ウイスキーであった。

私が入社する前年の社員旅行では、一人に一本ずつの角瓶が支給され、一泊旅行でもってそれが残らず飲みほされ、帰りのバスでは窓から手を出して一升瓶を買いもとめて車内でラッパ飲みしたという伝説が残っている。十五年前の田舎の酒屋ではウイスキーが無く、仕方なく、これも禁じられていた日本酒を飲んだのだろう。女子社員もいるし、アルコールを受けつけない社員も少しはいるのであるから、飲めるクチは角瓶二本を飲んでまだ足りなかったわけで、アッパレというほかはない。

＊

社員旅行で旅館に着いた夜に大広間で大宴会が行われる。

宴会には余興がツキモノとなる。余興といっても、ほとんどは歌を歌うことになる。

私はこれが苦手である。ひどい音痴なのだ。宴会は、軍隊でも同窓会でも会社でも、余興があるのでとても困る。

そこで、一策を案じた。

舞台で幕があくと、私一人が、全員と同じ膳でもって、ローモンドを飲んでいる。そ

のうちに気分が悪くなるという演技を行う。別の社員が金盥《かなだらい》を持ってくる。そこで私は激しく嘔吐《おうと》を続けるという芝居をする。もう一人が演目を書いた紙をめくると「ローモン吐《ど》」となっている。

私は実際にこれを行なったのである。

全員が食事をしている最中に行うのであるから、まことに悪趣味である。また、酒に強くないとやれない。弱い人だと本当に吐いてしまう。だから、私は強かったといえるだろう。

この余興がウケタかどうか知らない。しかし、こんな乱暴なことをやっても叱られなかったのだから、私にとって有難い会社だった。私は、いっそう会社を愛するようになった。

それにしても、社員としてはいい度胸だったと思う。

自信加藤

私の行く歯医者の待合室には、長谷川町子さんの『サザエさん』の全集が置いてある。これは非常にいいことだ。気持がなごやかになる。それは非常にいいことなのであるけれど、同じようにして『いじわるばあさん』の全集も置いてある。これは、はたして、いいことなのか、わるいことなのか。

私には、どうも、歯医者の所に『いじわるばあさん』があるのは、似つかわしくないような気がしてならない。

ただでさえ、こちらはビクビクしているのである。そこへもってきて女の意地悪でもってガツンとやられると、余計に気が滅入ってくるし、何かヒドイ治療をやられるのではないかという予感でおびえてしまう。だから、私は、決して長谷川さんの本を見ることをしない。

＊

私は、日本が世界に誇るべきもののひとつは、日本の漫画家であろうと思う。特に、長谷川町子さんと加藤芳郎さんは傑出している。あの、海外漫画というもののツマラナサ、くだらなさ、絵の拙劣さは目をおおわしめる態のものがある。
長谷川さんや加藤さんのほかにも、すぐれた人は大勢いる。私は、東海林さだおさんや滝田ゆうさんのファンであって、家へ送られてくる雑誌や週刊誌で、この人たちの漫画を見逃すことはない。

もちろん、山藤章二さんという人も逸材であり、私はファンであるのだけれど、山藤さんの漫画も歯医者の待合室には不向きであろうと思われる。その意地悪は強烈であり攻撃的である。

いずれにしても、この人たちは、世界に冠たる存在であることは間違いがない。

＊

加藤芳郎さんは「地震加藤」をもじって、自信加藤といわれている。

加藤さんは、漫画ばかりでなく、芝居にも司会にも物真似にも容貌にも自信を持っている。また、その自信は、私も正当だと考えている。「加藤の前に加藤なく、加藤の後に加藤なし」というのが漫画界の定評である。

加藤さんは、作家としては苦吟派に属している。ギリギリの締切にならないと漫画が描けない。七時間も十時間も仕事部屋に閉じこもったきりで、一駒や四駒の漫画を描く。私は、いつでも、大いに見習わなければならないと思っている。

作品が出来ると、まっさきに、ママちゃん（加藤夫人）に見せる。ママちゃんが笑えば加藤さんはとても喜ぶのである。

＊

あるとき、私は、夜おそく加藤邸を訪れた。それは、サントリーのＴＶＣＦに出演を依頼するためだった。すぐに酒になり、加藤さんとママちゃんの大サービスがあり、私

あこがれの山口先生に
褒めていただいたので、徹夜で
感涙にむせび描けませんでした。
一回、穴をあけさせて下さい。
不安山藤

が加藤邸を辞したのは午前四時頃だったと思う。

そのとき、某有力雑誌の編集者がいて、その日の朝までに原稿を渡さねばならぬということだった。加藤さんは、その雑誌に、ずっと連載していた。

その雑誌が発売になり、どんな漫画を描いたかと思って頁を繰ったのであるが、めくれどもめくれども加藤さんの漫画がない。

私は、自分の生涯において、こんなに驚いたことはない。また、こんなに申しわけなく思ったこともない。その後、加藤さんに何度も会ったのだけれど、私は恨み言《ごと》を言われたことがない。この件に関しては、私は自己弁護をする気持は毛頭ない。私が悪かった。

加藤さんの仕事に致命的な支障をもたらすかもしれない事件だった。それにしても、なんという自信の強さであることか。なんという男らしい男であることか。

文士劇の酒

私は文士劇に出させてもらったことがある。一回目が『忠臣蔵』の伴内で、二回目が『太閤記《たいこうき》』の石田三成だった。

最初に舞台に出るときは、揚幕のなかで、それこそ心臓が破裂するのではないかと思われるくらいに鼓動が激しくなった。

伴内は揚幕のなかで「ヤレコイヤーイ」と叫び、花道の七三で「ヤアヤア勘平」と見得をきる。あるとき、舞台に出る前に「ヤアヤア勘平」と言ってしまって、花道で言うことが無くなって困った。

芝居などというものは、はじめは、ただ怖ろしいだけであるが、だんだん馴れてくると、終るのが惜しいような気分になる。つまり、三日やったらやめられぬという、あの気分である。

講演でもそうだ。はじめは厭《いや》だ厭だと思う。壇上にあがっても、しばらくは震えている。ところが、終って拍手があって控室にもどってくると、あと十五分ぐらい話していてもよかったなと思ったりする。

血が騒ぐのである。狂うのである。これは、次第に昂奮《こうふん》状態になっていって、そこで中断されるためだと思う。小説の場合も同じことで、午前二時ごろに書き終えたのに、眠る気になれず、酒を飲みながら徹夜してしまうことがある。

芝居は、この、なんというか、一種の中毒がもっとも激しいと思われる。いい気分のものである。(むろん、当人だけが、いい気分になっている)

私は、しかし、文士劇といったようなものは、芝居そのものが好きな人が出演すべきだと考え、二回で止《や》めてしまった。

*

文士劇の楽屋は、柴田錬三郎、水上勉、梶山季之といった流行花形作家と一緒になった。

こちらは、せいぜい月産百枚という非力作家であるから、小さくなっているし、いくらか悲惨な思いをすることになる。

酒場、待合、料亭といったところから酒やら弁当やらのサシイレが届く。ファンが花束を持ってくる。私の所へは何もこない。文藝春秋のあてがいぶちの折詰を一人でぼそぼそと食べている。

ある出版社の社長が言った。

「ヒトミちゃん、いまに、きみだってサシイレが届くようになるよ。楽しみに待っていなさい」

有名酒場のマダムが言った。

「何をめそめそしているのよ。あんたは未来の谷崎潤一郎じゃないの。もっと大きな顔をしていなさいよ。未来の谷崎よ。ようッ！　ミラタニィ！」

＊

楽屋では、すでにして酒になっている人がいる。それでいいのである。私も少し飲む。芝居が終って、化粧をおとして、何人かで、また酒を飲みに行く。

酒場で岡部冬彦さんの顔を見ると、目じりのあたりに白粉《おしろい》が残っている。この人は二枚目の役が多い。そう思って見ると、目じりだけでなく、頬にも首筋にも白粉の残りがうっすらと感ぜられる。私は東北の小さな町で旅廻りの役者と酒を飲んでいるような気分になった。

しばらくして小便に行くと、化粧室の鏡に私の顔が映った。ヤヤッ、何事ぞ、私の目じりにも紅と白粉がついているのである。目のあたりの化粧は、なかなか落ちない。仕方がないので、そのままにして席にもどった。それに気づいている人は誰もいないのだが、こっちは落ちつかない。

白粉の残っている顔で酒を飲むというのは、実に妙な気分のするものだ。

ドライ・マルチニ論争

ドライ・マルチニは、私のもっとも好きな飲みもののひとつである。カクテルは何千種類あるか知らないけれど、結局はこれにとどめをさすといっていい。

ドライ・マルチニを好む者は、ドライであることを競う傾向がある。ヘミングウェイの『河を渡って木立のなかへ』の主人公キャントウェル大佐は、ジン15、ベルモット1の比率のマルチニを飲んで出撃したという。ふつうは、3対1というあたりが常識となっている。ドライエスト・マルチニといわれるものが7対1ぐらいだろう。

東京の外人記者クラブで、ある年に倉庫を掃除すると、百六十五本のジンと、五本のベルモットの空瓶が発見されたという。これだと、33対1になる。これは私が『洋酒天国』という雑誌を編集していたときに得た知識である。

だいぶ古い話になってしまうが、『先生のお気に入り』という映画で、クラーク・ゲイブルが宿酔《ふつかよい》の友人を訪ねる場面がある。ここで、ドライ・マルチニをつくる。まず、ベルモットの瓶を逆さにして振り、そのコルク栓でもってカクテル・グラスの縁を拭く。

そこへジンを注いで出来あがりというわけであるが、おそらく、こういう所でアメリカの観客はどっと笑うのだろう。マルチニは、たびたび喜劇の小道具に使われている。チャーチルはベルモットの瓶を横目で睨《にら》んでジンのストレートを飲むという笑い話もあった。

＊

マルチニをどうやって飲むかについて、アメリカ人と論争したことがあった。

私の説は、楊子《ようじ》にささっているオリーブを取りだし、これを口に含み、楊子はカウンターに置き、カクテル・グラスの柄を持って、すばやく飲むということであった。マルチニに限らず、カクテルは冷たいうちに飲まねばならず、それには柄を持つべきだと考えている。そうでないと温まってしまう。

しかし、アメリカ人は、オリーブを沈めたままで、楊子をヒトサシ指で押えて飲むのが正しいと言う。

この論争は果てしなくつづき、ついに喧嘩《けんか》わかれになってしまった。こういうことになると、アメリカ人は強情である。（私も強情っぱりであるが）

＊

『アパートの鍵貸《かぎ》します』という映画は誰でもご存じだと思う。ジャック・レモンが実に粋《いき》で、シャリー・マックレーンが年増ながら可愛らしい。

ジャック・レモンが出世のために、自分のアパートを上役の情事のために貸す。あるとき、上役の情事の相手が、自分の愛するシャリー・マックレーンだということがわかる。

ジャック・レモンはやけ酒を飲みにゆく。そのときに飲むのが、ドライ・マルチニで

ある。ドライだかスウィートだかわからないのであるが、ここはドライだと思わなければいけない。

カウンターの上に楊子が花模様にならべられる。これでもって、時間の経過と、ジャック・レモンの心情を示すという演出である。

私は、監督のビリー・ワイルダーもマルチニの愛好者だと思わないわけにはいかない。こういうところで、私は、淀川長治さんのように「見るも涙のうれし泣き！」になってしまう。

ところで、この映画のこの場面によっても、私のマルチニの飲み方の正しさが実証されているのではあるまいか。

左様、ドライ・マルチニは、オリーブを口に含み、楊子をカウンターに置き、カクテル・グラスの柄を持って飲むものなのである。

外野席の酒

会社の終業時刻が五時であったとする。五時半に会社を出て、六時に神保町の大衆酒場に到着して酒を飲み、七時に後楽園へ行って野球を見るというのは、私にとっての大いなる楽しみであった。

もっとも、その頃の酒というのは、私においては全《すべ》て焼酎《しょうちゅう》であり、野球場というのは全て外野席であった。それも、毎日そんなことができるほど金があったわけではない。たとえば、出張旅費を精算して、いくらかの金を得た日にかぎられていた。

＊

あるとき、そうやって、後楽園球場の外野席に到着した。私が外野席で野球を見るときは、左翼方面、あるいは左中間に限られた。

これも一種の癖である。私は、自分で野球をするときも、左側のほうが具合がいい。小学生のときは左翼手であった。左翼手、三塁手、遊撃手というのは守りやすく、右翼手、二塁手というのは、どうも勝手が違って落ちつかない。

その日は、あとで考えると、ひどく酔ってしまっていたらしい。私は神保町の大衆酒場で、短時間に大量の焼酎を飲み、別に焼酎の一瓶を買って外野席にのりこんだ。

　東急・南海の試合だった。

　この年の前半の南海は、めったやたらに強かった。柚木《ゆき》、服部、中原、大神、江藤、井上、中谷の投手陣がしっかりしているうえに、飯田、岡本、蔭山、木塚の内野は鉄壁であり、いずれも走塁がうまく、試合巧者であった。点を取るのがうまいチームだった。特に左翼手の堀井は当りに当って、ベスト・テンのトップを続けていた。

　この試合は南海のワンサイド・ゲームであって、ちっとも面白くない。

　私は腹が立ってきた。そうして、一人で、目の前にいる左翼手の堀井を野次りはじめた。

「堀井のバカヤロー」

「堀井ィ！　大阪へ帰れ」

　どうにも困った奴で、いま思っても恥ずかしくて仕方がない。ただし、こんなツマラナイ試合を見たのは初めてだと感じたのも事実である。

　そのうちに、堀井は、どなっている私に気づいた。塀《へい》を乗りこえて摑《つか》みかかろうという気配を示した。私はこわくなったけれど、堀井帰れと叫び続けていた。ヤケクソであった。

　私は酔っぱらいだった。本来ならば、観客のヒンシュクを買い、誰かにつまみだされていたはずである。自分でもそう思っていた。

ところが、おどろくべきことに、私一人の「堀井、帰れ」の叫び声は、いつのまにか外野席の大合唱に変っていったのである。これには私も驚いた。

この試合、南海は、一回から五回まで、毎回二点ずつをあげた。ということは、南海

の攻撃のときは、いつでも走者が塁上に満ち満ちていたということになる。

六回に一点、七回に一点、八回に二点、九回に四点、合計十八点である。毎回安打、毎回得点である。このうち、毎回得点というのは、プロ野球の新記録である。

もし、そうでなかったら、私は、堀井に殴られるか、観客の誰かに突き飛ばされていたはずだと思う。観客の誰もが、私にではなくて、ゲーム内容に怒ってしまった。

昭和二十七年六月七日の出来事だった。私はこの日付を記録しているのではなくて、新記録だったから、書物に記載されているに過ぎない。偶然にも、毎回得点という、地もとチームにとって恥ずべき試合であったので、私は救われたのである。幸運な酔っぱらいと言うべきだろう。

鬱屈の頃

前回で、私は、昭和二十七年六月七日に後楽園球場の外野席で、焼酎を飲みながら野球を見ていた話を書いた。そのとき、ひどく酔っぱらってしまって、乱暴なことをした。まことに恥ずべきことである。このことについて、弁明するつもりはない。南海の左翼手の堀井さんに、ゴメンナサイと謝るほかはない。

そのころ、私は、うっくつしていた。二十五歳であった。

妙なことを言うようであるが、二十五歳というのは、年齢だけでいえば、連合赤軍の幹部の一員であるとしても不思議のない齢頃《としごろ》である。

ここで、自己宣伝だと非難されることになりかねないのを怖れずに、文藝春秋から出版された『人殺し』という私の長篇小説について書いてみようと思う。

この小説のテーマは、平和もまた大量殺人につながるということである。平和であることに耐えられない人たちがいるということである。平和そのものが人を殺すということでもある。家庭を愛するということ、つまり、マイホーム主義も殺人につながるということでもあった。

この小説には、きわどい描写があるので、情痴小説とうけとられてしまうかもしれないけれど、もし、さいわいにして（私にとっての話であるが）お読みくださった方があるならば、私の意図が果たされているかどうかを教えていただきたいと、切に願っている。

私がこのテーマを思いついたのは三年前であるが、この小説を半分書きかけたところで、三島事件が起った。私は事件に驚くよりも、自分のテーマを事実によって先取りされてしまって、困ったことになったと思った。これが戦争中であったら、三島さんは自殺しなかったはずである。皮肉なものだと思った。

今年になって、連合赤軍の、浅間山荘および私刑殺人のことがあり、川端さんの自殺、有馬さんの自殺未遂があり、流行作家の過労による総倒れ、あるいは休筆という事態があり、光化学スモッグがただならぬ様相を呈するといったことがあり、私は、三年前の漠然たる予測が事実となってあらわれるたびに、不思議な戦慄《せんりつ》につつまれているのである。

＊

昭和二十七年の頃、私は、ただこれ一箇の酔っぱらいだった。困った奴だった。心中にあかあかと燃える理想などはまるで無く、勉強もせず、小説家になりたいとも思わず、なれるとも思っていなかった。

私は焼酎を飲み、後楽園球場の外野席で暴れているところの破落戸《ならずもの》だった。折あらば大量の酒を飲み、交番の前へ行って、直立不動の姿勢で、大声で「赤旗の歌」を歌うという男だった。

高く立て赤旗を

その影に生死せん
卑怯者《ひきようもの》去らば去れ
われらは赤旗守る

私は右でも左でもなく、ただただ鬱屈していて、世を拗《す》ねていたのである。それでも、昭和二十七年には、まだまだ、いわく言い難い上昇気流のようなものがあった。

＊

情熱のない世界に青年が住めるだろうか。イスラエルにおける岡本某の如き青年は狂人であり無知識の甚だしきものである。しかしながら、これを狂人として、無視し、葬り去ることが誰に出来るだろうか。陳謝すればこと足りるということではない。

私は正直に書こうと思う。二十五歳のとき、私もまた一箇の「狂人」であった。いまの世の中で、それを、かりに光化学スモッグの時代であるとして、私が二十五歳であるとすると、私が狂人とならないでいられるかということに関して、全く自信がないのである。

ダービーの夜

去年のダービーは、流感と馬手《ばしゅ》のストライキのために夏に行われた。六月の四日に中山競馬場へ行った。大障害のあった日である。

大障害ではスガワシという馬の馬券を買った。競馬を知っている人は、なんという馬鹿な買い方だろうかと思うだろう。私自身もそう思っている。

八頭立てのうち一頭が出走取消（ダテハクタカ）で、残る七頭でレースが行われ、二頭が落馬し、スガワシは、二着の馬から、大差、大差、大差の五着である。落馬再騎乗のインターヒカリにもあやうく抜かれそうになった。

こうなることは、だいたい予測していた。それでいて買うという神経が自分でもわからない。

私は将棋を指すけれど、下手なものだから、王が詰むほうへ詰むほうへと逃げてしまう。それと同じように、競馬をやっていると、お金を取られるほうへ取られるほうへと考えが動いてゆく。

こういう買い方をしていれば投資額が少なくてすむという程度の知恵があるだけであ

る。

＊

競馬場で、競馬評論家や解説者という専門家と話をしていて意見がわかれた。それはパワーライフという馬が強いか弱いかという話である。私一人が強い馬だという考えであった。そのときまでにパワーライフは、実に二着が七回という馬である。こういう馬は結局はどの馬にも勝てないというのが専門家の意見である。

私が強い馬だと思うのは、そのとき一着になった馬が強い馬であり、勝ちタイムがよく、二着であっても駈けっぷりが悪くないと見るからであった。

いつかは壁を突き破るはずだと思うからである。ただし、厩舎《きゅうしゃ》側と馬主が大事に使うという条件つきであるが……。

また、もうひとつの根拠は、タケシバオーの例があるからだった。

タケシバオーは、ダービーにいたるまで三度二着を続け、ダービーでも二着だった。それは、マーチスという、まことに強い馬がいたからだった。五歳になってからのタケシバオーは、成長して、天下無敵の感があった。

パワーライフは結局は大成しなかったが、これは私の心配していた通りに、押せ押せで使い過ぎたためだ。

＊

そのときタケシバオーに騎乗したのは、引退して調教師になった森安弘明であった。森安は騎手としては大きな男で、六十キロを越えていた。皐月賞《さつき》でもダービーでも、五キロ以上減量しないといけない。それは無理にちかいことだった。彼は酒を断ち、節制につとめた。私なども、いくらかは協力したのである。

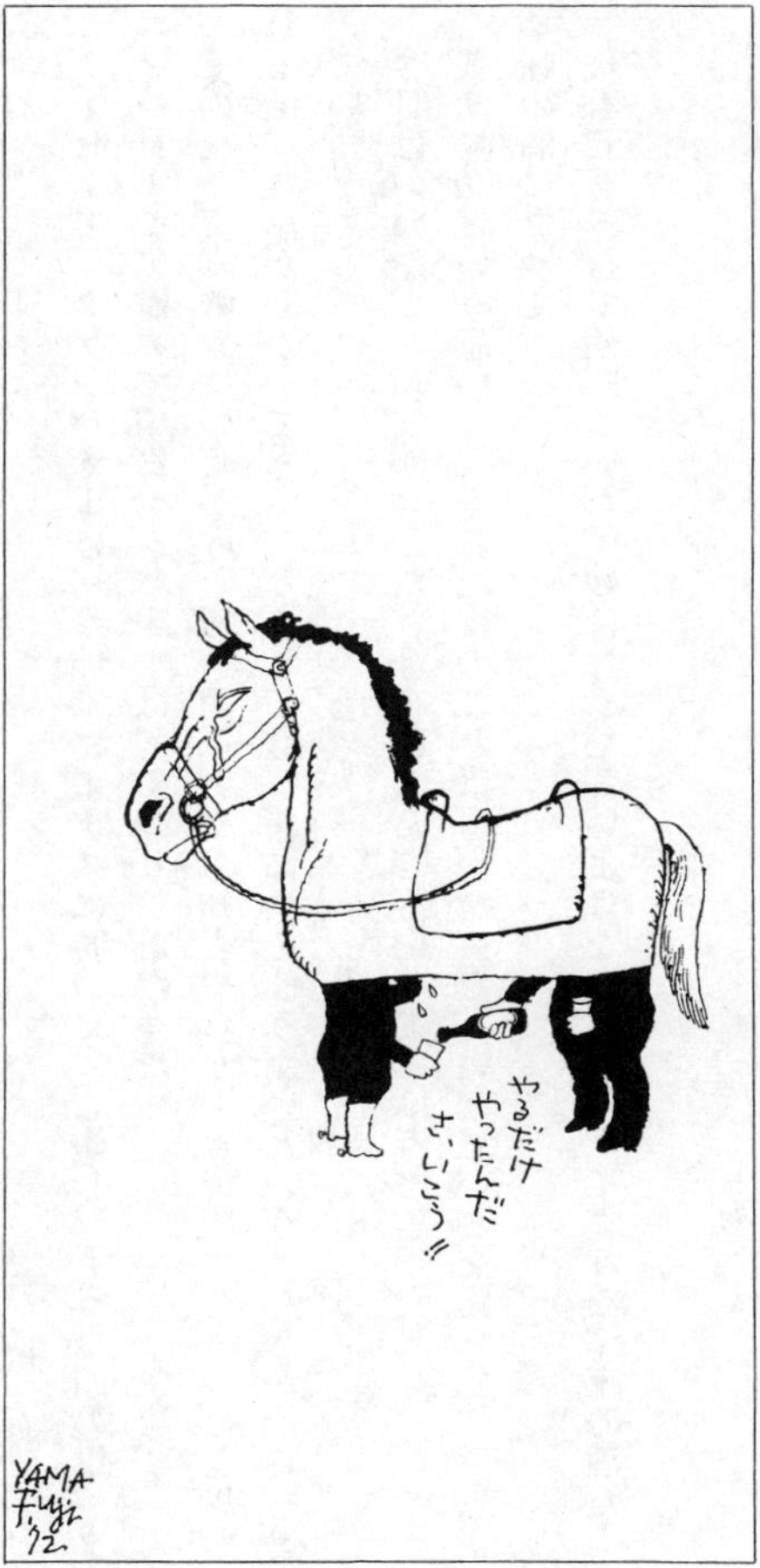

ダービーで、タケシバオーは、ついにマーチスに勝った。しかし、もう一頭の馬、タニノハローモアがいて、タケシバオーは、やはり二着だった。

＊

その夜、森安の家につめかけた報道関係者やら知人やらが引き揚げてしまったと思われる頃、電話がかかってきて、どうしても一緒に酒を飲みたいという。たしか十時を過ぎていたと思う。

今日はいいや、と森安が言った。今夜は飲んでもいいでしょうと言った。

残念無念という思いと、やるだけのことはやったんだという思いが交錯して、不思議な味の酒になった。

彼も私も無言で飲んでいた。妙に甘ったるいような、ヤルセナイような深夜の酒だった。

もあった。
サントリーの宣伝部に入社して一年後に、野球部をつくった。監督で四番を打つこと

草野球の監督というのは、なかなかに妙味のある仕事である。もっとも頭を悩ますのは、球場に集まった全員を出場させなければならないということである。十五人くれば十五人を使いきらないといけない。しかも、それぞれにミセ場をつくらないといけない。

ところが、相手のチームの監督にも同じ悩みがある。そこを狙って奇勝を博したことがたびたびあった。試合前の練習を見て、これはとても勝てないと思ったときは、わざと、我軍は下手な選手を出場させる。

ただし、一塁手と三塁手だけは守備のうまいのを置く。投手はコントロールさえよければ誰でもいい。そうして、内角低目にゆるい球を投げさせる。すると、どうしても、強打されてもファールになるか三塁ゴロとなる。

こうすれば、四回までに、失点は五点か六点でおさえることが出来る。敵は安心して有力選手を交替させる。

四回とか五回とかに、二死満塁といったチャンスをむかえる。そのときに我軍の最強打者を代打に送るのである。そうやって僅差になったときに、こちらはベスト・メンバーを組むのである。

*

私は、どういうものか、試合当日になるとカッカと燃えてしまう。監督がそれではいけないのであるが、わかっていて、どうにもならない。

山藤章二さんにお目にかかったときに、その当時の私を知っていると言われて、シマッタと思った。山藤さんはナショナル宣伝研究所におられて、我軍と試合をしたことがあるという。

たとえば、こういうことがあった。

柳原良平さんとは、会社で机をならべていて、仕事でずっとコンビを組んでいた。彼は運動神経が鈍いのである。不思議に思われるかもしれないが、運動に関しては不器用なのである。

彼の我軍における二十六打席連続三振という記録は未《いま》だに破られていないはずである。どんな球でもバットを振るから、四球で歩くこともない。

その柳原さんが、あるとき、二塁手の右にライナーのヒットを放って出塁した。我軍は狂喜乱舞して、拍手が鳴りやまなかった。

三塁コーチス・ボックスにいた私は、そのとき、あ、あぶないと思った。一塁手がボールを持っているのである。これが、普通の選手であったなら、おい、ボールを持っているぞ、とどなれば、通ずるのである。彼は野球を知らないし、走者になった経験がない。

はたして、隠し球でアウトになった。

その瞬間に、私は、一塁手を目がけて突進していた。

「おい、きたない真似するな」

一塁手は、私の見幕に押されたのか、キョトンとした顔をしていた。私自身は、トリック・プレイは好きだが、隠し球だけはやったことがない。

「この男は何も知らないんだ。そういう男に卑怯なことをするな！」

柳原さんはアウトになったこともわからずに塁上にがんばっていた。

＊

野球のあとのビールぐらいうまいものはない。私は燃えきった後なのだから余計にうまかった。夏の野球のあとでは、まったく、こたえられない。

そうして、私は、相手のチームの一人一人に、腹のなかでゴメンナサイと言いながら酌をして廻った。

書について

吉野秀雄先生の書は、その死後において、年を経るにつれていよいよ名声が高くなるばかりである。

人によっては、先生の師の会津八一よりもうまいのではないかと言う。

私のところにも先生の書がいくつかあり、いつでもどれかを掛けてあるのだが、見飽きるということがない。

先生に『書について』という文章がある。その一節。

「書はどうかいたらいいか。かきたいやうに勝手に書くがいい。碑学・帖学をやらなくてはゐられぬ人は大いにやるがよく、無視したい人は遠慮なく無視するがよく、どっちつかずの人は中間ぶらりんでかまはない。ただし筆を垂直に保つこと、心底純粋で、その筆を運ぶに全力をもつてすることといふ条件はつけておかなくてはなるまい。そしてその上で、人間の自由勝手といふことが、はたしてどの程度に実現されるものなのか、ひとつためしてみるのも一興であらう」

まさに先生の面目躍如というところである。読者諸賢も、ひとつ試してみてはどうだろうか。

先生は、書を書くときには上等のブランデーを飲まれた。そうしないと勢いがつかなかったのであろう。先生は、その勢いというものを大事にされたのである。

歌は凛々《りんりん》としていなければならぬ、と先生は言われていた。書でも同じことであったろう。歌には調べがなくてはいけない、とおっしゃっていた。書でも調べは必要不可欠のものであったろう。そのへんが書家の書とは異なるのである。そのために、いくらかは酒の勢いを借りるということがあったのだろう。上等のブランデーを少し飲んで書くということをうかがったことがある。

＊

もちろん、そうやって、全力をもって書いているうちに、こんどは書くということで「酔ってくる」のである。そこに「人間の自由勝手」の面白さが生じてくる。

小説家は酒を飲む人が多い。酒を飲めない人は睡眠薬を飲む。人はこれを不思議に思うかもしれない。しかしながら、小説を書くということは、ふわっと別の世界に入ることである。そこに、楽しみもあれば苦しみもあり、ときには、それで生命を奪われるのである。

川端康成先生は、私に、小説を書くときは、酔ったような気分にならないと書けないと言っていた。川端先生は酒の飲めない方である。

書においても、それは同じことなのだ。町の書道のお師匠さんは、酒を飲んで書けとは言わないだろう。

吉野秀雄先生は、喘息《ぜんそく》と心臓病と糖尿病が悪化して、とうとう酒が飲めないようになった。しかし、先生の書は、晩年にいたっていよいよ凄味《すごみ》を増してきた。どうやって先生はお書きになったのか。

喘息の発作のとき、心臓の発作のとき、むしろ先生はその苦しみを利用して書に立ちむかったのである。まさに、心底純粋、全力をもってするの極致であった。壮絶な行為であった。

川端先生が亡くなって、私にとって残念でならないことはただひとつ、八十歳のときの先生の書を見たかったということである。

非礼をかえりみずに言うならば、先生の書のいいところは、あの十一貫に足りない細い小さな体で、全力をもって紙に筆を叩きつけるような勢いにあると思う。先生はどんどん書が上手になられ、お好きになられていった。

その川端先生が、さらにさらに衰弱して、勇気をふるいおこして書くならば、古今未《み》曾《ぞ》有《う》の傑作が書けたのではないかと思う。力感にあふれ、しかも、どこかに枯れた所があったと思う。先生は枯れることを待たずして、自分でどこかへ行ってしまわれた。先生は七十二歳だった。

作家の自殺

川端康成先生が睡眠薬を飲まれなかったら『眠れる美女』とか『片腕』とかという小説を書くことはできなかったろう。また、先生が睡眠薬を常用されなかったら、自殺されるというようなことにはならなかったろう。

このふたつのことは、ひきはなすことが全く不可能な形で結びついている。私たち他者にはどうすることもできない。そこに川端康成という人間の全存在がかかっている。

むろん、小説を書くために睡眠薬を飲むなんてことは馬鹿らしいという考えの人が一方にいるのであって、それはそれで少しもかまわない。人間の尊厳はそんなところにあるのではないという考え方の人がいる。文学なんてそれほど大切なものではないし、人間が生きのびることのほうが、もっともっと、はるかに大事なのだという考えがあってもいい。

たとえば白樺《しらかば》派の作家が長命であるのは、それと似たところがあると思われる。志賀直哉や武者小路実篤が大酒を飲んだという話を私は聞いたことがない。だからといって、志賀直哉を軽蔑《けいべつ》するといったような考えは全くない。

私の書いたものを初めて活字によって褒めてくださった作家は梅崎春生さんである。それは『風景』という雑誌であって「婦人画報の山口瞳、あまカラ誌の谷内六郎の文章(両者とも連載)出色なり。感心する」となっている。

私の喜びは言うまでもないことだろう。梅崎さんは、私にとって大恩人である。たとえば、会社に入社するときにお世話になった人、結婚のときに面倒をかけた人、世に出るキッカケをつくってくださった人などは、終生、大切にしなければいけない。この世において縁の深かった人を大事にしなければならぬ。

＊

終戦直後ともいうべき時代に、私は、ある人の家で梅崎さんと一緒になり、大酒を飲んだ。

すっかり酔っぱらってしまって、梅崎さんと肩を組んで夜の町へ出た。梅崎さんは「きみは立派だ、ぼくは淋しい」を連発していた。ちょっとキザな言葉だが、それは当時の酔っぱらいたちの流行語だった。

梅崎さんはそのことをすっかり忘れていたようだ。十五年も経っていたのだから無理もない。しかし、十五年後に『風景』のことがあって、また親しくなった。

梅崎さんに酒場で会うと、すっと寄ってきて、とてもここには書けないようなギョッとするようなことを耳もとで囁《ささや》いて、すっといなくなったりする。

梅崎さんは一種の電話魔で、酔っぱらうと電話をかけてくる。そうして必ず、きみの息子にプラモデルを買ってやると言われるのである。その約束は、ついに果たされなかった。

梅崎さんは肝硬変で亡くなった。その病気は亡くなる一年前からわかっていた。肝硬変の人が酒を飲むのは自殺行為である。梅崎さんは書棚の書物の箱のなかにポケット・ウイスキーをかくしていて、夫人にみつからないように、夜中に飲んでいた。しかし、それを飲まなかったとしても、あと半年も生きられたかどうか。

そうして、それを飲まなかったら『幻化』という戦後文学の最高傑作を書けなかったと思う。どちらがいいかは誰にもわからない。梅崎さんの死も、間違いなく、一種の自殺だった。

梅崎さんの葬式のとき、祭壇にウイスキーの大きな瓶《びん》が乗っていた。これは「思いやり」または「心づくし」というべきものであろう。

＊

その大瓶は私の目に沁《し》みた。

赤くなったモデル

昭和二十七、八年ごろ、デッサンの稽古をしていた。会員は十五人ぐらいいて、会場は私の家の応接室だった。もっとも、やってくるのは七、八人である。

石膏《せっこう》の首を描いたり、交替でモデルになったり、写生会で公園に行ったりしていたが、そのうちに、ヌードを描くようになった。モデルは、女子美術大学の学生である。

女子の裸体を見る機会に関して言うと、いまとではまるきり状況が違っていた。いまでは、商品広告のポスターでも、テレビのCFでも、ヌードがはんらんしている。

当時は、そうではない。そこへもってきて、私たちは若かった。はじめてのときは、冷静であろうとつとめても、どうすることも出来なくて、昂奮はその極に達し、それを悟られまいとしても、何か話をすると声がうわずってしまう。まわりを見ると、誰もがマッカな顔をしていた。

私は、モデルというのは、私たちの前で裸になるのではなくて、ビョーブの陰かなんかで素っ裸になって出てくるのだということを知った。

また、モデルというのは、ポーズをとっているときに、眠ってしまうことがあるのを知った。私には、それも驚異だった。若い男たちの前で裸になっている少女が眠ってしまうのは何か信じられないことだった。彼女はリラックスしているのか、それとも緊張のためにそうなるのか。私にはそれがわからない。私は、なんだか、ナメラレテイルような気がした。

たとえば、床に腰をおろし、両手を頭のうしろで組み、両足を少しまげて前方に伸ばしているというポーズがある。そんな恰好でも居眠りをする。モデルの正面で写生している私は、眠ってしまった彼女が、どうかして両足を開いてしまうのではないかと思い、半ば怖れ、半ば期待するというときがあった。

＊

ずっと後になって、会員の一人が、電車のなかで若い女に声をかけられた。彼は、その女が誰であるかを思い出せない。いくら考えてもわからない。そうしているうちに、女が急に赤い顔になった。そこで、ようやく彼は思いだした。言うまでもなく、女は当時のモデルであり、私の友人がなぜ思いだせないかに気づいて赤くなったのであり、そのことで友人はやっと思いだすことが出来たのであった。だから、友人も私と同じように上気していて、モデルの顔なんか見ていなかったのである。

＊

立ちポーズのとき、モデルの膝《ひざ》から下が赤くなってくるときがある。これは血がさが

ってくるためだということを聞いた。特に、肌の白いモデルは、その赤くなりかたが激しいのである。それは、見ていて、やはり気の毒なような気がした。

そのころ、私たちが愛用した酒は、梅割り焼酎《しょうちゅう》である。焼酎を梅酒で割るのである。どういうわけか、梅割り焼酎の梅酒は赤っぽいものが多かった。

デッサン会のあとで、モデルもまじえて酒盛りになることがある。いまでもそうだろうけれど、女子美術の学生は、活発で、よく酒を飲む。彼女たちの寮生活がそれでわかるような気がした。スサマジイ感じがした。また、いくらか羨《うらや》ましい感じもあった。

焼酎はよく廻るからモデルの顔はすぐに赤くなる。やはり色の白いモデルは特に顔が赤くなる。マッカになる。

それを見ているときに、私は、はたして彼女は膝から下も赤くなっているのかどうかと考えた。胸も腹も赤いのだろうか。すでにして着衣して靴下もはいているので、それがわからない。

うまくない葡萄酒

私は山本周五郎さんに一度だけお目にかかった。そのいきさつを書いてみよう。『文藝春秋』で、武田泰淳さんと山本さんとで、映画について話をするという企画をたてた。そのころ武田さんは新聞に映画時評を書いていた。山本さんもよく映画を見ていた。文藝春秋の村田さんという若い記者が山本さんに対談に出席してくれるように頼みにゆくと、山本さんは、対談のあとで山口くんに会わせるなら引きうけてもいいと言ったのだそうだ。

私にとってはキツネにつままれたような話であるが、出版社のためになるならということで、築地の料亭の別室で待っていた。

対談をおえられた山本さんが、部屋にはいってきた。山本さんは、きみはこれだろうと言って、仲居にサントリー・ホワイトを持ってこさせた。築地の料亭にホワイトがあるわけがないのだが、山本さんは、あらかじめ、私のために準備させたのだろう。

また、山本さんご自身も、ウイスキーは、サントリー・ホワイト以外を飲まれなかった。それが一番うまいのだと言っておられたのだが、本当にそう思っていたかどうかはあやしいものだ。

山本さんは亡くなる一年ぐらい前に、ホワイトから角瓶に変えられた。値段と級でいうと昇格である。それが山本周五郎ブームで、山本さんからすると余計な金のはいってくる状況における、いかにも山本さんらしい抵抗と節度だった。スコッチは口にされなかった。

ホワイトから角瓶までで山本さんの生涯は終った。いや、亡くなる直前にオールドにかえたという説もある。

*

私は、返礼のこともあって、一度は山本さんの仕事部屋を訪《たず》ねるつもりでいて、ついに果たされなかった。

ひとつには、山本さんが体をこわされていたからである。

仕事部屋へ行く坂道でころんで怪我をされたことがあった。私は、シメタと思った。なぜならば、怪我をすれば病院に行くだろうし、そうすれば内臓のほうの病気も診《み》てもらうことになるだろうと思ったからである。

しかし、山本さんは、そっちのほうは拒否してしまって、あいかわらず酒を飲んでいた。最後の最後まで、『朝日新聞』日曜版の小説を書きつづけていた。

山本さんの死も、一種の自殺である。

＊

私は山本さんの葬式にも行かなかった。

たしか、三七日だったと思う。私は、新潮社出版部長の新田敞さんに頼んで山本さんの所へ連れていってもらった。

山本さんの家は本牧《ほんもく》である。山本夫人の清水きんさんは、うちのひとはよくあなたの話をしていましたと言われた。ちょっと悔まれもしたが、生前にもう一度お目にかかったとしても大酒になることがわかっていて、山本さんの死期をさらに早くするだけのことだと思った。

それから、間門《まかど》にある仕事部屋へ行った。岡の上の旅館の離れである。欄間に山本さんの着物やマントが吊《つる》されていた。それは、まあ、粗末なものだった。薬や煙草や原稿用紙が、生前のままに机の上に置かれていた。

「飲みましょうか」

と新田さんが言って、山本さんが飲み残された葡萄酒を注いでくれた。山本さんは葡萄酒に関するかぎりは贅沢《ぜいたく》だった。

私は非常に期待したのだけれど、栓があけられて日が経っている葡萄酒は、ちっともうまくなかった。

撮影所の酒①

私は、三度、映画に出演した。こういうのは、出演したというより、単に「出た」とか「映った」といったほうがいいかもしれないが――。

そのことで、ある出版社の人に叱られた。

「出るのはいいよ。出るのはかまわないけれど、どうせ出るのなら主役をやりなさいよ。たとえば三島由紀夫のように、あるいは石原慎太郎のように……。それならかまわない。あんたみたいなのはミットモナイ」

それは正論だろう。しかしながら、その前に肉体条件というものがある。三島さんや石原さんのような美貌の持主ならともかく私ではどうにもならない。映画会社が私を主役にして大金を要する映画をつくるわけがない。

＊

原作者が映画に出演するのは宣伝のためである。原作者が出るということで、芸能週刊誌やテレビ局の芸能ニュースの製作者が来たりする。映画に出たいという気持はさらさらないが、自分の原作の映画が興行的に当って映画会社が儲《もう》かるというのは非常によろこばしいことだ。宣伝に協力しようという気持がある。

私が映画に出演したのは、そろそろ映画界が左前になりかけた頃であった。映画の関係の人は、特に、大道具、小道具、照明といった裏方さんは、原作者のことを「諸悪の根源」と呼ぶのである。

裏方さんにかぎらず、映画会社の社員は、月給が安い。いいときもあったのだけれど、十年ぐらい前から給与の面では駄目になった。すなわち、彼等は、好きでやっているのである。映画が好きでやめられないという人たちである。従って、現在でも映画会社に勤めている人は、気の弱い善人が多い。

好きでやっているのであるが、生活は苦しいし、仕事は実に実に激務である。こんなに苦しむのも、モトはといえば、原作者なんてものがいたからいけないということになる。憎しみは原作者に集中しているのである。

それを知らないで、撮影所のなかを「われこそは原作者なるぞ」という顔で歩いていたらヒドイことになる。なにしろ、スタジオでは、天井《てんじょう》にも何人かの男がへばりついているのであるから、何が落ちてくるかわからない。

*

私が最初に出演したのは『江分利満氏の優雅な生活』という映画である。

銀座の酒場の場面があった。そのころ私がよく飲んでいた酒場がスタジオに再現されるという。そこで、その酒場の常連にも出てもらった。梶山季之さん、林忠彦さん、岡部冬彦さん、小島功さん、矢口純さんといった人たちである。俳優の伊丹十三さんも来てくれた。まさに友情出演であって、いま考えると、まことに申しわけないことをしたと思っている。

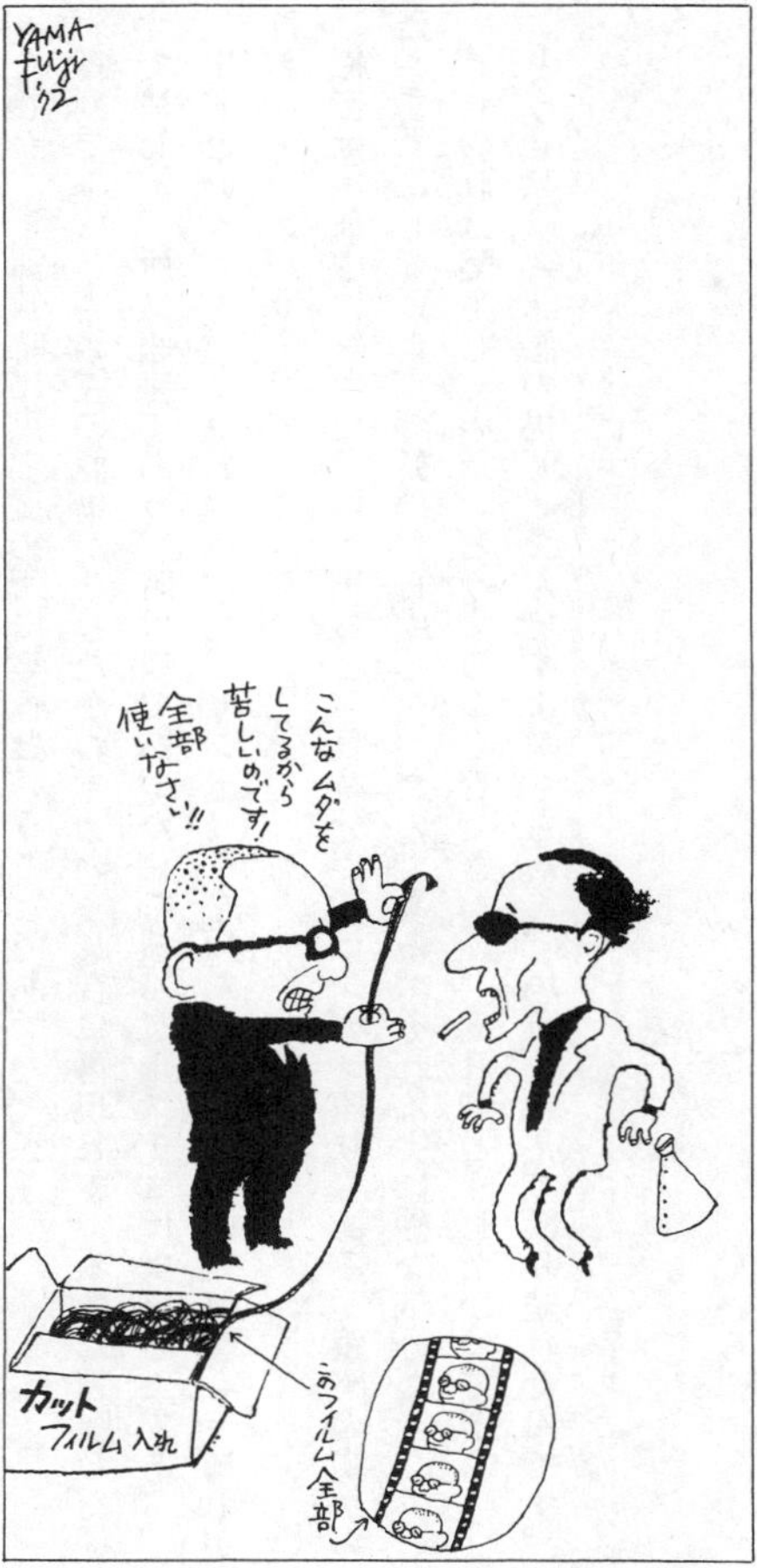

たしか、午前八時に東宝撮影所に集合ということであったと思う。行ってみると、銀座の酒場が寸分たがわずという具合に再現しているのに驚嘆した。すでにして、所は銀座であり、時は夜であった。むろん、ホステスは女優さんである。出演といっても、われわれは、ただサントリーを飲んでいればいい。何度もテストが行われ、全員が酩酊《めいてい》してしまった。

撮影は午前中に終った。外へ出ると、夏時分で、カンカン照りである。銀座の夜から、たちまちにして、東京郊外の昼日中となったのである。それは実に妙な気分だった。われわれは酩酊していた。どうすることもできない。それでどうしたかって?

どうせ私は「諸悪の根源」なんですよ。もちろん、場所をかえて飲み続けたんです。

撮影所の酒②

その撮影が行われたとき、梶山季之さんは、奥さんと娘さんと、両親を連れてきた。梶山さんを除く四人は、スタジオの隅で見物していた。

テストが何度も行われ、いよいよ本番である。同時録音だから、とても緊張する。

監督は岡本喜八さんである。

「ヨーイ」「スタート」でカメラが廻る。終ると他の監督はどう言うのか知らないが、多分ＯＫとかなんとか言うのだろうけれど、岡本さんは「いいよ」と言う。そう聞えるのだけれど、本当は何と言っているのだか、正確には知らない。それが「ヨッ！」というふうに聞える。とても気合がはいっている。

さて、撮影が終って、岡本さんが「ヨッ！」と叫び、やれやれとなったときに、録音の係りの人からクレームがついた。

あとでわかったのだけれど、梶山さんのお嬢ちゃんの美季ちゃんが、当時三、四歳であったけれど、どうやら、本番の最中にオシッコと言ったらしいのである。本番の緊張を感じて、こわくなったせいだろう。

そこで、また、やりなおしになった。

「諸悪の根源」は、原作者の友人の娘にまで及んだのである。

それでもまだその頃はよかった。出演者一同に「金一封（五百円）」が渡されたくらいであるから……。映画界は、だんだんに悲しいことになる。

＊

その『江分利満氏の優雅な生活』では、別の日に、もう一度、撮影が行われた。前記の銀座の酒場で飲んでいた私が酔っぱらって新橋の呑み屋へ行く。そこに村島健一さんがいる。そこへまた主役の小林桂樹さん（実は本当の私）が入ってくるという設定である。

こんどは私一人のアップにちかいものがあり、ストップモーションなんかもあるから大変だ。依然として私はサントリーの角瓶を飲み続けるのである。テストは何度も何度も繰りかえされた。

演技をしなければいけない。演技といったって、すべて飲む動作である。

テストのたびに飲んでいたんではタマラナイと思う。

しかし、岡本さんに大声で「ヨーイ」と叫ばれると、どうしても右手がグラスを摑《つか》んでしまう。これは不思議なものだ。そうして「スタート」と言われると、どうしたって、摑んだグラスを口へ持っていってしまう。そのままじっとしているわけにいかないから、必然的にウイスキーを飲んでしまう。まだカメラは廻っている。することがない。これまた、どうしたって二杯目を口へ持っていかないわけにはいかない。

かくすることが二十回におよび、ついに、サントリーの角瓶一本が空になってしまったのである。短時間にそれだけ飲んだのだから、完全に泥酔してしまった。役者なんか

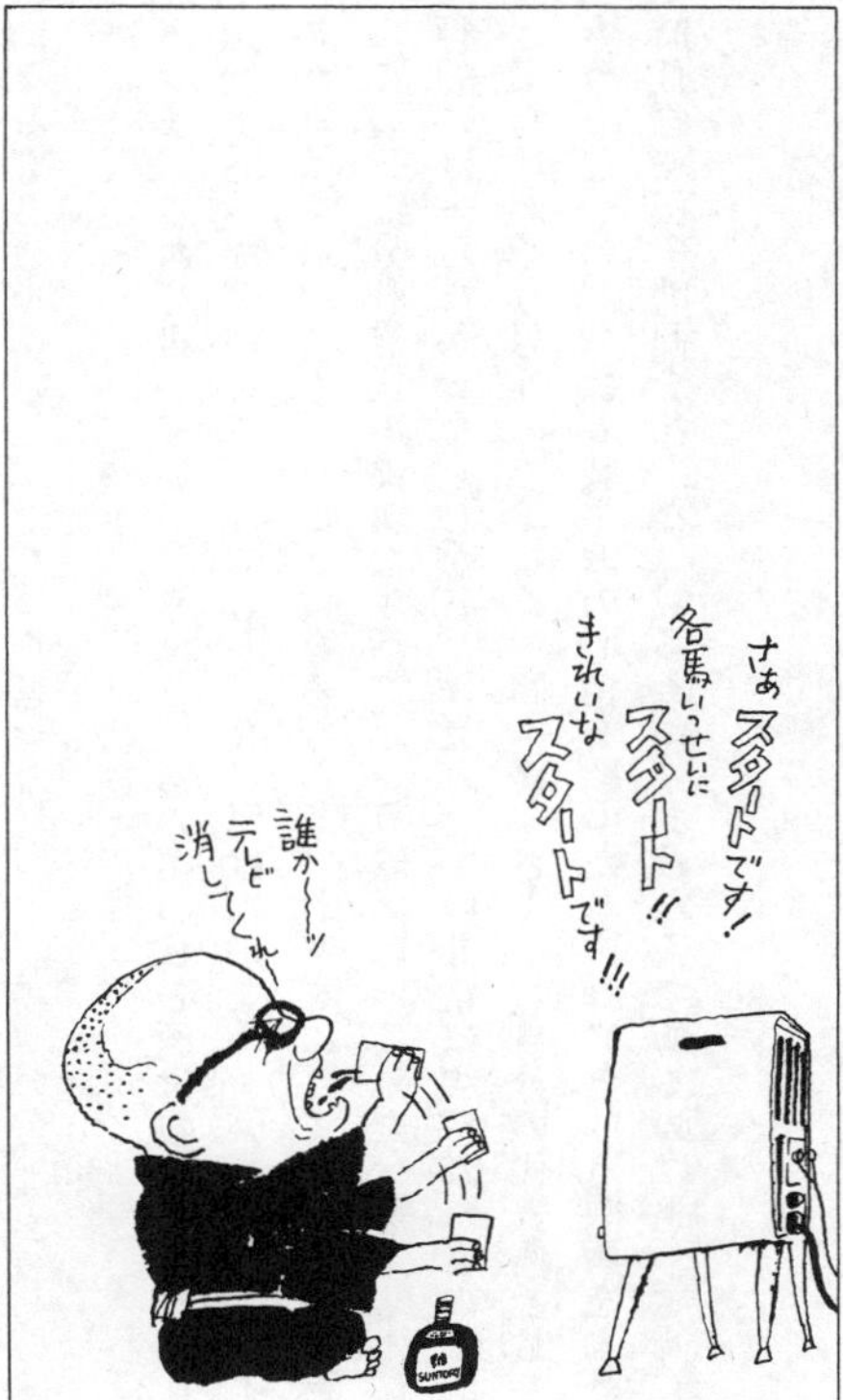

になるもんじゃないと、つくづく思った。

＊

いま、これを書いていて、やはり、あの頃の私の酒は強かったと思う。体力があり、元気があった。いまではとてもあんな真似は出来ない。いまなら、ウイスキーの瓶に番茶か紅茶をいれてもらうことになるだろう。お茶をにごすとはこのことか。

この『江分利満氏の優雅な生活』という映画は、これだけ努力したにもかかわらず興行的には当らなかった。しかし、作品としては非常にすぐれたものである。

私だけがそう思うのではなく、岡本喜八さんは、自分の代表作として、この映画と、もうひとつの、やはり戦中派の心情を歌った『肉弾』という映画をあげているのである。時代物や戦争映画をあんなに数多く作りあげた人であるのに——。

撮影所の酒③

私が次に出演したのは、梶山季之さんの原作による企業スパイものであった。日活映画である。前回のことがあるから、おかえしの意味もあった。

そのときも、やはり酒場の場面だった。こんどは、だいぶセリフがあった。

私はこれを長谷川一夫の声色で喋《しゃべ》ってみようかと思った。例の『忠臣蔵』の「オノオノガタ……」という調子である。

「ミナサン……ソレデハ……飲モウデハアリマセンカ……。オヤ……アソコヘ来タノハ、美空ひばりノ、亭主デ、有名ナ……アノ、渡リ鳥ノ、小林旭……デハナイカ」

というようにやろうと思ったのだけれど、どうも長谷川一夫は銀座の酒場の場面には似つかわしくない。それに、その調子だと、一回のセリフで五分ぐらいかかってしまうと思われたので止めてしまった。

＊

三度目が、私の原作による『爽春《そうしゅん》』である。これは『結婚しません』という小説を映画化したものである。

またしても、オデン屋で飲むという場面。オデン屋のおかみさんが賀原夏子さんで、山形勲さんと有島一郎さんが飲んでいて、私に話しかけるという設定。

この頃になると、映画界は、ひどいことになってきていた。

この映画の最後のほうに、結婚式の場面がある。その撮影が神田明神の披露宴会場で行われた。私は、松竹映画では結婚式のシーンはやたらに出てくるので、大船撮影所で撮影しないのが不思議に思われた。

製作の人に聞いてみると、出演者の交通費とか弁当とかをこまかく計算してみると、神田明神を借りたほうが四百円安くなるのでそうしたのだということだった。一人当り四百円ではない。全体で四百円安くなるのである。

私は思わずツンときて涙が出そうになった。ああ、我国の映画界も、ついにここまできたかと思った。製作者の努力たるや、大変なものである。「諸悪の根源」たる者は、いよいよ体をちいさくしなければならない。

＊

さて、オデン屋の場面。

私は賀原さんに酌をしてもらったり、自分で注いだりして酒を飲む。その酒も、九州のナントカという酒造会社とのタイアップであり、同じ銘柄の酒瓶が棚にずらりとならんでいた。

こんどはカラーの映画である。

そこで、監督の中村登さんが、あなたはお酒を飲むと顔が赤くなりますかとたずねた。一人だけ赤くなったら困るのである。私は、それだけは自信があると言った。

テスト、テストで夢中になって「演技」し、飲んでいるのだが、いっこうに酔わない。

のみならず、なんだか変な味がした。

私は、このお酒、ちょっと変ですねと言い、賀原さんに舐《な》めてもらった。あら、おかしいわ、ということになった。

大騒ぎになって、ついに犯人が名のりでた。裏方さんの一人が前の晩に一本飲んでしまって、かわりに水をつめておいたのである。その一本が私に当ってしまったのである。いうまでもなく、ほかの役者連中は、カラの徳利でもって演技しているのである。

私は、いまでも、裏方さんの一人が、そういう形で「諸悪の根源」に復讐《ふくしゅう》したのではないかと疑っているのである。でも、まあ、小便でなくてよかったと思った。……いや、そうではない。あれは小便ではなかったかという疑いがまだ解けていない。なんとも奇妙な味だった。

川島雄三さん

『江分利満氏の優雅な生活』という映画は、はじめは川島雄三さんの監督で撮られることになっていた。それが岡本喜八さんに変った。

川島さんと岡本さんとでは、まるで別の映画になっていたはずである。どちらがいいというようなことはない。

最初に川島雄三さんに決定して、川島さんは私の家に打ちあわせに来られた。当時、私は、川崎市郊外のサントリーの社宅に住んでいた。そこが舞台となっている小説だから、川島さんは私の家に来る必要があったのである。

昼頃だった。すぐにウイスキーになった。

それより前、私に川島さんを会わせたいと言う人が何人もいた。川島さんは、大変な酒呑みである。飲み方が私と似ているという。すると、川島さんも乱暴な酒なのだろう。

川島さんはいきなり、

「世話物でいこうか、ドタバタでいこうか」

と言われた。川島さんは、職人肌で、あらゆる種類の映画のつくれる人である。

「世話物でおねがいします」

と私は言った。

「よし！」

打ちあわせはそれで終りで、実に痛烈な昼酒に変った。川島さんは、藤本真澄さんにもらったというカボチャのタネかなんかを食べながら、ストレートで凄《すご》い勢いで飲み、私も負けずに飲んだ。

ついで、近所にあるサントリー多摩川工場へ遊びに行き、そこでも飲んだ。これは一種のロケハンなのであるけれど、それにしても乱暴きわまる社員であった。

勢いは止らなくなった。二人で銀座へ行き、飲みに飲んだ。夜になり、一軒の酒場で、川島さんは大岡昇平さんと喧嘩《けんか》になった。大岡さんの『花影』を映画化したあとで、そのことで口論になったのだろう。

ちょっとした騒ぎになり、その日はわけわからずに別れた。

＊

十日後の朝、東宝の市川久夫さんから電話が掛ってきた。

「山口さん、お酒をやめてください」

突然だった。叱りつける声だった。

「どうしたんですか」

「川島雄三が死んだんです」

私は声が無かった。

川島さんは、私と別れてから、毎晩のようにその酒場に来たという。私も何度か彼の家に電話していた。いつも行き違いだった。

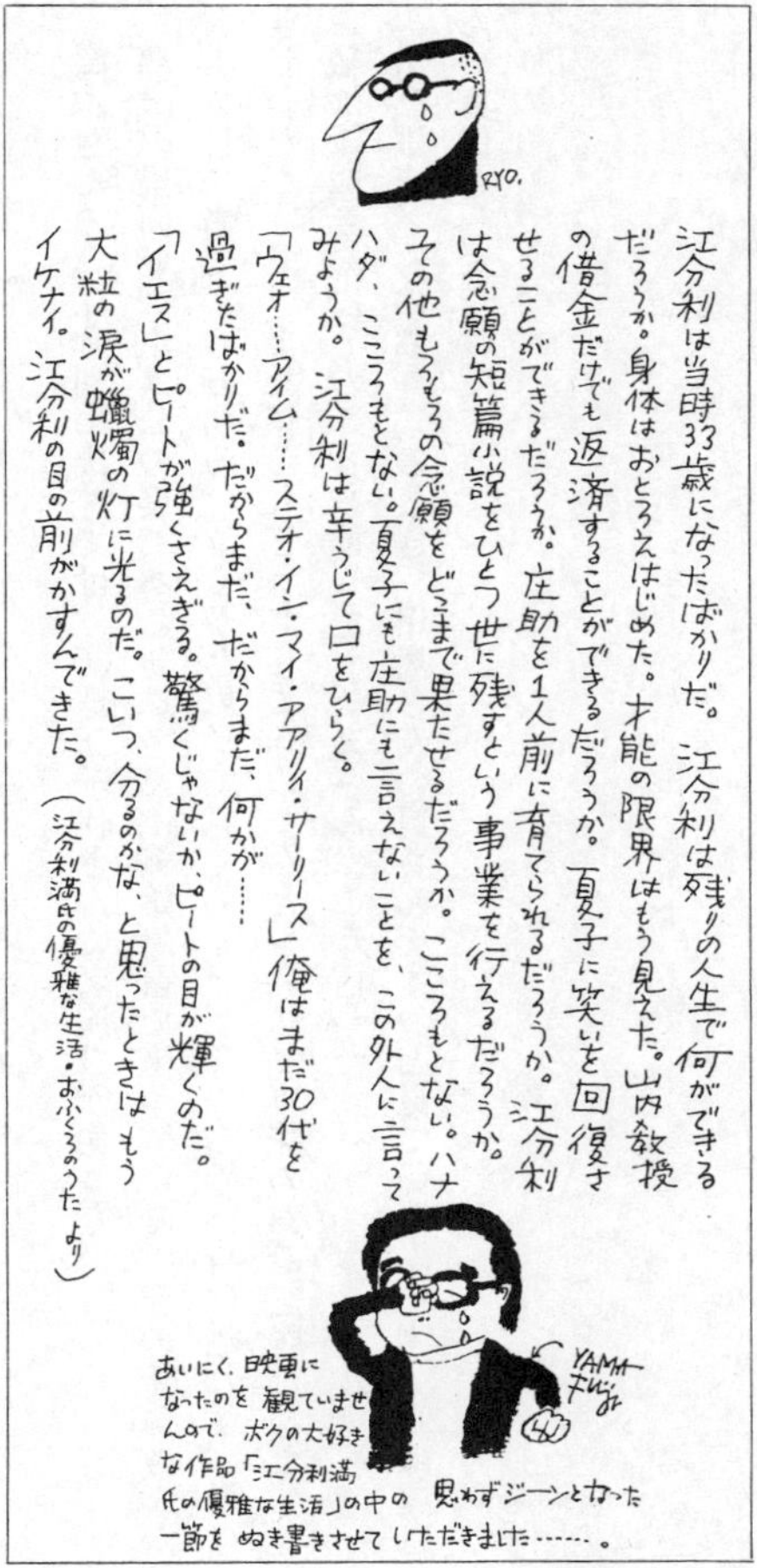
RYO.
江分利は当時33歳になったばかりだ。江分利は残りの人生で何ができるだろうか。身体はおとろえはじめた。才能の限界はもう見えた。山内教授の借金だけでも返済することができるだろうか。夏子に笑いを回復させることができるだろうか。庄助を1人前に育てられるだろうか。江分利は念願の短篇小説をひとつ世に残すという事業を行えるだろうか。その他もろもろの念願をどこまで果たせるだろうか。こころもとない。ハナハダ、こころもとない。夏子にも庄助にも言えないことを、この外人に言ってみようか。江分利は辛うじて口をひらく。
「ウェオ……アイム……ステイ・イン・マイ・アアリィ・サーリース」俺はまだ30代を過ぎたばかりだ。だからまだ、だからまだ、何かが……
「イエス」とピートが強くさえぎる。驚くじゃないか、ピートの目が輝くのだ。大粒の涙が蠟燭の灯に光るのだ。こいつ、分るのかな、と思ったときはもうイケナイ。江分利の目の前がかすんできた。
（江分利満氏の優雅な生活・おふくろのうた より）
YAMA FUJI
あいにく、映画になったのを観ていませんので、ボクの大好きな作品「江分利満氏の優雅な生活」の中の 思わずジーンとなった一節を ぬき書きさせていただきました……。

岡本さんの『江分利満氏』では、新珠三千代さんの名演技があった。

*

葬式の場面で、主人公の妻である新珠さんは終始無言で坐っている。その新珠さんが、右手を目に当てようとする。泣くかと思って見ていると、その右手は目に触れず、髪にさわっただけで、また膝《ひざ》にもどってしまう。なんとも哀切で凄味のある芝居だった。

私は新珠さんにそのことを言った。新珠さんはこう言った。

「川島雄三さんのお葬式のとき、川島さんの奥さんをずっと見ていたんです。私は奥さんの真似をしただけです」

イワナ釣り

一昨年あたりまで、よくイワナを釣りに行った。イワナ、アユ、ヤマメ、ハヤのたぐいである。場所は、イワナのときは、奥只見《ただみ》であることが多かった。同行は、近所の人である。それも、タクシーの運転手であることが多かった。

ここで「私が魚を釣りに行く」ということに関して、すこし説明を加える必要がある。これは言葉としては誤りがない。たしかに、釣りに行くのである。しかし、何か変なのである。というのは、自慢じゃないが、その生涯において、私は一度も釣れたことがないのである。

中学三年生のとき、同級生に連れられて釣堀へ行った。一時間のあいだに、同級生は十六匹を釣りあげた。私は一匹だった。それが私の最初の釣果《ちょうか》であり、それが全《すべ》てになった。そうして、その一匹は、魚が餌《えさ》を喰って、それを針と竿《さお》とでもって釣りあげたものではなかった。私が何気なしに竿をあげると、針がフナの背鰭《せびれ》にひっかかっていたのだった。それでも私は非常に昂奮《こうふん》した。

＊

あるとき、同行者の一人が、私の針に自分の釣ったアユをつけてくれて、写真を撮った。いかにも、私がいま釣りあげたというポーズをとるのである。ところが、いま釣りあげたという心持で竿をあげると、もう、アユは逃げてしまっていた。私は自分が釣れないだけでなく、他人の魚を減らしてしまうのである。

釣りの大天才というのがいるとすれば、私は大鈍才だろう。低脳であり白痴である。

＊

「私が釣りに行く」のではなくて、連れられてゆくのである。私は、竿も糸も針も餌もない。それでいて「フォックス・クラブ」という釣友達のおそろいの帽子だけはかぶってゆくのである。

いったい、私は何をしに遠い所へ行くのだろうか。

これを、端的に、一語であらわすならば「酒を飲みに行く」のである。

＊

奥只見から、湖上をボートでもって渡り、さらに奥へ奥へとはいってゆく。

ああ、ここは人跡未踏であるなと思って、ひょいと上を見ると、樹木に「福島営林署」なんていう板を打ちつけてあるのでガッカリしたりする。

山小舎《やまごや》に到達し、みんなは、すぐに釣りに行く。私は河原へ行って流木をあつめたりして火をおこす。それから昼寝する。

夕方になって、同行者がヘトヘトになって帰ってくる。私は、まず、全員に熱いコーヒーをつくる。

夜になって酒盛りになる。

同行者は、運転の疲れ、釣りの疲れ（さらに山奥へ行ったので）で、つぎつぎに眠ってゆく。

私は眠れない。ひとつには、イビキがひどいので、全員の熟睡を待つのである。もうひとつは、私は三十分か一時間ぐらいの昼寝をしているからである。そうして、私は、全く物音のしない山の中でも、やはり寝つきがわるいのである。

私は、火を燃やし続ける。夏でも、その時刻になると寒い。一時になり二時になる。小便に起きた一人が、私を見て言った。

「先生、今日は隠亡長《おんぼうちょう》だな」

そうだ、隠亡とはうまいことを言ったものだ。山小舎のイロリにくべる木は太くて長い。燃えつきるまでには長時間を要する。そいつが赤く、ちょろちょろといつまでも燃えている。

それを見ながら私は飲み続けているのである。ぼんやりと何も考えずに飲んでいる。

風呂屋の酒

いま、湯銭がいくらであるかを私は知らない。四十円だか四十八円だか、さっぱりわからない。

そういうことを以前は恥ずかしいことに思っていたが、現在はどうでもよくなってしまった。それくらいに自家風呂が普及し、銭湯へ行くのが珍しいことになってしまっている。

私の友人で、家に風呂があるのに銭湯へ行く男がいる。銭湯が好きなのだそうだ。彼には子供が大勢いて、彼にとっては、やはり湯銭の値上げは痛いだろうと思われる。

＊

十年ぐらい前に、私は、新聞で公共料金の値上げについての随想を書いたことがある。鉄道運賃、ガス代、電気代のことにふれ、湯銭については次のように書いた。

終戦直後に、風呂のない家が多く、燃料もとぼしかったときに風呂屋は繁昌した。商売には盛衰がつきまとうものであって、いま風呂屋が困っているからといって、あまり同情は出来ない。私は、風呂屋のオヤジが、町内の女房連や娘たちの裸は全部知っていると豪語していたのを聞いて、ひどく腹をたてたことがある。

しかし、私は湯銭の値上げは賛成である（そのときは、二十三円が三十二円になるので問題になっていた）。元来、日本の各種サービス料は安すぎるというのが持論であった（タクシー、床屋、アンマなど）。風呂屋の経営がなりたたないのは、自家風呂がふえたことであり、それは全般的にみれば喜ばしいことなのではないか。

これに対して、数日後に、神田の風呂屋から、ハガキがきて、値上げに賛成という意見はあなただけで、大いに感激した、関心があるなら、見に来てくれないかということだった。

＊

私がその風呂屋へ行ったのは正月だった。

さっそく、元風呂の上の板の間に通され、酒が出た。オセチ料理が残っていた。元風呂の上は、ふんわりとあたたかい。

私が行ったのは六時半頃で、風呂屋のオヤジは、飲みながら、ときどき立ちあがって、ガラスの丸窓から洗い場をのぞく。私は、なんだか、彼は女の裸をサカナにして飲んでいるような気がした。そうなると、こっちも気になって仕方がない。

あとになって、ノゾクのも仕事であることがわかった。人数が多くなるとヌルくなるのである。これを、専門用語で「釜《かま》が負ける」と言う。釜が負けてきたら、釜前の青年に合図をおくるのである。

また、客が来るのを「トレル」という。マグロかなんかみたいで面白かった。その風呂屋は、まるっきり、トレないようだった。

雪になり、私たちは、近所の呑み屋へ行った。尻が熱くなっていて、雪の降る町が少しも寒く感ぜられない。

値上げ賛成論者が来たということで、浴場組合の役員をしている人が、その呑み屋へ来た。

「早いじゃないですか」

と、風呂屋のオヤジが言うと、老齢の役員は、松の内早仕舞とこたえ、それがいかにも昔気質《かたぎ》の風呂屋の感じをだしていた。

*

まことに、東京の下町の風呂屋の状態はひどいものだった。なぜ廃業しないのかと私は言った。すると、二人は、こもごもに、こう言った。

「ウチのオヤジが新潟から出てきて、三助をしたりして、苦労して、この風呂屋を建てたんです。日銭のはいる商売だし、町内の健康をあずかる仕事です。お父さんがいいと思ってやった仕事なんです。景気が悪いからって、これ、やめられますか?」

武蔵野工場落成式

サントリーでビールを発売することになり、最初の工場が出来て、落成式が行われた。武蔵野工場というのは府中の競馬場の隣であり、正面スタンドから見ると、第二コーナーの所にあたり、ダービーでは、だいたい、このへんでレース展開がわかる仕掛けになっている。

*

その落成式のときは、都心地からかなり離れているにもかかわらず、新しいビールが飲めるということもあって、たいへんな盛況であった。

私は来客を案内するほうの係りである。工場を見てもらって、模擬店などのある宴会場へ行く。

藤本真澄さんが来られた。すてきな美人と話をしながら、歩いて行く。藤本さんは東宝の重役だから、もちろん、そのひとは女優さんだと思った。

ところが、その美人が、ちらちらと私のほうを見たり、会釈したりする。私は、女優に知りあいはないはずだと思い、おかしいなあと思った。

工場見学だから、階段をあがったり降りたりする。藤本さんは美人の手を引いたり、腕を組んだりする。畜生！　うまくやってやがると思った。

宴会場で、美人が言った。

「あら、いやだわ、忘れちゃったの」

彼女は、銀座の高級酒場のマダムだった。私は、いまでも、彼女は銀座では、もっとも美しいママさんだと思っている。美貌で大柄で、スタイルがいい。それが藤本さんと二人で歩いていたのだから、私が間違えたとしても無理はない。

＊

宴会場へ梶山季之さんが来た。

うまいうまいで、やたらに飲むことになる。ビールだって馬鹿にしちゃいけない。大量に飲めば、やっぱり酔っぱらう。特に昼間飲むと廻りが早いように思われる。どこかへ行こうかということになった。梶山さんは珍しく奥さんと一緒だった。奥さんの運転で来て、外で待っているという。

それでは、いい機会だから、私の家へこないかと誘った。当時、私は、川崎市郊外の社宅に住んでいた。武蔵野工場から多摩川ぞいに下っていけばいい。

梶山夫人は、佐久間良子に似た美人である。肉づきのいい人で、グラマーである。梶山さんは、俺はふとった女が好きなのだと言っていた。美人でグラマーだから、彼が参ってしまったのは無理もないと思われた。それに、若いのに、なんというか、貫禄がそなわっている。

梶山さんのトップ屋時代の渾名《あだな》は部隊長である。梶山夫人は、すなわち、部隊長夫人である。

家へ着くと、すぐさま、ビールになった。落成式の記念にもらった大ジョッキで何杯も飲んだ。

＊

そのうちに、なにか、女房の態度がおかしいことに気づいた。梶山夫人に対して、妙に遠慮するような口をきいたり、台所にひっこんでしまったりする。女房は梶山夫人とは初対面であったけれど、もっと親しくしてもいいはずだと思った。

梶山夫妻が帰ってから、女房が梶山夫人を銀座の酒場のマダムと間違えていたことがわかった。それほどに梶山夫人は美しく貫禄があったのである。また、梶山さんの勇名がとどろいているので早合点したということもあった。

「だって紹介してくれないんですもの」

私は紹介したつもりでいたが、酔っぱらっていたので、あまり自信はない。

この日、私は、銀座のマダムを女優と間違え、女房は奥様をマダムと間違えたのであった。

真面目な話①

まず、酒場の勘定が高くなったということからはじめよう。

なぜ高くなったかというと、諸物価の値あがりということはあるけれども、ご承知のように、根本は、女給の給料が高くなったからである。

第二に、社用接待で飲む人が多くなったからである。接待したり接待されたりで飲む。そうすると、少々勘定が高くなってもかまわぬということがある。いや、たとえば、日本一高いバーへ案内したということが、ひとつの接待法となるのである。

それは店のほうでも心得ていて、あまり安い勘定書ではかえって失礼になるのではないかと考えることさえあるのである。接待ということに、お互いに馴れてしまう。これは、実は、会社の帰りに酒場で一杯飲むという精神からすると大いに逸脱していることになる。

会社で残業して、八時頃に出て、一緒につきあってくれた同僚と銀座へ出て、二人で一時間ばかり飲むというのは、なかなかに粋《いき》なことであり、気持のいいことであり、また気分転換という意味で健康上にもよろしいと思われる。

私なども、長い小説を書きあげたあととか、それが書物になるのでゲラ刷りに手をいれて出版社に届けたあとなどで、担当の人と二人か三人で銀座へ出るというのは非常に気分のいいことである。そういうときの酒は気持よく飲めるし、翌日も爽快《そうかい》である。

また、二日か三日の旅行から帰ってきて、新橋あたりの小さい酒場で、重いカバンを置いて、どっこいしょという感じでスツールに腰かけるなんていうのもいい。そこで若干の借金を払ったりする。

本来、酒場とは、そういうものであろうと思う。そういうことのために酒場が存在するのだと思う。

それが、だんだんに、そうではなくなってきた。こちらがいい気分でいるところへ、いきなり心臓を突き刺すような勘定書をつきつけられる。

＊

私は、三年ぐらい前までは、酒場の勘定を高いと思ったり、そのことを言ったりするようなことはなかった。

私の考えは、高いと思ったら行かなければいいということに尽きる。また、酒場というのは、そもそもが、バカな金をつかうところであって、そのことに文句を言うべき筋あいのものではないとも思っていた。バカな金をつかう。それで、ちょっといい気分になる。そのかわり、店のほうでも気をつかってくれるし、めんどうを見てくれる。それが、客と店との関係だと思っていた。そうでなくては、酒場など、全く無意味である。金のことを言うなら家で飲んだほうがいいにきまっている。『恋飛脚大和往来《こいのたよりやまとおうらい》』の忠兵衛と新町揚屋《あげや》のような関係が理想ではあるまいか。あれなら忠兵衛はいい気分で死ねると思う。（それは冗談だが）

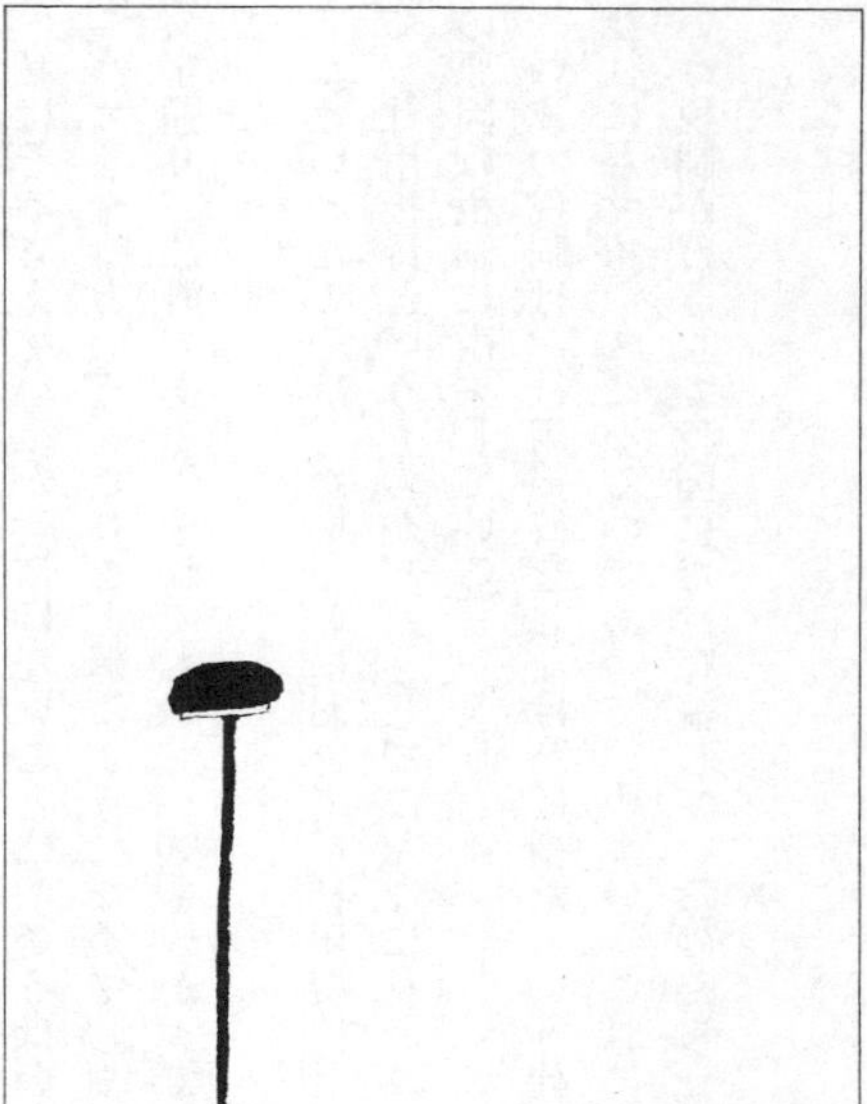

私はそう考えていたが、情けないことに、そうはいかなくなった。「バカな金」というあたりを上廻るようになってしまった。リーズナブルではなくて、文字通り、法外である。それでもって、気をつかってくれるということもなくなってしまった。

こういったことは、だいたいにおいて、社用接待というものの悪影響である。そうして、社用接待というものが、どうしてこんなに行われるようになったかというと、根本の原因は税制に由来している。

いまの税制は、社用接待をしなければ損だという仕組になっている。ということは、会社にもマイナスになるのであって、いよいよこれに励むことになる。いったい、こういう税制がどうして我国にだけ存続しているのだろうか。

真面目な話②

バーの勘定が高いということについて書いている。

ここで、そうなったのは、私たちの世代の者がいけないのだという説があることを紹介しておく。

売春防止法が施行され、赤線の灯が消えたのは昭和三十三年四月一日である。そのとき私は三十一歳だった。つまり、赤線にはまにあった世代、赤線のおかげをこうむった世代だというのである。

赤線地帯へ繰り込むには酒を飲んでから行く。あるいは、酒を飲んでいて春情を催して赤線地帯へ行く。(これは全《すべ》て他人から聞いた話です。私の関知するところではありません)つまり、酒とセックスが結びついているというのである。

＊

私は四十五歳である。そこで、四十歳から六十歳ぐらいまでの者が酒場を駄目にしたという。それ以上の年齢層は現役ではないということにする。

私たちの世代は、女なしでは酒の飲めぬ哀れな世代であるという。あるいは、女がいなくても、酒を飲むときに、ドンブリバチャヒックリガエシタステテコシャンシャンで大騒ぎする世代であるという。

なるほど、そう言われてみると、銀座の高級酒場で、軍歌を歌い、早稲田大学校歌を歌い、すみれの花咲く頃を歌うのは、情けないかな我等の世代である。(ひとから聞いた話で、私自身は関係ありません)なかには、立ちあがって、当て振りで演歌を歌うのもいる。

そこで、女なしでは酒の飲めぬ世代、あるいは、銀座の酒場を女郎屋にしてしまう世代、あるいは、高級酒場をキャバレーにしてしまう世代といわれるのである。そういった大雑把《おおざつぱ》な摑《つか》み方で論難されるならば、一応は、申シワケアリマセンと頭をさげるよりほかはない。

かくして、酒場が女を置くようになる。従って、勘定が高くなる。

これに反して、二十代の青年たち、もしくは三十代の初めの男たちは、酒の飲み方がスマートであるという。女に関して言うならば、彼等は、マニアッテイマスと答えるにちがいない。いや、ひょっとしたら、女なんかアキアキシテイマスと言うかもしれない。なにしろ、彼等は、小学校以来、男女共学を続けているので、女の厭《いや》らしさ、横暴狡猾《こうかつ》打算を身に沁《し》みて知らされているのである。そういう者に会うために大金を払って酒場へ行くという我等の世代の心情は、とうてい理解できないだろう。ただでナニ出来るものに数万金を費やすということは、ナンセンス以外のものではないと思うのは当然である。ここに確実に、言葉の正確な意味における断絶が見られるのである。私たちの世代の者がいかに自己弁護を試みても、彼等は受けつけないだろう。

逆に言えば、私たち四十代の者のほうが、女に対して純真であり、ウブであり、無智

なのである。そういう世代に育ってしまったのだから仕方がない。私に限って言っても、その思春期において、男女交際などは、夢のまた夢、叶《かな》わぬ天上の出来事であり、絵空事であった。それは、小説や映画や芝居のなかの出来事であって、現実のものではなかった。

たとえば、三島由紀夫さんは私とほぼ同世代であるけれど、あの俊秀をもってしても、やっぱり駄目だ。私は三島さんの小説を読んで、女がイキイキと躍動しているという感じを受けたことがない。『潮騒《しおさい》』という青春小説にしても、つくりごとの感があることを否めない。『美徳のよろめき』の節子、『真夏の死』の朝子、『鏡子の家』の鏡子にしても同様である。

むろん、女を描くのがうまい小説家もいる。ただし、それは女郎屋で鍛えたものであって、男女交際といったものではない。

真面目な話③

酒場の勘定の話を書いている。勘定が高くなったのは、私たちの世代の者がいけないのだという説を紹介している。そこで大脱線をしてしまった。ついでに、もうすこし脱線する。

私たちの世代の者は女を知らない。それは、いかに梶山季之さんが我等は赤線によって鍛えられていると力説したところで、自由な空気のなかで、小学校以来男女共学を続けてきた二十代の若者たちとは、少なくとも、女を知るという、その知り方の種類が違うのだ。私は梶山さんは、サドとかマゾとかグロとかを書き続けているけれど、根は純情であると思わないわけにはいかない。

その道の大家である吉行淳之介さんにしても、叱られるかもしれないことを覚悟して書くけれど、純情という感を拭い去ることができない。また、そこが面白いところだ。

それならば、川上宗薫さんはどうかというと、私は川上さんのファンであり愛読者の一人であるけれど、その川上さんにしたって、女を扱う手つきが、なんとなく、プラモデルを弄《いじ》っている子供に似ているような気がして仕方がないのである。

どうも変なことになってきた。話をモトにもどそう。

私たちの世代の者は、酒と女が結びついていて、女がそばにいないと酒が飲めないと言う人がいる。従って、酒場の勘定が高くなるというのである。

＊

新橋と新宿に、私のよく行く有名酒場がある。ここでは名を伏せておく。この際の有名というのは、店の構えがよく、酒の種類が多く、グラスなどの容器は高価なものを使っており、なによりもバーテンダーの腕がいいことで知られているという意味である。小さな店である。

十年前に、この二軒の酒場の経営が、さびれるというほどではないにしても、思わしくないようになってきた。飲みに行っている私にも、それが感じられた。

二軒とも、軌を一にして、女給を置くようになった。商売だから仕方がない。節を屈したのである。

新橋のほうは、当時、一杯二百円のサントリー角瓶のハイボールが二百五十円になり、だまっていても何か一品はオツマミが出るようになった。私はその頃は大量の酒を飲んでいたので五十円の値上げでも相当に痛かった。悪いとは思ったけれど、お嬢さんのような三人の女給さんが憎らしくなり睨《にら》みつけるようにしていた。たまには千円ぐらい置いていかなければならないと思うのが心の負担になった。

新宿のほうは、二年ぐらいで、また女を置かないようになり、やれやれと思った。損得計算で、女がいないほうがいいということがわかり、また、わずらわしさから解放されたいとも思ったようだった。二年の間に、客がつくようになった。

二軒の酒場のチーフ・バーテンダーの意見も一致している。これは過渡的な経営であるという。

　現状では、やはり、四十歳から五十五歳、さらに六十歳ぐらいまでの男が、客の中心勢力であるそうだ。この男たちが齢をとる。あるいは、体をこわして酒が飲めないようになる。いまの若者が四十歳になり、酒の味が本当にわかるようになってくる。若者は、いま、マンモス・バーとかスナックで飲んでいる。見ていると、実に上手に遊んでいる。

　この若者たちに期待するというのである。彼等が社会的地位を得る頃になると、まず海外旅行の経験もあるだろうし、酒場での本来の飲み方、遊び方を身につけているはずだという見通しである。つまり、私たちの世代の者は、その間のツナギであるにすぎない。

　これが、酒場の勘定が高くなったことに関する、年齢層から見たひとつの考え方である。

真面目な話④

ある雑誌で、野坂昭如さんと「ああ、偏見大論争」という対談を行なったあとで、別れ難くなったので、銀座の酒場へ行った。どこへ行こうかと迷ったあげく、早く引きあげるということに重点があったので、近くにモーター・プールのある酒場にきめた。その日は、出版社の人が一緒だったので、奢られである。はっきりいえば社用族である。

席に着くと、女給が、すぐに、

「今日は五千円よ」

と言った。いくら飲んでも、酒代だけは五千円であるという。もちろん、これに、サービス料とか税金がつくのである。そう言われてみると、そういう案内状が来ていたような気がする。

そこへ、女主人が来た。

「今日は五千円なの」

と彼女が言った。いくらかは、有難く思えという響きがあった。野坂さんも私もそう受けとった。彼女のほうは、日頃の御愛顧にむくいるために、お勘定は五千円ですから、どんどん飲んでくださいという意味で言ったのだろう。

＊

その酒場では、そのときも野坂さんと一緒だったが、以前に、こんなことがあった。女給の一人が、私の頭を見ながら、禿《は》げている人は、どうして帽子をかぶるんでしょうねえ、帽子をかぶると余計に禿げるのよ、と言った。私はそれを彼女の親切な忠告だと思って我慢した。しかし、そんなことを言わなくてもいいのにと思った。

ついで、あなたのお子さんの名前は、とても字画が悪いんですって、と言った。わたし、週刊誌の占いの頁で読んだの、と、さも心配する口調でつけ加えた。

私は小説を書くときは子供の名前を庄助にしているが、本名は正介である。だから、すこしも痛痒《つうよう》を感ぜずに、だまってウイスキーを飲んでいた。

それにしても、なんという無礼であろうか。私はそれでも我慢した。それは、彼女のほうは、商売熱心であって、わたしはあなたのことはよく知っています、あなたのお子さんの名前まで知っていますという意思表示であり、親近の情を示そうとしていることがわかっているからだった。

そのうちに、当時まだ歌手であった野坂さんが、私の願いをききいれてくれて、二曲、歌ってくれた。

席にもどった野坂さんが、急に怒った。それは、ある女給が、思ったよりうまかったわねと言ったからである。女給としては褒めたつもりである。私も、野坂さんの立場にいて野坂さんの年齢だったら激怒したろう。

＊

さて、その酒場で、今日は五千円で飲み放題よと何度か言われたときに、遂に野坂さんが怒った。それは当然である。五千円だって容易な金ではないんだという意味のことを言った。それを女主人に言った。ばんばん、やった。

私たちは、対談した割烹《かっぽう》旅館で、さんざんに飲んでいた。話の続きをしたかったので、一杯だけ飲むつもりで銀座へ出た。私は、へたばっていたので、出版社の自動車をいただいて、早く帰るつもりでいた。いかに高級酒場でも、一杯五千円は暴利である。それに、飲み放題を強調されるのは、いかにもイヤシイ気がする。私たちは、すぐさま席を立った。

「コタエタわぁ！」

階段の所で、女主人が私に囁《ささや》いた。

結局、私たちは新宿へ行き、旧青線地帯の呑み屋へ行って、私は焼酎《しょうちゅう》を飲み、二人ともダウンした。

真面目な話⑤

その酒場で、いくら飲んでも五千円という、おとくいさんに対する感謝週間みたいなものを設けたのは、日頃、社用でもって利用してもらっているので、個人で安心して飲める日をつくりましょうという善意に発したものであるに違いない。しかしながら、あの野郎だって、五千円ならテメエの銭で飲めるだろうというオモンパカリが無かったとは言えない。

それにしても、野坂さんじゃないけれど「五千円！」である。

このように銀座の酒場の勘定は高くなっているのである。それは、もはや、国際問題となって騒がれること久しきにわたっているにもかかわらず、絶えて止《や》むことのない事実であり、我国の恥辱である。繰りかえすけれど、飲み放題でも五千円ということは、コーラ一杯飲んで帰っても五千円である。感謝週間でない日は、いったい、いくら取られることやら。

このように、社用族は跋扈《ばっこ》し、跳梁《ちょうりょう》しているのである。

このように、銀座の酒呑みは卑しくなり、堕落しているのである。（なぜなら、その

日は、大入り満員だったのだから）

このように、銀座の酒場は、手をかえ品をかえ、場末のキャバレーみたいに、なになにデーやら店内改装やら、超ミニ大会やらシースルー大会やら仮装大会やらをやって客を集めているのである。いやしくも銀座の高級酒場を自称するならば、二十年や三十年はモデルチェンジをいたしませんぐらいのことを豪語したらどうだろうか。（そういう酒場があることを後に紹介する）

私は、たとえば、文壇でいえば「吉行淳之介さんに会えない銀座なんて……」と思う。吉行さんは、いまは体をこわして、飲めないようになっておられるけれど、それ以前でも、あまり銀座へ出ないようになっていた。それも勘定が高いからである。

そのことについて、川端康成さんが、そんなら払わなければいいじゃないですかと言ったのは有名な話である。

＊

社用族がいけない。そのことは非常にはっきりしている。（お前だってその一員ではないかという反論があると思う。それについても後で書く）社用族が跳梁するようになったのは税制のためである。それもまことに明瞭である。その税制は、アメリカさんの定めたものである。そのことは、歴史的な事実である。

社用で接待するというときに、相手方に酒の飲めない人がいたとする。そうすると、どうしても、キラビヤカなところ、女のいるところ、それも、なろうことなら、ちょいと見のいい女のいるところへ連れて行くことになる。すると、この限りにおいて、酒場は酒を飲むところではなくて、別のものになってしまう。そのことも明瞭である。酒が飲めるにしても、本来は、銀座の酒場なんかで飲まないほうがいい人も行くよう

になる。

有名会社の社長で、赤坂か新橋の待合にいらっしゃったほうがいいような人もお見えになる。それから、いま全盛を誇っているのは、中小企業の社長・副社長である。先代が一代で起した会社の御曹子である。こういう連中が、いちばん社用接待費を自由に出来る立場にいることも、はっきりしている。そうするとどうなるかというと、銀座の酒場は、お女郎屋か場末のキャバレーになる。店が悪いのではなくて、客が悪いのである。いまや、どんなに小さな企業でも、すべて会社組織になっている。すると、社用接待のワクがあるのである。ただで遊ぶのである。

社用族の跋扈が根本原因であるけれど、酒場がおかしくなったのは、第二に関西系資本の進出のためである。

真面目な話⑥

ある関西系資本の酒場経営者が言った。

「酒の味はどこへ行ったって同じですよ。違うのは女ですよ。女で勝負です」

彼の言葉は正しいのである。

銀座の酒場には、たとえばウイスキーなら、どこへ行ったって、ひと通りのものはそろっている。そこへ客をひっぱってこさせるとしたら、いい女を置く以外にはない。この場合の「いい女」には、さまざまな意味がふくまれている。

かくして、十二、三年前ごろから、関西系資本の酒場が大成功をおさめて、銀座を席《せっ》捲《けん》するにいたるのである。

彼の言葉の正しかったことが、実証されたわけである。ただし、私は、こう思う。彼の言葉が正しいのは、商売として、企業として正しかったという意味である。

酒の味はどこへ行ったって同じですよと言われたとき、私は、なんともいえぬ違和感を感じた。心のなかがザラザラしてきた。彼の言葉は正しいけれど、同時に、絶対に間違っているとも思った。

ウイスキーのことにしよう。ストレートなら、どこへ行ったって同じだということにしてもいい。（私は、厳密に言うならば、ストレートでも、その店の雰囲気《ふんいき》によって、グラスによって、オツマミによって味が違ってくると考えている。日本酒でも同様であって、同じ菊正の樽《たる》をつかっていても、呑み屋によって味が違うと考えている）

水割りも同じだということにしよう。（いったい、ウイスキーを水で割るという悪《あ》しき風習はどうやって生じたのだろうか。本来、強い酒の強い味と香りを楽しむべきものを薄めてしまうという考えが私にはどうしても納得がいかない。その証拠に、ウイスキー工場の研究室では、ストレートによる味を吟味しているのである。ストレートで飲んでもらいたいために十年も二十年も樽を寝かせているのである）

次にハイボールである。（ハイボールを飲む人がめっきり少なくなってしまったのを嘆くこと久しきにわたっている）

関西系資本の酒場経営者の考えによると、同じウイスキー、同じソーダを使うならば、ハイボールなんてどこの店へ行ったって同じ味がする、ということになる。

これは絶対に違う。……そう言ったって、わかる人にはわかるし、わからない人にはわからないのだから仕方がない。

私は、一時、新橋の駅の近くにある「ジョンベッグ」という酒場のハイボールに凝っていた。後に、会社の同僚で全く同じ考えの人がいるのを発見して、妙に嬉しく思ったことを記憶している。もちろん、「ジョンベッグ」のハイボールがうまいと思っている人は、私たちだけではなかった。私には、どうも、レモンの絞り加減に秘密があるように思われてならなかった。みんな、この店のハイボールは他の店と味が違うと言っていた。

「クール」の古川さんのジンフィズが飲みたい、あるいは「馬車屋」の長谷川さんのところへ行って何かカクテルをつくってもらおう、さらに「アムステルダム」の木村さんのところで気分をかえてフラッペでもお願いしようというのが銀座の酒呑みの考え方であり、そこに酒呑みの楽しさがあったのだと思う。

それが、すっかり、変ってしまった。

「ルパン」で飲もう、「ボルドー」で飲もうというのではなくて、どこそこのナニ子ちゃんに会いにいこうというふうになってしまったのである。銀座の酒場がキャバレーになってしまった。女郎屋になってしまった。

酒場は、一人で静かに飲んだり、友人と話をしに行くところではなくて、騒ぐところになってしまった。

真面目な話⑦

　銀座の酒場の勘定が高くなり、駄目になった（というより別のものになった）のは、第一に、社用族の跋扈のためであり、それは税制のもたらすものである。第二に、関西系資本の進出のためである。そのことは、はっきりしている。

　関西系資本の酒場が最初に行なったのは、他の店の女と客を金の力で引き抜くことであった。引き抜かれた酒場は報復手段として同じことをする。これが繰りかえされ、泥沼の戦争が行われ、その結果、女給の日給が暴騰し、お高くとまるようになり、従って酒場がつまらなくなり、そのうえに勘定がバカバカしく高くなったのだった。

　そうなると、たとえば、こんなことになる。五千円つかう客は、五千円のモトをとらなければ損だと考えるようになる。一万円の客は一万円のモトをとろうとする。酒の値段は同じである。それで、女給にさわらなければ損だと考えるようになる。

　そこへもってきて、大部分が社用族である。酒を飲むために来た客ではない。また、女給のほうも、ずっと水商売を続けるのではなく、二年か三年で金をこしらえて転業しようという女が多くなってきた。そこに悪循環というか因果関係というか、ともかく、野卑なるものが生じてくる。イヤラシイことになる。

本来、会社の帰りに二杯か三杯のハイボールを飲んで帰るというのは粋なことであったと思う。それがそうではなくなった。

かりに、六時半とか七時に銀座の酒場へ行ったとしよう。客は誰もいやしない。女たちもバーテンダーも、しらけきっている。人がせっかくくつろいでいるのに、といった顔をしている。あるいは、夕食の時間を邪魔されたという顔をする。そうでなければ、夕食がすんで、ニンニク臭い呼吸《いき》をふきかけてくる。五目ソバだろうというと、いいえ、ギョーザとレバニラいためよと答えたりする。

こちらが正統派だと思っているのに、場違いだという顔をされる。非常にキマリのわるい思いをする。

いまや、銀座の酒場は、宴会の二次会会場になってしまった。つまり、社用族の集まるところである。九時から十一時まで、喧騒《けんそう》をきわめ、それでおしまいである。

文壇関係のパーティーに行く。いつからそうなったのか知らないけれど、芥川賞授賞式にも女給が大勢きている。受賞者の挨拶が終らないうちに、うしろのほうでは酒が廻っていてザワザワしている。何人かの女に終ったらお店へ来てねと言われる。で、行ってみると、芋を洗うような騒ぎであって、私のようなカウンターの客には女は寄りつかない。通りかかった一人に、おいおい、来てくれというから来たんじゃないかと言ってみる。私としては、一緒に行った若い作家の手前ということもある。すると、彼女は、土曜日にいらっしゃい、土曜日ならすいているから隣に坐ってあげるわよ、と恩着せがましく言う。じょうだんじゃない、気の利いた会社は週五日制で、土曜日に出てきても仕事にならないのである。ハイボール二杯、友人のぶんとあわせて、一万円じゃすまな

いというのが現状である。

そのうちに店はいよいよ混んでくる。こっちはめったに行かない客だから腰が浮いてくる。なさけないやら腹立たしいやらで出て行く。

来てくれというから行ったんじゃないか。行ったらそれで知らん顔というのはどういうことなのだろうか。帰るというと、ボーイまで嬉しそうな顔をする。

荒川土堤《どて》でアベックをおどかして五百円盗《と》ったというのが新聞記事になり、こういうのが犯罪にならないというのが私には不思議に思われてならない。

真面目な話⑧

関西系資本の酒場の進出について悪口を書いた。

しかし、彼等にとって、これはあくまでも商売である。商人は、金のためには人に何と言われようと頭をさげるのである。そこが、えらいといえばえらい。金儲《かねもう》けの下手な商人は駄目な商人である。彼等にとって金儲けは正義である。

彼等の一人に、いい酒場を教えてくれと言った。彼は私の顔をじっと見て言った。

「そうですねえ、京都のザンボワ、神戸のアカデミー。東京ではボルドーが好きですね」

彼は、ちゃんと知っているのである。悪口を言われるのを承知のうえで商売をしているのである。

たとえば「ボルドー」という店は、たしか昭和二年の開店だと思うけれど、以来四十五年間、一度も店内改装なんかしたことがない。まして、超ミニ大会、シースルー大会などするはずがない。デンとしている。東京の人は、もっとこういう店を大事にしないといけない。

参考までに書くと、「ボルドー」という店は、東銀座八丁目あたりにある。また、関西系資本の酒場の経営者は、いまのような酒場の繁栄はウタカタのものであることもよく承知している。こんなに勘定が高くては長続きするはずがないと思っている。実に賢明である。

彼等は、料理屋と喫茶店に資本を投下している。この見通しは正しいと思う。ヨミは正確である。

しかしながら、ある経営者は、こうも言った。

「実はね、女給の日給というのは、あなたの思っているほどには高くはないんですよ。まあ、高卒のBGの三倍から五倍ぐらいは払っていますけれどね。それで、毎日美容院へ行けと言うんですね。それから、毎月一着は洋服をつくれと言ってます。靴も同じですね。着物となったら、年に二枚でも大変ですね。女の子ですから、そう言われれば競争しますよ。五万円のマンションに住んで、帰りは自動車で帰るとすると、どうなるでしょうか。私は体を張れなんて一度も言ったことはないですよ。……いったい、これ、どうなるでしょうかね」

彼は笑おうとしてやめた。急に暗い顔になって、そっぽを向いた。

商売だから仕方がない。商売というのは怖ろしいのである。彼は商売人であるから、こういう経営が商売としても不健全であり、長くは続かないことを承知しているのである。

私は、やはり、これも、社用族がいけないと思う。社用接待費を大幅に認めるところの税制がいけないのだと思う。

自前で払うカウンターの客は無視されるのである。そんなのを相手にしていては商売

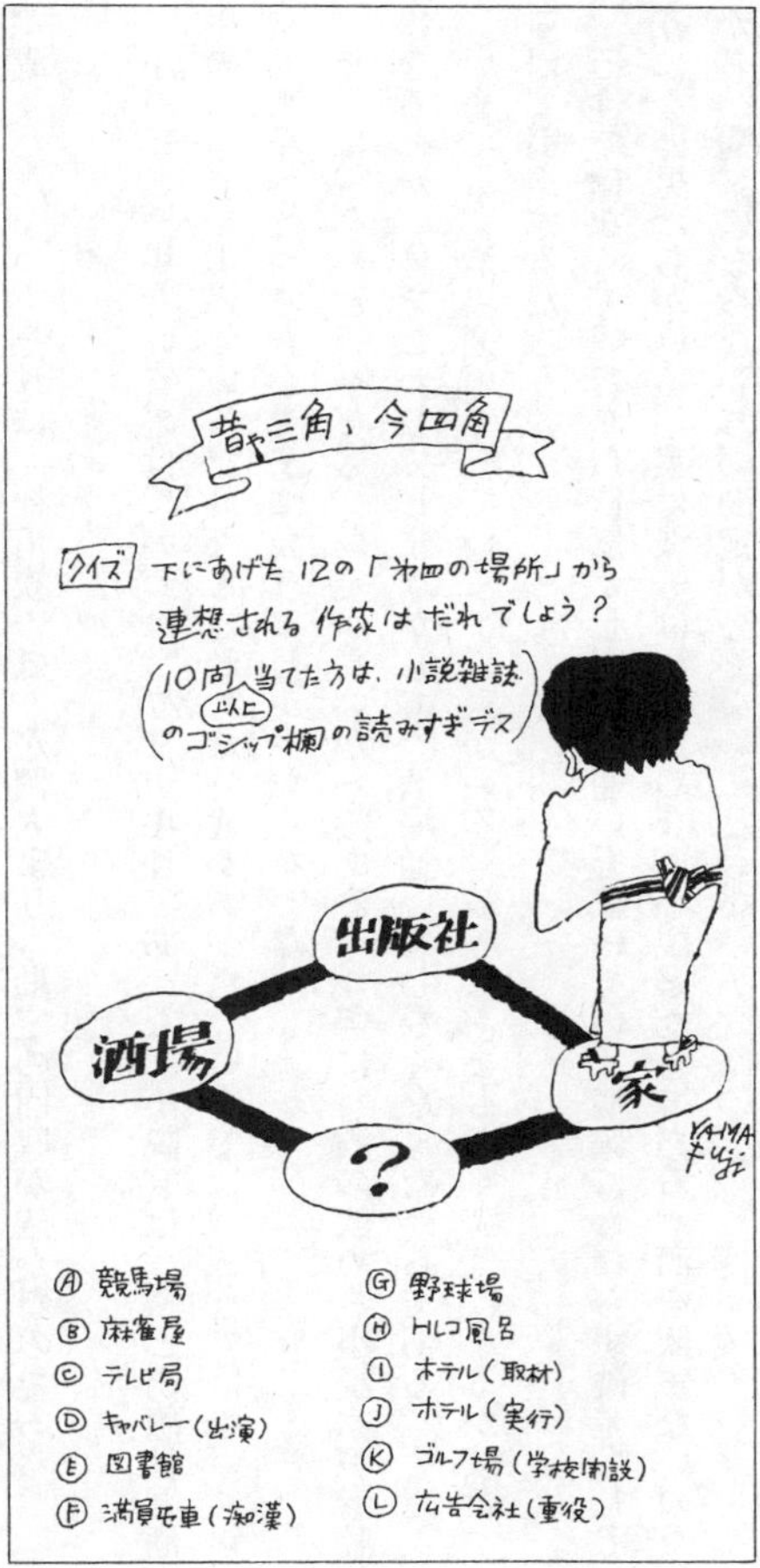

昔ゃ三角、今四角
クイズ　下にあげた12の「第四の場所」から
連想される作家はだれでしょう？
（10問以上当てた方は、小説雑誌のゴシップ欄の読みすぎデス）
出版社
酒場
家
?
YAMA FUJI
Ⓐ 競馬場
Ⓑ 麻雀屋
Ⓒ テレビ局
Ⓓ キャバレー（出演）
Ⓔ 図書館
Ⓕ 満員電車（痴漢）
Ⓖ 野球場
Ⓗ トルコ風呂
Ⓘ ホテル（取材）
Ⓙ ホテル（実行）
Ⓚ ゴルフ場（学校開設）
Ⓛ 広告会社（重役）

が成りたたない。それに、社用族のほうが個人よりも勘定の回収が確かなのである。

＊

小説家と酒場というのは、いわば、ワリナキ仲であった。小説家は、家と出版社と酒場の三角形を歩いているだけだと言われた時代があった。いまでは、そうではない。銀座の酒場へ行っても小説家に会うことが少なくなった。

それは、なんといっても、勘定が高いからである。つぎに、酒の飲める小説家が老齢になるとか、体をこわしてしまうかして、酒場通いをしなくなったからである。

いまでも、酒場通いをしている小説家がいる。彼等は、まもなく病気になるか破産するかで引退するだろう。

そうではなくて、昔から依然として酒場通いを続けていて病気にもならず破産もしそうにない男たちがいる。実は彼等は酒の飲めない小説家たちである。酒を飲まないのだから、病気にならないし、勘定が高くなることもない。

真面目な話⑨

酒場を駄目にしたのは社用族だと書いてきた。しかしながら、何をかくそう、私も社用族の一人である。それを避けようと思っても、完全に逃れ去ることは出来ない。

私は、はじめ、こう考えていた。私は書物を読まず、資料を集めることのきわめてすくないモノカキである。だから、調べて書く小説、人に会って話をきいて書く小説というときも交通費や、接待費や謝礼やらはすべて自分で負担すべきだと思い、それを実行してきた。

ひとつだけ例をあげる。舞妓《まいこ》をテーマにした小説を頼まれたとき担当者と二人で京都へ行った。

取材の仕方は人によってさまざまであろうけれど、私の場合は、舞妓と一緒に遊んでしまわないと書けない。もっといえば、そのとき舞妓が口にしたひとつの言葉を頼りにして書くというやりかたである。

そのときは往復旅費だけを担当者に支払ってもらって、祇園《ぎおん》の料亭、舞妓を連れて行った酒場、宿泊費など、担当者の分をふくめて全《すべ》て私が負担した。そうすべきだと思ったから、そうしたのである。

担当者は一本気な男で、カンカンに怒った。なんのためについてきたかわからないと言うのである。涙を流さんばかりであった。

私の言いぶんは、こうである。

私は祇園で遊んだのである。それを私が払うのは当然ではないか。私は充分に楽しんだし、勉強もさせてもらったのである。また、私はあなたより年長者であり、担当者とはいっても数年来の友人ではないか。若い友人と遊んだら、こっちが勘定を持つのは当りまえではないか。実は新幹線の切符を買ってもらったのを心苦しく思っているのだけれど、あなたのほうが総務課にでも頼むという便があるのでそうしてもらっただけで、これは甘えることにする。吉井勇だって長田幹彦だって、祇園で自前で遊んだのではなかろうか。

＊

祇園の料亭の勘定だけで、約十万円である。これは覚悟していた。その小説の原稿料がいくらであったかおぼえていないけれど十万円以下であったことは確かである。

それはいいのだけれど、所得税のほうで参ってしまった。別に稼《かせ》げばいいようなものであるけれど、そうすると累進課税というものがあって、なにほどのことにもならないのである。こんなことをしていたら、オヤコサンニン、喰えなくなってしまう。

さらによく考えてみると、先方には、社用接待費というものがあって、それほど痛痒《つうよう》を感じないはずである。むこうも損にはならないし、こっちは大いに有利である。

思えば、これが堕落の第一歩であった。

いまの税制は、いくらこっちでイイカッコしようと思ってもさせてくれないようにな

っている。吉井勇や長田幹彦が祇園でどうやって遊んだかは本当はよく知らないのだけれど、彼等に累進課税がかかることはなかったはずである。

祇園の一件以後、それだけが原因ではないけれど、私はだんだんに駄目になりました。そうやって出版社の世話になることが多くなると、いよいよ、酒場が社用によって成立していることがよくわかるようになる。

「今日のお勘定はあちらでいいの？」

なんて訊《き》くときの女給の顔の嬉しそうなこと。そりゃそうだ、税制で保証されている側から金を取るほうが彼女も気楽だろう。それでも私は出来るだけの抵抗を続けているつもりである。いや、むしろ、そのことに神経質になりすぎている面がある。

社用接待費、累進課税をふくむところの税制は、アメリカさんのこしらえたものである。私は、これは、日本の男を駄目にする謀略であったと信じている。

真面目な話⑩

酒場の勘定がなぜ高いか、どうやって酒場が駄目になったかを書き続け、思わず長くなり、とりとめがなくなった。

これは真面目な話である。

私には、以下に書くような提案がある。それは酒場をよくするためのものである。日本の酒呑みをもっと男らしくするためのものである。

① 第一は社用接待費のことである。こういうものが一刻も早く消えて無くなることを強く希望する。

そうかといって、実は、私には具体案がないのである。どうしたらいいだろうか。

社内旅行というのも、税制上、やらなければ損だという仕組になっている。これが観光ブームを生み、過密ダイヤの因となった。温泉地に風情《ふぜい》がなくなり、マンモス旅館が生ずることになる。自動車公害反対と言ったって、バスで社内旅行に行く人は公害のお先棒をかついでいるのである。これも税制上のことである。

社用接待費をなくすにはどうしたらいいか。社用接待という習慣がなくなればいい。

そこまではわかるけれど、その方策と後のことがわからない。私は、これを叫びつづけるよりほかにない。諸君も参加してくれないだろうか。これは若い人のほうがいい。課長以上の社員は社用接待の毒におかされているかもしれないから。

私は、社用接待によって高級酒場の味を知り、身を誤って馘首《かくしゅ》された会社員の名を即座に五人まであげることができる。全国的にいえば、その数は数万人に及ぶのではないか。

② ウイスキーはストレートで飲もうではないか。医者も健康上の理由で水割りをすすめることがある。しかし、ストレートのときはチェーサー（追い水）を飲むのが常識であり、健康上にそれほどの差があるとは思われない。

水割りなんかを飲むから女どもに馬鹿にされるのである。バーテンダーにはウイスキーの量をごまかされる。

私は、酒場で、水割りですかときかれたときには「酒を水で割って飲むほど貧乏しちゃいねえや」と叫ぶことにしている。（内心は勘定のことでビクビクしているのであるが）

どうですか、諸君、一緒に大声で叫んでみようじゃないか。

「ウイスキーを水で割って飲むほど貧乏しちゃいねえや！」

③ どうしてもストレートが飲めない人はハイボールをオーダーしてください。

水割りがうまいと思うのは錯覚であるにすぎない。強い酒は強い度数で飲むほうがうまいにきまっている。

ハイボールは別物である。私はハイボールこそバーテンダーの腕のみせどころだと信じて疑わない。簡単なものほど難かしいのである。このごろのバーテンダーは不勉強な

のであり、従って店のほうでも「酒場のなかで酒を扱う人」を蔑《ないがし》ろにする傾向がある。みんなが水割りばかり注文するので、バーテンダーの権威が地に堕《お》ちたのである。

④ 前項の続きになるが、ときにはカクテルをオーダーしよう。私はジン・ベースが好きであるが、とくに、マルチニとギムレットを好む。

銀座の高級酒場へ行ってギムレットをオーダーし、ライムは生《なま》でしょうねと言ってみよう。もし、ライムが無いと言ったら、大いに笑ってやろうじゃないか。高級酒場の看板をおろしてもらおうじゃないか。

そうして、ここは、やっぱり、酒を売るところじゃなくて女を売るところなんですね、社用族という税金のオコボレで飲んでいるアサマシイ連中の来るところなんですねと言ってやろうじゃないか。

真面目な話（補遺）

私は酒場が好きである。それも小さな酒場が好きだ。一杯呑み屋も好きだ。だいたい、そういうものがなければ、小粋《こいき》なフランス映画も、久保田万太郎さんや川口松太郎さんの芝居も成立しないのである。そういうもののない人生なんて、とうてい私には考えられない。

小粋な酒場をつくるために、私が努力をしなかったということはない。

昭和三十年代のはじめに、トリスバー・サントリーバー・ブームというものがあった。私はそのお先棒をかついだ一人である。

トリスバーとサントリーバーの第一条件は、女のいないバーということであった。女がいても席につかないバーという規約があった。

そういうバーを、当時私が勤務していた洋酒の寿屋は応援したのである。清潔なバーを育て、優秀なバーテンダーをつくるために、会社も力をつくし、私も必死になって働いた。そうして、大いに成功し、一時代を画し、トリス文化が囁《ささや》かれるようにさえなった。

いまは、昔日の勢いはない。

どうしてそうなったのか。バーテンダーがいなくなったのである。むかし、小さな酒場がバーテンダーを募集すると、二百人とか三百人とかの若者が押しかけてきたのである。当時、バーテンダーは憧《あこが》れの職業であり、大学を中退してバーテンダーになる人も多かった。いまは、新聞広告をだしても二人か三人という程度だろう。その原因は、どの業界にも通ずる人手不足のためである。

では、私たちの育てた優秀なバーテンダーはどこへいったのだろうか。トリスバー・ブームのあとにホテル・ブームが続く。すぐれたバーテンダーはホテルの酒場に引き抜かれたのである。あるいは郷里へ帰って自分で開業した。いまは案外に中小都市にいい酒場が残っている。

女がいなくて、バーテンダーの質が落ちれば、その酒場はうまくいかない。従って、女を置くか、スナックやお茶漬屋に転業するかのいずれかとなる。

まことに残念な状況となった。

*

この項の最初に書いたように、私は、いまの若者を理解することが出来ないが、彼等を信ずるのは、ただ一点、私たちの世代の者のような馬鹿な酒の飲み方をしないということである。

トリス
ストレート 40円
ハイボール 50円
ドキドキ
'56
いまわしきトリスバーめ！
昭和31年のある夜、飲めないボクは
イキがって、ダブストを4杯飲んで
生と死の間をさまよったのだ。もう少しで
「トリスをのんで天国へ行こう」になるところだったのだ!!

彼等は、酒場における擬似恋愛なんかは、チャンチャラオカシク思い、鼻の先で笑うだろう。その点は非常にたのもしい。小学校以来、男女共学で育ち、もちろん赤線を知らずという男たちは、女に対する理解度がまるで違う。

彼等が、青年紳士、中年紳士になったとき、もう一度、小粋な酒場が復活するのではあるまいか。すくなくとも、酒場へ行って、女給にさわらなければ損、抱かなければ損というような考えをもつことはないだろう。これは私だけでなく、心ある酒場経営者の見通しでもある。

＊

最後に、私の好きな酒場を銀座で一軒、新宿で一軒だけあげておこう。

銀座では、帝国ホテル裏のガードを越したところの「クール」。緑の丸い看板が出ている。説明は不用。まあ行ってごらんなさい。

新宿では、区役所裏の「いないいないばあ」。小さい店であるが、グラス類も上等で、凝ったカクテルをオーダーしても大丈夫。パンも最高級品を置いてあるから、サンドイッチもうまい。

「クール」の古川さんも、「いないいないばあ」の末武さんも、強情っぱりで頑張っている感じが何よりも有難い。

国歌吹奏

　私がサントリーに入社して、まず親しくなったのは柳原良平さんだった。以来、仕事のうえのコンビが十五年間も続いている。

「トリスを飲んでハワイへ行こう」とか、ヘルメスジンの浪曲入りのＴＶＣＦが当ったといわれるけれど、彼の絵がなければ失敗したにちがいない。

　柳原さんが外国旅行に行くと、給料日に、私が月給袋を持って留守宅へ届けにゆく。すると、柳原夫人は心得ていて、玄関先に、当時発売されていたウイスタンという酒（罐《かん》入りハイボール）をおく。あるいはコップ酒一杯である。

　私は、こう言っていた。

「留守中は俺が月給をとどけてやろう。そのかわり、鳶職《とび》や植木屋が来たときのように、コップ酒を出してくれ」

　それは柳原さんの気持の負担を軽くするために言ったのだった。それくらいに私たちは仲がよかった。また、当時の私は、いくらでも飲めるように思っていた。

＊

柳原さんは熱血漢である。右派というのではないけれど、国を愛すること、はなはだ篤《あつ》き人である。ちょっと阿川弘之さんに似たところがある。

船のほうの専門家であることでも知られている。船キチガイである。従って、彼の好む音楽は、海軍軍楽隊の演奏するところの行進曲である。なかでも「錨《いかり》をあげて」を熱愛する。

彼の酒は豪快である。ときに、止《とど》まることを知らぬという状態になる。

あるとき、私たちは、有楽町の大きな酒場で、トリスのハイボールを飲んでいた。五杯か六杯で帰ろうとすると、彼のタンブラーに半分ほどハイボールが残っている。そこで私も、もう一杯注文する。彼が飲みほすと、私のタンブラーが半分になっている。彼がおかわりをする。これが蜿々《えんえん》と続き、一人が二十杯をこえ、勘定書をもらうと、(Tハイ)という項の「正」という字が書ききれなくて、欄外に折れまがり、下に垂れていた。

私たちは帝国ホテルへ行って飲みなおすことにした。トリスのハイボールでも、それだけ飲むと容易ならぬ勘定になる。どうして帝国ホテルのバーへ行こうと思ったのか、よくわからない。

それから後も思いだせないのであるが、私たちは大声で歌でも歌ったらしく、ボーイ長のような男に追いかけられ、逃げ廻った。改装前の帝国ホテルの地下室というのは迷

路のようになっていて、鬼ゴッコには好適だった。ドタバタ喜劇の追跡シーンのようになり、廊下から廊下へ、階段から階段へと逃げた。私たちは大きな柱のかげに身をひそめた。そこは行きどまりである。むこうからボーイ長が来る。絶体絶命だった。ひょいと見ると背後に扉がある。それを静かに開き、オシリから出て行こうとした。音楽が鳴

っていた。私たちはオーケストラが演奏中の舞台へ出てしまったのである。

＊

数日後に、同じ有楽町の大きな酒場へ行った。その店はアメリカ兵が多く、彼等は飲んだり踊ったりしていた。

私たちは前回の泥酔を詫《わ》びに行ったのに、またしても、イタズラを思いついた。柳原さんが軍楽隊のマーチのＬＰを持っていた。その最後の曲がアメリカ国歌になっている。そのレコードを掛けてもらった。国歌が吹奏されたとき、アメリカ兵たちは、一瞬、自分の耳を疑うという姿勢で立ちつくした。

ずいぶんひどいイタズラをやったものだ。しかし、その頃（昭和三十年代の初め）までの私は、陽気に騒ぐアメリカ兵たちを見ると腹が立ってならなかったのである。

競馬の予想

こんどの将棋の名人戦は四勝三敗で中原さんが勝ち、新名人となった。十日に就任式が行われる。

名人戦が行われる前に私は『朝日新聞』と『将棋世界』と『近代将棋』に、四勝三敗で大山さんが勝つだろうという原稿を書いた。

戦前の予想は、専門家も素人《しろうと》も、中原優勢ということだった。だから、大山さんが勝つという予想は、競馬でいえば穴狙いになる。

四勝三敗としたのは、それくらいに両者の力が接近しているからであり、三勝三敗の決戦になれば、大山さんのほうが強いと思ったからだった。

中原さんが勝ったのだけれど、私は、自分の予想が適中したと思っている。そのわけは、名人戦の将棋の内容でいえば、四勝二敗、もしくは四勝三敗で大山さんが勝っていたといっていいからである。私は自分の予測および判断に満足していた。それでいいのである。残るのは「運」だけである。

勝敗をきめる第七戦も、ずっと大山さんの優勢が続いていて、あの将棋を負けたのは、中原さんのほうに運があったとしか言いようがない。

これを大山さんのほうから見ると、将棋に勝って勝負に負けたということになる。

その後、某誌の企画で中原さんと対談したときに、中原さんは、名人戦の前と後とでは、体重が二キロ増加したと言った。ずいぶん緊張していたはずなのに、体重増加とは全く凄《すご》い人だ。

そのときも馬のことを思いだした。勝ち進んでいって自然に体重がふえてゆくのは強い馬であり、好調の証拠である。

*

三年前に、私は、競馬の有馬記念で、アカネテンリュウが勝つという予想記事を書き、ラジオでも同じことを言った。アカネは四歳であり、四歳馬が有馬記念を制するのは不可能とされていた。

私の根拠のひとつに菊花賞に勝った馬が一番強い馬という考えがあり、アカネはその年の菊花賞馬であり、五歳馬にはめぼしい馬がいないからだった。

このレースは、結果からいうと七歳のスピードシンボリが勝ち、アカネテンリュウは微差の二着に敗れた。他馬は問題にならず、二頭の一騎討ちだった。私は自分の予想に満足し、同時に落胆した。

一昨年の有馬記念は、五歳になったアカネテンリュウと四歳のダテテンリュウの連勝複式馬券を一本で買った。結果は、またしても八歳のスピードシンボリの連勝で、アカネの二着、ダテの三着だった。三頭がひとかたまりになってゴールに飛びこみ、他の馬は大きく離されていた。

そのときもラジオ放送に出ていて、もし、アカネとダテが惨敗したら「あかんテンリ

ユウに駄目テンリュウでしたね」と言おうと思っていた。

私は競馬の予想に適中して、馬券から見はなされたということになる。

＊

それで満足している。なにも「敗北の美学」なんていうキザなことを言うつもりはない。納得のゆく負け方であればいい。

しかしながら、やはり、大金を失ったという空虚感が残ってしまう。この場合、たとえ失った金が一万円か二万円であったとしても、三十万円ぐらいを紛失した感じになる。私は冷静でいるつもりでも、どこか昂奮《こうふん》している。満足と落胆が共存する。こうなれば飲まずにはいられない。

こういうときは一人で飲む。なにか、しみじみとした、不思議な味の酒になるのである。「勝っているのに負けた？」私は自問自答をくりかえしている。

鹿児島の酒

伊丹十三さんに言わせると、日本のなかで一番いいところは鹿児島であり、鹿児島のなかでも桜島がいいと言う。

彼はテレビの『遠くへ行きたい』という番組に続けて出演していて、日本全国を歩いているのだから、いい加減に言っているのではあるまい。梅崎さんの『幻化』（やはりテレビ・ドラマ）にも出ていたから、九州はくわしいはずである。

伊丹さんは桜島に住みたいと言う。これも、かなり切実な思いであるらしい。私などは、どうやって東京へ通うのかということが見当がつかない。彼は憑《つ》かれているのである。あるいは駄々をこねているところがある。また、鹿児島にそれだけの魅力があるのも事実である。

＊

何年か前の夏に鹿児島へ行ったとき、賑《にぎ》やかな通りをハダシで歩いている人がいたので驚いた。それも一人や二人ではない。

鹿児島というのは、なにか原始的な感じがする。こうやって山が火をふき、こうやって湾ができ、こうやって人が住むようになったと感じさせるところがある。空も海もあくまでも蒼《あお》く、日は直接的に照りつける。亜熱帯であるが、風があるので、意地の悪い暑さはない。

桜島が火を噴くと、昼間、カンカン照りのなかを傘をさして歩く。降ってくる灰が軒で音をたてる。

それは悪くない。しかしそこに永住しようと企てる伊丹さんの気持は、私には本当にはわかっていない。

*

伊丹さんは、鹿児島の「白波」という銘柄の焼酎《しょうちゅう》を愛好する。私も貰って飲んで、いいものだと思った。宿酔《ふつかよい》をしない。ただし、私の場合は、飲みすぎると下痢《げり》をする。

私は九州では球磨《くま》焼酎のほうが好きだ。

鹿児島では、酒を飲むといえば焼酎のことになる。焼酎にきまっている。焼酎を水か湯で割って燗《かん》をつける。これが、さっぱりとして実にいい。私は主義として生《き》で飲むのだけれど……。

鹿児島の天文館通りという盛り場にある高級酒場にも焼酎が置いてある。そこで焼酎を飲むことは、ちっとも恥ずかしいことではない。私が行ったときは一杯百五十円で、夏だから、オン・ザ・ロックスで出てきた。なんだか申しわけないような気分になる。

十杯で千五百円である。

女たちは、暑かねえ、とか、強《きつ》かねえ、とか言っている。そのくらいはわかるようになったけれど、女同士で早口で話しだすと、何もわからない。それも、いいといえばいい。

私は女給の一人に、明日の午後、二万円で浮気しないかと言ってみた。これは冗談である。なぜかというと、二万円つかってしまうと東京へ帰れなくなるのだから。

女給は、意外にも、まともに考えこみ、しばらくしてから、明日は幼稚園のPTAの会に出なければいけないから駄目だと言った。それから子供の話になり、もう一人の女給と、明日は何を着て行こうかという相談をはじめた。

私は、やれやれ助かったと思い、なんという率直で正直な女かと思った。やはり原始的な女を感じた。鹿児島というのは、そういうことが割に平気で行われる土地柄なのだろうと思った。

それにしても、浮気とPTAとが、不自然な感じでなく同列に扱われるのが、いかにも奇異に思われた。私のような旅の者に、子供がいるとか、PTAの会があるなどと言わなくてもいいのである。晴れているのに傘をさす土地は違うなあと思った。

おそろしか！

ハモニカ横丁

昭和二十一年九月に、前に書いた小さな出版社に入社した。十九歳だった。

そのときの社員は、いま岩波書店の重役になっている元山俊彦さんと私の二人だった。厳密にいえば、私は学生アルバイトのごときものであって、編集部員は元山さん一人という会社であった。

いまから思うと不思議なほどに元山さんにジャーナリストとしての手ほどきをうけた。いまから思うと不思議なほどに元山さんは親切に面倒をみてくれた。体つきは細いけれど腕っぷしが強そうで、豪傑の感じがあった。

その会社に、何人かの人が出たり入ったりするようになった。

その一人がAさんである。Aさんは、入社の前に婦人雑誌の編集長をしていたので、他の人とは肌あいが違っていた。洒脱《しゃだつ》なところがある。育ちがよくて、しかも世馴れている。私は元山さんとは違った意味でAさんが好きだった。元山さんも酒を飲むし、Aさんも飲むけれど、元山さんを豪快とすればAさんは酒好きでムード派であるように思われた。

私は、ひそかに、Aさんにベン・タ－ピンという渾名《あだな》をつけていた。この渾名の意味は五十歳以上の人でないとわからないだろう。

Ａさんと一緒に入社した人は、Ａさんのことを旦那と呼んでいた。そこで私も旦那と呼ぶことにした。

＊

そのころは、弁当を持って会社へ行く。ただし、米の飯の弁当を持って行かれる日はきわめて稀《まれ》であった。大豆とかイモである。そのイモも、弁当箱に一杯というのではない。薄く切ったのが三切れとか四切れである。いまからすると、あれでよく生きてきたものだと思う。

ある日、元山さんの外出中に、Ａさんと二人で元山さんの弁当箱をあけて、あまく煮たイモを食べてしまった。弁当箱をあけたときに、その量があまりに少ないので、シマッタ、わるいことをしたと思ったけれど、こういうときは、かえって尻ごみするのがいけないことのように思われ、二人で、一分もかからずに食べてしまった。

Ａさんは、メモ用紙に、

「しみじみと友の情けを知る日かな」

と書いて弁当箱にいれた。私もこれにならって、

「良薬は口に甘しと旦那言い」

と書いた。元山さんも私も痔《じ》が悪く、オナラで苦労していたからである。

帰ってきた元山さんは、弁当箱をあけて、一瞬、顔をマッカにしたが、怒るようなことはなかった。

＊

Aさんは、よく新宿のハモニカ横丁へ連れていってくれた。どういう時代でも、酒を

飲ませてくれる人がいた。有難いというほかはない。

ハモニカ横丁で焼酎を飲む。気持よく酔う日もあれば、荒れはてた気分になる日もある。気持よく酔ったつもりでも、傍《はた》から見れば醜態ということもあったろう。よく喧嘩《けんか》した。

Aさんは、酒を飲んだ後で、汁粉屋へ連れていってくれた。いまから思うとまことに不可解なことなのであるが、酒の後の汁粉が馬鹿にうまかった。新宿には禁制の砂糖をつかった汁粉屋があった。そうして、その汁粉屋は、深夜になると、酔っぱらいでいっぱいだった。信じてくれないかもしれないが、これは事実である。私は、やはり、その頃の日本の男たちは餓《かつ》えていたのだろうと思う。

私は、結婚の約束をしていた女房や、そのほか全国の娘さんたちに申しわけないと思いながら、あまい汁粉をすすっていた。

冬の夜に

去年の暮に、あるパーティーで、どこかで見たことのある人に、

「うちの師匠が会いたがっていますよ」

と言われた。

「師匠がね、あなたに会いたい会いたいって言ってますよ。よくあなたの話をしていますよ」

その人は、志ん馬という咄家《はなしか》であることがわかった。志ん馬さんの師匠なら志ん生であるにちがいない。そのことを嬉しく思った。そうして、カーッとなって、涙があふれそうになった。

＊

四年か五年前の夏だった。

私は、不意に、しかし、異常な激しさでもって、志ん生さんの大津絵を聞きたいと思った。

志ん生さんは、すでに高座にあがれないようになっていた。その志ん生さんの大津絵

を聞くのは不可能である。

志ん生さんを座敷へ呼ぶことは出来ないかと思った。そう思うことが、すでにして不《ふ》遜《そん》でありナマイキである。しかし、大津絵を聞きたい、座敷へ呼びたいと思う気持は、無性に募るばかりである。

私には、小泉信三さんが、両国の花火のときに、文楽や志ん生や円生を座敷に呼び、とくに志ん生さんの「冬の夜に」という大津絵を聞くときに必ず涙を流したという知識があった。

ここで、私が小泉信三さんの真似をするとなると、大ナマイキである。しかしながら、志ん生さんの大津絵を聞きたい、志ん生さんに会いたいという気持は、もはや病的にたかまってしまっていた。

＊

ためしに、江國滋さんに相談して、先方に当ってもらうと、志ん生さんは家にばかりいるよりは、たまにはそういう座敷があったほうが健康のためにもいいという返事がかえってきた。御礼は十万円である。それは大津絵となると三味線のことがあるし、志ん生さんは、歩けなくなっているので、抱きかかえるお弟子さんに対する御礼をふくめての話だった。

当ってくだけろとはこのことかと思った。

しかし、そうなってみると、私一人で志ん生さんを聞くのは、いかにもおそれおおいという気がしてきた。

私は、はじめ、高橋義孝先生と、岩波書店会長の小林勇さんを招待しようと思った。

ところが、お二人とも都合がつかない。

そこで、第二案として、友人二十人に働きかけた。会費を五千円とすれば十万円になる。私は決して十万円が惜しかったのではない。なぜならば、会場であるウナギの「神田川」で、酒とウナギと御土産を私が持つことになるので、十万円はやはり十万円である。

*

志ん生さんは、座敷に入るときに、二人の弟子に抱えられながら、こうなっちゃしょうがねえやと言った。それがすでに芸であり、私たちはどっと笑った。私たちは緊張していた。それが志ん生さんに伝わって、はじめはやりにくそうだった。

終ってから、楽屋になった隣の部屋で私は志ん生さんと飲んだ。

「神田川の酒がこんなに水っぽかったかねえ。……ここは樽《たる》なんだ」

と志ん生さんが言った。お弟子さんが、こっそり水で割っているのである。

「大津絵の好きな人がいてね。踊りながら静岡まで行っちゃった。……この酒は、しかし……」

志ん生さんは、コップ酒の半分が水であることを知っているのである。その酒は、私にとっても辛い酒だった。

オン・ザ・ロックス

銀座の「フジヤ マツムラ」という洋品店の前を通ったら、ウインドウにパナマ帽が出ていたので、ついふらふらと、なかへ入ってしまった。パナマ帽に目をとめるなんていうのは、やはり四十代の半ばという年齢のせいだなと思った。

「フジヤ マツムラ」という店は、十五年前ぐらいまでは、なかに入るのがこわいような洋品店だった。

正札の金額の単位が一つ違うと言われていた。それで恥をかいた人がいる。一万四千円だと思ったカバンが十四万円であったり、さらによく見ると百四十万円であったりする。下着をひとそろい注文したら三十万円だったという話も聞いた。

輸入された上物を、こんなものが買えないようでは日本の恥だと言って店主が仕入れてくる。従って日本で唯一つといった品があったそうだ。

私は若いときから割合平気で入っていた。買えるものといっては、せいぜい靴下一足である。ネクタイなんかは買えない。ネクタイ一本の値段で、デパートへ行けば、夏服の上下が出来てしまう。私は靴下一足を買い、自分ではくのがもったいなくて、たいていは誰かにプレゼントしてしまった。

いまは、銀座にかぎらず、どこにも高級店ができたし、デパートの特選売場も充実してきたので、それほど驚かないですむようになった。

パナマ帽を買うべきかどうか考えているときに、なんとも小粋《こいき》な感じのする老人がはいってきた。ストロー・ハットがよく似あう。その帽子のリボンの色がいい。紺《こん》のワイシャツに細目のネクタイがいい。サージのような濃紺のズボンがいい。全体に、きりっとしている。

よく見ると、その人は、野球の小西得郎さんだった。

小西さんのオシャレは有名である。戦前でも、ネット裏では、ひときわ目立ったという。

野球人でオシャレでハイカラといえば、小西得郎さんと水原円裕さんだろう。二人とも、野球人としては小柄で痩身《そうしん》である。二人とも必ず帽子をかぶっている。

見るともなく小西さんの買いものを見ていると、幅の広いネクタイの柄について、店員と相談しているところだった。どうやら、ついに、小西さんは細いネクタイをあきらめて、太いネクタイに転向しようとする歴史的瞬間であったようだ。

＊

ウイスキーのオン・ザ・ロックスは、水原円裕さんが輸入したのだという伝説がある。

多分、昭和二十年代の終り頃だったはずである。水原さんはアメリカでそれを知って、銀座の酒場でオーダーした。

知りませんというのは、バーテンダーの恥である。彼は、カウンターの下でカクテル・ブックをひろげた。……無い。ついで近くの先輩の店に走った。……わからない。

先生格のバーテンダーに電話する。……先生も知らない。

ついに降参して、水原さんに聞いてみると、なあに、氷をいくつかいれて、ウイスキーを注げば出来あがりだという。

それ以後大流行して、ブランデーにも、マルチニにも焼酎にも、オン・ザ・ロックスがつかわれるようになった。

もう日本語になってしまって、ふつうはオンザロックと言う。しかし、私はどうも、オン・ザ・ロックスと書かないと気がすまない。オンザロックでは氷が大きすぎるように思う。

そういえば、タイタニック号が沈没するときに、目の前の氷山を指さして、バーテンダーに、おい、あれでオンザロックをつくってくれと叫ぶ外国漫画があった。

バー調査

私がサントリーに勤めていた頃、バー調査という仕事があった。いまは、そういうことが行われているかどうか知らない。

会社から金をもらって酒場へ行く。そこで飲みながら、ひそかに、一時間のあいだに、トリスが何杯売れるか、ソーダが何本出るか、他社の製品はいかに、オツマミは何が喜ばれているか、といったことを調査するのである。

酒好きの読者は、なんという楽しい仕事であるかと思うにちがいない。私だって、最初はそう思った。ところが、そうはいかない。これは実に大変な仕事であった。

まず第一に、会社から支給される金額のことがあった。昭和三十年代の初めの頃であったけれど、支給額は五百円である。これでもって三軒の酒場を廻るのである。しかも、一軒で一時間を費やすのである。トリスのストレートが一杯三十円という店もあった。だから、五百円以内であげることは決して不可能ではない。しかし、他人がうまそうなものを食べていればこちらも食べたくなる。だまっていてもオードブルまがいのものの出る店もある。こっちもたまには角瓶《かくびん》が飲みたくなるといった具合で、足を出すのが常であった。愛社精神がなければ耐えられる仕事ではない。

足を出すのはまだいい。

バー調査には、二人で組んでゆく。この場合、社員同士であるから支払いが五百円以上になったときは、割勘にする。しかし、酒好きでない社員、勘定を出し渋る社員、マネービルに精だしている社員と組んだときはどうなるか。

私は、実は、今日、思いがけない金が入ってね、だから払わせてくれよと嘘をついたりした。マネービル型の社員は、ほう、そうかね、思いがけない金かね、そりゃよかったね、それじゃあ悪いけれど……などと言って嬉しそうな顔をする。そうなると、翌日も別の嘘を考えないといけない。

第二に、二人で行ったとしても、酒場の繁昌するピークの時間に行くと、非常にいそがしい。ストレート、ハイボール、水割りと項目が違うし、ウイスキーの銘柄も違う。ハイボールのときは、ソーダを瓶でもらっているかどうかによっても計算が違ってくる。それに、酒場というのは、ご承知のように、薄暗い店があるし、折れまがっていたり、アナグラのようになっている所もあったりする。さりげなく、のぞきこむというのもテクニックを要する。

そのへんまでは、まだいい。たいしたことはない。困るのは、次の場合である。

＊

全く客の来ない店がある。マダムが一人、客は私一人というときがある。こういう店は、だいたいわかっているので、二人が一人ずつに別れて調査する。

知らない酒場に一人で入るのは、それだけで無気味である。池袋、五反田、大井町といったあたりは、当時は、私は怖かった。

女は、どうしてこの店へ来たかと訊《き》く。答えるわけにいかない。誰に聞いてきたかと言う。答えられない。すると、女のほうでも薄気味わるくなるらしい。

無言で、はじめての店で、知らない女と一時間にわたってむかいあうのは難行である。女は、そのあたりのボスの情婦であるかもしれない。すると、私は敵方の密偵と見られているかもしれない。そうでなくても、トリスが何本、ソーダが何本と数えている目つきになっているのである。全く冷汗をかく。

古来、酒呑みや酒好きの数は無限といっていいくらいに多いだろうけれど、私のような経験は稀だろうと思いながら、時間の経つのに耐えて飲み続けていたのである。

花見酒

私のいたサントリーの社宅は川崎市の郊外にあった。そのあたりは、川崎市ではあるけれど、東横線の渋谷と桜木町の中間といったほうがよく、いまは地下鉄が出来て非常に便利になった。田園調布から丸子橋を渡った向う側といったらわかりやすいだろうと思う。

私たちがいた頃は、プロ野球は大洋ホエールズが優勝し、高校野球は法政二高が優勝し、ノンプロでは日石が強く、野球では、ちょっとした川崎時代、神奈川時代であった。

社宅に入る前は、友人の家の一間を借りていて、早く社宅を借りたくて仕方がなかった。友人に迷惑をかけるのにも限度があった。だから、新しい社宅が出来て、まだコンクリートもかわいていない部屋に入居できたときは嬉しかった。

私たちにとって、社宅は天国だった。実際に、その生活は快適だった。

＊

私のところにだけ電話があった。それは便利といえば便利であり、一方で、残りの十一軒の電話の取りつぎをするという不便もあった。

そのかわり、どこの家でお産があり、どの家のばあさんが病気になっているかなど、全部のことがわかってしまう。電話一本あるというだけで、なんだか、家主になったような気分だった。

私たちが快適に暮せたのは、私も女房も、ほかの人たちより少しばかり年齢が上だからだった。私たちは早く結婚していて、入居のときに子供は小学三年生だった。

ほかの家では、上の子供が幼稚園に入るという年齢であり、子供も次々に生れてくる。そうなると、幼稚園をどこにするか、ピアノを買うべきかどうか、そのほか幼児教育全般について競争心が起るのも已《や》むを得ないことだった。

私たちだけが、いわば、嵐の埒外《らちがい》にいた。そのために、子供は赤ん坊たちにお兄ちゃんと呼ばれて慕われ、女房も何かと若奥さん連中の相談相手にされているようだった。

女房は、あの頃が一番楽しかったという。家はあるし、家賃は安いし、生活は安定しているし、会社は景気の上昇を続けていた。ひょんなことで夫が小説家になってしまったので運命が狂ったと言う。

＊

近所には空地が多く、日曜日には野球をやった。声をかければすぐにメムバーが集まるので便利である。

家の前の道をどこまでも真っすぐに歩いてゆくという散歩を試みたりした。新開地だ

から、そんなことも出来る。
天気のいい日は、庭に仲間を集めて、ツイストを踊ったり、酒を飲んだりする。全員が酒屋に勤めているのだから、酒が無いということはない。
近所に、ちょっとした桜の名所があった。そこで花見に行くことにした。「長屋の花見」である。そんなことも楽しかった。そのときの写真を見ると、やっぱり私が大家然としているし、売れない落語家のようでもある。

ところが、桜のあるあたりには糞尿《ふんにょう》が撒《ま》いてあった。近くの百姓が畠を荒されまいとして、そんなことをしたのである。こういうときにこそ「ドン百姓め」という言葉がぴったりとあてはまる。

私たちは岡に登って桜を眺め、かつ大いに飲んだ。これは自慢ではなくて、私たち一家が去ってからは「長屋の花見」は行われなくなったと思う。

私が、やはり、社宅にいられない情況になって引越してゆくときに、若奥さんたちは全員でトラックを見送ってくれた。涙ぐんでいる人もいた。トラックが遠い角を曲るまで手を振っていてくれた。

徳川夢声

『新潮』昭和四十七年八月号に、河盛好蔵さんが「文学者夢声」という文章を書いておられる。これが、とてもおもしろい。

そのなかの一節。

「この八月一日は夢声さんの一周忌になる。二、三年前、荻窪《おぎくぼ》駅の前でお孫さんを連れた夢声さんに偶然会ったことがある。『どちらへ』ときくと、こんど土地を少し買い、近いうちにそちらへ移ることになるので、これから孫と一緒に見にゆくところだという。『それはどこですか』ときくと、『なに、多磨墓地ですよ』といってにっこりと笑った。夢声さんに会ったのはそれが最後だった」

このように、徳川夢声の話は、滑稽と悲哀に満ちている。

私は、『徳川夢声全集』といったものが刊行されるならば、即座に予約申込みをしようと思っている。河盛さんも書いておられるように、夢声は立派な文学者である。あるいは、非常にすぐれたコント作家である。ところが、そのユーモア小説でさえ一冊の本になっていないのだそうだ。

*

私が初めて徳川夢声に会ったのは、十八年前のことで、出版社に勤めていた私は、荻窪の自宅へ随筆を受けとりに行った。

原稿用紙を持った夢声が、玄関に出てきた。誰でも、一見して、夢声の容貌には圧倒されるだろう。目と鼻が大きい。特に耳が大きい。大人物の顔である。

夢声は津和野《つわの》の出身である。津和野は、西周《にしあまね》、森鷗外をはじめとして、多くの学者、芸術家を産出した町である。私は、夢声も、津和野の代表的人物だと思っている。

そのとき、私は、叔父の話をした。本名は山口敏雄であるが、芸名は「正木良」という活弁であった。

ところが、夢声は、叔父を知らないと言う。私は、チャップリンの『街の灯』などは叔父の活弁で見ていたので、知らないはずはないと思っていたのだが……。

*

その次に会ったのは、それから十年後で、テレビの『春夏秋冬』という番組に出演したときだった。夢声はレギュラーで、奥野信太郎、渡辺紳一郎という人も出ていた。

その一週間後ぐらいに、神宮球場へ行くと、ネット裏に、夢声がいた。国鉄・阪神戦で、夢声は大変な国鉄ファンである。

私は挨拶して、ならんで観戦した。二人とも無言だった。

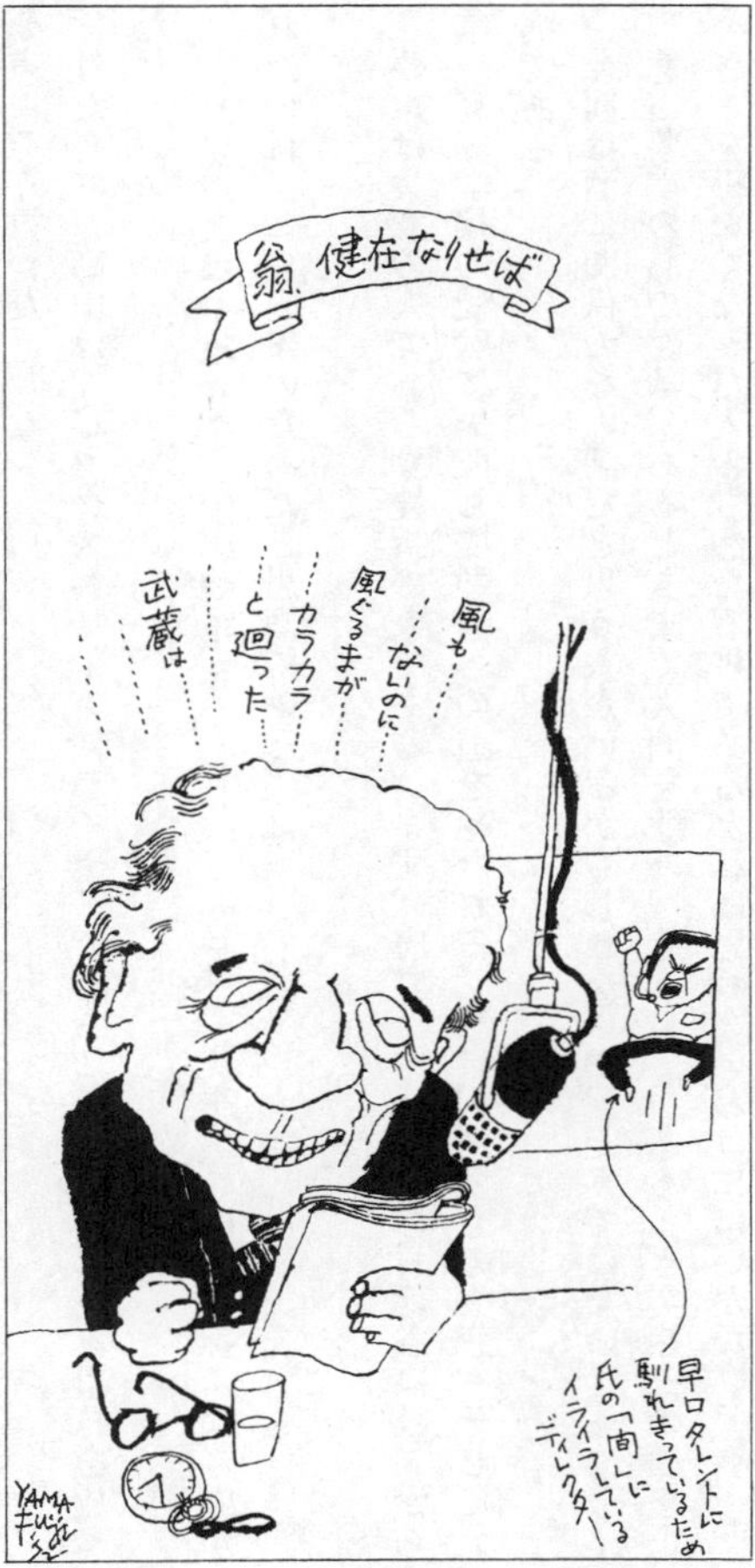

なにしろ、夢声は、苦虫を嚙《か》みつぶしたような顔というのがピッタリおさまってしまうという人である。憂愁の人である。話がしにくい。

そのうち、国鉄のチャンスとなった。一死満塁で、打者は高山である。高山はゴルフ・スイングであり、阪神の投手は左である。私は高山がヒットを打つだろうと思い、夢声にそう言った。

はたして、高山は、バックスクリーンにライナーで打ちこむすばらしい本塁打を放った。

私と夢声とは、思わず、固い握手をかわした。（私は、後年、高山が阪神にひきぬかれたのは、この一撃のためだと思っている）

＊

夢声は失意の人である。挫折《ざせつ》の人である。まず、府立一中（いまの日比谷高校）から第一高等学校の受験に失敗して学者への道を絶たれる。次に、何度もの失恋、そして大病である。

今回は酒に関係のない話だと思う人がいるかもしれないが、そうではない。

徳川夢声のあの顔は、あるときまで大酒を飲み、そうして、あるとき突然その酒を止めざるを得なくなった人の鬱然たる貌《かたち》であると私は思わないわけにはいかない。

CM出演

わが社のTVCFに出演することになった。製品はサントリーの角瓶《かくびん》である。

こういうものに出ると、数十万円、数百万円の収入になると思う人がいるかもしれないが、そうではなくて一銭の収入にもならない。それは当然である。私はその会社の社員であり、月給を貰っているのだから。

私の前に、同じく社員である柳原良平さんが出演した。柳原さんは、ウイスキーの瓶のなかに模型の船を封じこめるという演技を行なった。

柳原さんの撮影は、朝からはじまって深夜に及んだ。ウイスキーのコマーシャルだから、もちろん、それを飲む場面がある。すなわち、朝から飲みっぱなしである。専門家なら紅茶などでごまかすところだろう。素人《しろうと》はそうはいかない。それに、我等は、リアリズム尊重派である。

夜、十時すぎに、柳原さんから電話がかかってきた。まだ撮影中であるという。この日、柳原さんと私とは仕事の打ちあわせがあった。その電話の声が、どうもおかしい。打ちあわせが終り、五分と経たないうちに、また電話があった。仕事の相談をしようという。いま済んだばかりじゃないかと言うと、電話をかけたおぼえがないという。そこで、大声で、しっかりと用件を伝えた。私が机にむかって原稿を書いていると、また電話が鳴る。柳原さんの声で、打ちあわせをしようという。かくすること、十数度に及んだ。仕方がないので、柳原夫人を呼んでもらって、話をした。しかし、さらにまた電話が鳴る。こんどは、撮影中のスタッフの一人にかわってもらった。柳原さんは、ひどく酔っていた。あとで聞いたところによると、角瓶を二本ちかく飲んでしまったらしい。

その翌日、朝早く、電話で起された。柳原さんからである。いつもの、明るい声である。

「いやあ、昨日はどうも失敬。すっかり酔っぱらっちまってね。連絡するのを忘れちまったんだ。例の件、どうする？」

「どうするって、何度も電話をくれたぜ」

「そんなことはないよ。嘘を言っちゃいけない。ぼくが悪かったんだ。電話をするのを忘れちまって……」

そこで私はもう一度はじめから説明しなければならなかった。

*

私の演技は、将棋を指しながら独りごとを言う場面になっている。そうして、将棋の角と角瓶の角とをひっかけるのである。

やはりウイスキーを飲む。撮影は、やはり朝から深夜までである。

そうやっているうちに、柳原さんが酔っぱらったわけがわかった。飲む場面を何度もくりかえすということもあるけれど、本当の理由は照れくさいのである。飲まずにはいられないのである。

これは重労働だった。私にも付人みたいな女性がついて、水やオシボリを持ってきたり、ガーゼで汗を拭ってくれたりする。ちょっとしたスターである。しかし、そうでもしてもらわないと体がもたないように疲れてしまっていた。

私の場合はセリフがいるから、数日後に、六本木のスタジオに連れていかれた。画面にあわせてセリフを言う。アフレコである。これがまた容易ではない。ついに、勝手にしゃべることにした。

録音スタジオには私一人で、じっとしていると、何かキーンという音がしている。静かなのではなくて、音が無いのである。それなのに、人間の耳を超越したような音が聞えてくるように思う。これが十時間続いた。

これも体に悪い。録音中も終ってからも、飲まずにはいられなかった。スターなんかになるもんじゃない。

宝塚

五月に宝塚へ行った。それは宝塚温泉の旅館で、将棋の有吉八段に角落を教えてもらうためだった。宝塚へ行ったのは、それが二度目である。

はじめて行ったときは、戦争中で、私は十六歳だったと思う。劇場へ入ると『科学者ベル』という芝居をやっていた。これがどうにも甘ったるい芝居で、私は十分も我慢することが出来なくて、飛び出てきた。

「メリーさん、私は、あなたを愛します」といった調子で、どの女も同じ顔で、同じセリフまわしだった。当時の私はフランス映画にいかれていたし、築地小劇場の常連であったから、宝塚ではいかにも物足りない。

こんどは劇場へ入るつもりはなく、夕食後に散歩をしてみると、七時すぎにはほとんどの店が表をしめてしまって淋しい町になっていた。劇場が七時で終了するからである。宝塚は、温泉地であり、公園であり、そうして動物園である。暗い淋しい町に動物が吼《ほ》えているというのは、宝塚のイメージからすると異様だった。まあ、これが「清く正しく美しく」というところだろうか。

十二年ぐらい前に、大阪の酒場で飲んでいて、宝塚の生徒と親しくなった。公演が終った後であったようで、割合にリラックスしていた。生徒は二人で、AとBということにしよう。ただし、宝塚の生徒といっても、三十歳にちかく、もはや少女ではなかった。二人が「すみれの花咲く頃」を歌ってくれた。

当時の宝塚は一種の転換期であったといえよう。たとえば「すみれの花咲く頃」でも、昔と違って早いテンポで歌うようになっていた。もっとも、シャンソンとしてはそのほうが正調であるが……。

また、公演の前のパーティーで、男のお客さんと踊るということも行われるようになっていた。全体にテンポが早くなり、踊りもモダンバレエに近づいていた。良家の子女だけを相手にするというのではなくて、一種の解禁が行われていた。

＊

それから二年後の秋に、銀座で飲んでいると、AとBが入ってきた。東京公演に来ているという。

どうかした加減で、私は、明日が誕生日であると言った。私の誕生日は十一月三日で、つまり祭日だから、酒場で祝ってもらうようなことはないのだとも言った。

すると、AとBとが、ピアノ弾きの所へ行って何か囁《ささや》いていると思ったら、いきなり

「ハッピー・バースデイ」を歌いだした。つぎに「すみれの花咲く頃」を歌った。大阪の夜のことをおぼえていたのである。それにしても、気風《きつぷ》のいい女たちだなあと思った。私は、そのお礼の意味もあって、楽屋へ何かを届けようかと言った。東京の宝塚劇場の前を通りかかったら、そうしようと思った。

宝塚というのは、私の思っていたよりは規則がやかましいということがなく、楽屋へ届け物をしたり、宿舎へ面会に行くことも出来るのだという。ただし、彼女たちの部屋へ行くことは出来ない。

「ブランデーがいいわ」

と、Aが言った。わたしもブランデーとBが言った。

私は、びっくりした。ブランデーだと、ヘネシーのスリースターで七千円である。二本で一万四千円。当時の私の月給は五万円に満たなかった。私は、せいぜい、小さい花束か、チョコレートぐらいを考えていたのである。いまでも私は一万四千円の贈りものなどは、とうてい出来ない。

彼女たちとの縁は、そこで切れた。宝塚の生徒たちは、かなりイケルクチであり、千秋楽の夜などは相当に飲ミハルことも、なかには荒レハル人もいることを、そのときはじめて知った。

黒尾重明

久しぶりで黒尾重明が家に遊びにきて、二人で酒を飲んだ。

黒尾重明の名を知っている人がどれくらいいるだろうか。おそらく、いまの二十代の人で黒尾の名を知っているのは稀《まれ》なのではあるまいか。

黒尾重明は昭和二十一年にセネタースに入団したプロ野球の選手である。当時のセネタースのスタープレイヤーは、投手の白木義一郎と外野手の大下弘だった。

しかし、黒尾は、ルーキーとして、その年に十勝をあげ、翌年は十九勝十八敗、その翌年も同じく十九勝十八敗で、セネタースのエースとなった。

東西対抗（いまのオールスター）にも選ばれて好投した。いまでいえば、大洋の平松に当るだろうか。投げ方も、体つきも、顔も平松に似ている。美男投手というよりも、童顔で、少年投手のおもかげがあり、人気があった。

昭和二十五年に近鉄パールズに移り、三十年まで在籍した。

＊

黒尾重明と私とは、東京港区の東町小学校での同級生である。むろん野球部員である。

彼は投手で四番打者、私は左翼手で二番を打っていた。この小学校の野球部は強かった。東京都の大会で優勝し、傷病兵慰問のための模範試合を行なったこともある。

黒尾は小学校の英雄だった。いや、麻布《あざぶ》かいわいの英雄であり、みんなに愛され、敵方からは怖れられていた。彼は都立化工に進学したが、戦争中のことで、甲子園球場の中等野球大会で全国に名をとどろかすにはいたらなかった。だから、戦争が終って、彼がセネタースのエースとなったとき、私は非常に嬉しく思った。

私は、後楽園球場へ行って、何度もセネタースの試合を見た。彼が投げても投げなくても、ブルペンのそばの金網の所から声をかけた。

彼に住所を聞いたとき、黒尾は、だいたいのところを言って、そのへんで子供に聞けば教えてくれるよと言った。彼は、ふたたび、町の英雄になっていた。

*

黒尾と酒を飲んでいるときに、飯島滋弥とか一言多十《ひとことたじゅう》とか熊耳《くまがみ》武彦とか清水喜一郎とか横沢七郎とか長持栄吉という懐かしい名が出てきた。セネタースというチームは、弱いけれど人気があったのである。そうしてそれが、すでに四分の一世紀の昔話になってしまったことが不思議なことのように思われた。

現在の黒尾はスターの夢を捨てて堅実に暮している。当時のプロ野球の選手は現在のような高給取りではないが、それにしても、あの頃の金はどうなったのだろうか。

彼は、アレがあったからねと言った。アレというのは、戦争末期、彼は陸軍の戦闘機に乗っていて、特攻隊員であったからである。その頃の黒尾重明の感動的な挿話《そうわ》を近藤唯之さんが書いたことがある。

戦争が終ったことも、プロ野球の花形選手になったことも、彼にとっては夢のようで

あったに違いない。どうせ一度は死んだ命ではないかという思いがつきまとった。これでは金は残らない。彼は飛行機に乗っても野球をやっていても、純情で純粋でありすぎたように思われる。

彼は一時大学野球の監督をしていて、私の家のそばのグラウンドで試合が行われたときに見に行った。ズボンを長くはき、ストッキングを短く見せるという昔ながらのスタイルで、そのときもひどく懐かしい感じがした。

もう、近所の子供もキミの名前を知らないだろうと私が言った。彼は、しばらく考えてから、いや、もう駄目だよ、四十歳以上の男でないと僕のことは知らないね、と、さばさばした顔で言った。

木山捷平さん

木山捷平さんとは不思議にウマがあった。大先輩に対して「ウマがあった」などと書くのは、いかにもけしからぬことのように思われるが、他に適当な言葉を思いつかない。それに、木山先生とも書けない。また、物故作家として木山捷平と書くのも、私の心のどこかが許さぬという感じがある。そういった感じが、つまり、木山さんの人柄である。

ずっと昔、私は木山さんの『耳学問』という小説に惚《ほ》れこんでしまって、各種の文学賞の委員をしている人に推薦したり、匿名時評をしている人に取りあげてくれるように頼んで廻ったことがある。そんなことを木山さんが知るはずがない。

また、『耳学問』を映画にしてくれないかと、東宝の重役に言ったこともある。ずいぶんトッピなことのようであるが、戦後の満州での日本人の苦労話を、東宝の達者な喜劇役者が演じたら面白いと思ったのである。

どうやって木山さんと親しくなったかを思いだせない。……私は、文壇関係のパーティーに出ると、木山さんを探すようになった。また、先輩に、おい、お前を木山さんが探していたぜと言われるようになった。お前の好きな作家が来ているぜと言われることもあった。

木山さんが『大陸の細道』という小説で文学賞を受けたとき、中野の「ほとゝぎす」での祝賀会によんでくださった。見渡したところ、私のような大衆作家は一人も来ていないので驚いたり喜んだりした。そのときの木山さんの挨拶はとびきり面白かった。といって、木山さんが滑稽なことを話したのではない。本日はお忙しい所を……というヘンテツもないことを木山さんが話すと、それだけでおかしいのである。

＊

木山さんとは短い交際であったが、その間に、二度、対談する機会があった。一度は『風景』という雑誌に発表され、もうひとつはNHKのラジオ放送であった。『風景』のときは、二人ともマジメに話をしたつもりであったが、それが、活字になると、すっとぼけた感じになり、思ってもみない人から褒められたりした。このへんが、つまり、相性がいいということであり、ウマがあうということになる。それが発表されてから、私は、漫才の大御所とコンビを組んだ新人になったような気がした。

このように、木山さんは、座談の名人であるけれど、講演はなさらなかった。木山さんは、文芸講演というものは、何度もやっているうちに、ここでこうすれば聴衆が笑うというツボがわかってしまって、そうなると、それは芸人の仕事になってしまって、創作の害になると言われた。これは私に対する大切な忠告である。

ＮＨＫの放送を聞いた人は、きわめて少ないだろう。何を話したか忘れてしまったが、そのときも面白かった。

ただひとつ忘れていないのは、というより、きわめて強く印象に残っているのは、ス

＊貴ノ花、田淵、サトウサンペイ…
どうも美男子の世の中になってしまいまして…
わが小説界においても駄目なのは私ぐらいになっちゃった…
講演会
ウケたくもあり
ウケたくもなし…
'72 YAMA Fujii
＊オール讀物〈読ませる話〉より

タジオにはいり、木山さんがちょっと合図をすると、係りの人がサントリーの角瓶を持ってきたということである。

私は、NHKのような固いところでは、そんなことは許されないはずだと思いこんでいた。思うに、これは、係りの人が木山さんのファンであって、酒がはいらなければ口クに口もきけない人であることを充分にのみこんでいたためだと思われる。

私もお相伴《しょうばん》にあずかり、二人とも飲みながら話をした。木山さんは、いかにも悠然としていた。私には、木山さんがNHKで顔がきくとは思われない。それでも悠々としていた。そのへんも、やはり、木山さんの人柄である。

こういう味の人柄や、こういう感じの酒呑みは、もういなくなってしまった。

ボーイ泣く

これも銀座の高級酒場での話である。

あるとき、ある人に連れられて、ある酒場へ行った。十五年ぐらい前の話である。私は、その店がすっかり気にいってしまった。第一に、店の構えがいい。私は細長い店よりも正方形にちかい店のほうが好きだ。酒の種類も多いし、グラス類も結構だし、オツマミも気がきいている。バーテンダーもしっかりしているし、女たちも行儀がいい。客種も、まあ最高級だといえるだろう。

その日、偶然に経営者も来ていて、私は、いいお店ですねと褒めた。それは私の実感だった。

私が気にいったもうひとつの理由は、当時の高級酒場には珍しくサントリーのオールドを置いているからだった。そのころは、銀座では舶来洋酒だけを売っている店が多かった。これは、その経営者の卓見であったと思う。なぜかというと、国産洋酒があるということによって、客に安心感をあたえるという効果があるからである。しかし、そのころは、サントリーのオールドはまだ入手難の時代でもあった。

その店の経営者は、いつでも飲みにきてくださいと言った。そんなことを言われたって困るのである。月給は五万円に満たず、内職のほうも、せいぜい三万円か四万円というところだった。

私は、酒を飲むといったって、一回が二千円か三千円ぐらいしか経済が許さないのだと正直に言った。すると、経営者は、それでいいと言う。

おそらく、経営者のほうには、何かの下心があったのではないかと思う。

*

彼の下心とは、多分、オールドの入手難に関してのことだったと思う。彼は、ウイスキーはオールドだけを置くという店を開店したい（現在ではそういう店が多くなった）と考えていたようだ。

一方、私のほうにも、ひとつの目論見《もくろみ》があった。それは、まだ発表になっていなかったが、近々ビールを発売することになっていて、その店でも、ぜひとも、わが社のビールを売ってもらいたいと考えていたからであった。その店は、他のビール会社の資本がはいっていて、ビールはそれに限られていた。それを、つきくずそうと思っていた。

一兵卒である私にそんなことが出来るかどうか、それは社員としても行き過ぎではないかと思う人がいるかもしれない。あるいはそうかもしれない。しかし、そんなふうに考えるところが、私の短所でもあり長所でもある。また当時のサントリーには、そういう気風の社員が多かったので急激に伸びたのだと私は信じている。

＊

私はその店に通いつめた。サントリーの重役の一人を経営者に引きあわせたこともあった。その結果かどうかわからないが、その店は、わが社のビールを置いてくれるよう

になり、私は大いに感謝し、連日のように飲みに行った。飲むのはオールドとわが社のビールだけだったけれど、勘定は約束通り格安だった。

あるとき、そんなことは初めてだったけれど、ボーイの一人が私の席に来て隣に坐った。彼は酔っていた。そうして、僕をはじめ店の者は皆あなたが大好きですけれど、あなたが来ると店は儲《もう》からないのですよと言った。泣きながら言った。

私はサントリーの特攻隊だったけれど、彼のほうも、店の特攻隊だった。彼の言は真実だった。三、四人で飲みに来て、短時間で十万円払ってゆくという客の多い店だったのである。私は自分の任務がすでに終了していることを悟った。その日から、その店へ行かないようになった。

ビールの不思議

ビールというのは不思議な酒である。どこがどう不思議であるかというと、酒の飲めない人が飲む。

「まあ、ビールぐらいなら」

といったようなことを言う。

中年の女が三人ぐらい集まって、何かいいことがあったらしく、

「ねえねえ、ビールでも飲みましょうか」

なんてやっている光景に出っくわすことがある。

ところが、ビールだって酒であって、三度から四度はアルコールであり、なかにはもっと強いのもある。ビールの大瓶を見て、このなかの百分の三はアルコールだと思えば、そう簡単にビールぐらいとは言えないはずである。

＊

私の友人が家を新築して、披露パーティーに招かれた。その友人を共産党の人たちが応援していた。

友人は酒が飲めない。共産党の人たちも、みるからに酒好きといった赤ら顔の老人一人を除いて、全員が酒を飲まない。そうかといって、酒のないパーティーというのも形にならない。私は、だいたいの察しがついていたので、酒を一升もっていって、一人で台所で飲んでいた。

新築の家の一室が共産党の会合にも使われるように設計してあって、若い人がかわるがわるのぞきにきて、非常に賑《にぎ》やかであった。熱気があった。

酒好きの老人が私のところへきて、二人でコップ酒を飲んでいた。昼酒がバカにうまく思われるときがある。新築の家の台所というのはいい気分である。

そのうちに夕方になった。夫人が寿司《すし》をつくり、十何人かの人が会合につかわれる部屋の食卓についた。

誰かが、ビールぐらい飲もうやといった。そんなものあるのかねと、もう一人が言った。あるあると言って、一人が駈けて行った。

そうだね、ビールぐらい飲まないと恰好がつかないやと言う人もいて、みんなが待っていた。

駈けていった人が、一ダースいりのビールの箱を持って戻ってきた。その箱は埃《ほこり》だらけだった。

みんなが歓声をあげた。

「このビールはね……」

と、戻ってきた男が説明した。

「このビールは、○○先生が当選したときにお祝いにもらったんだ」

どうやら十年ぐらい前のビールである。

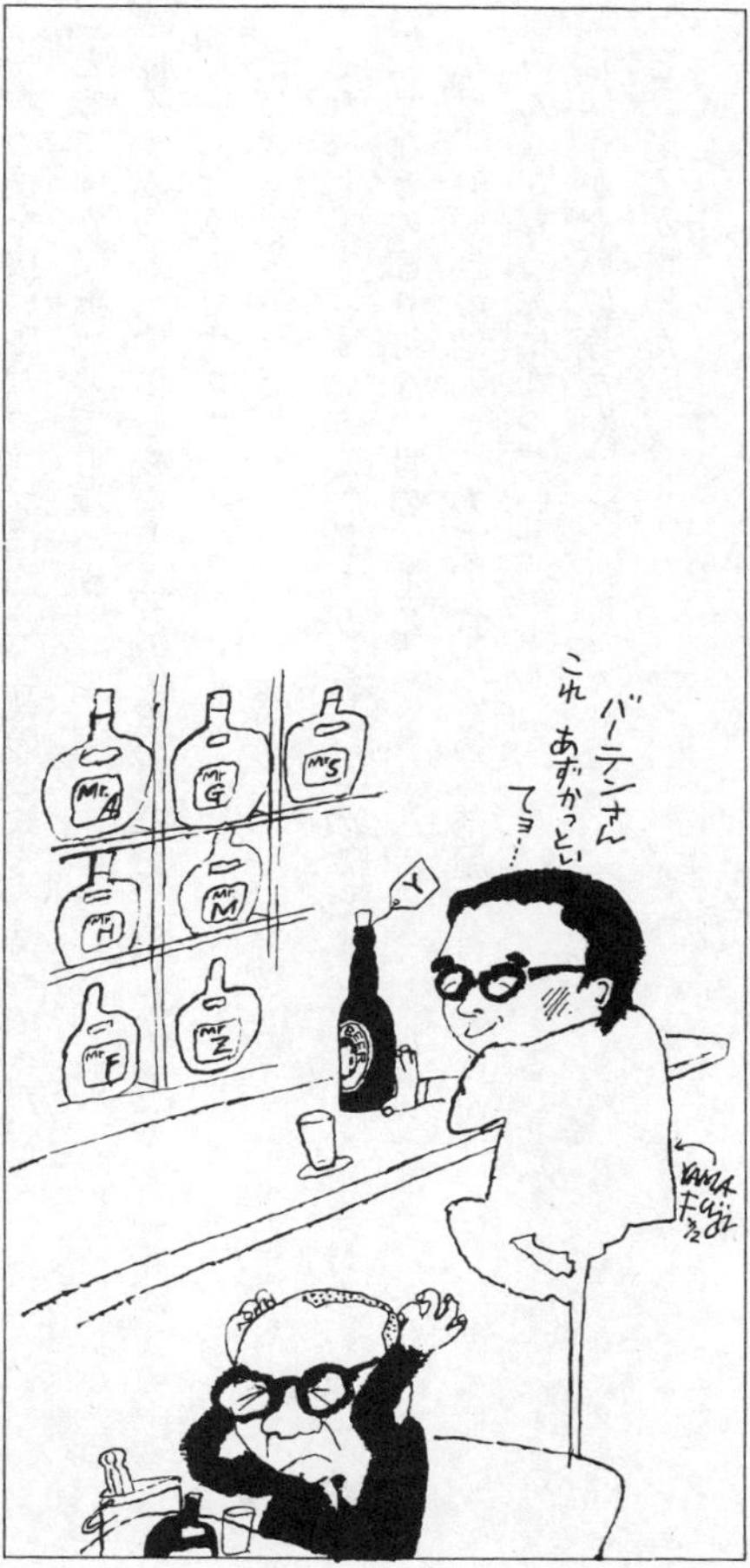

一本の栓を抜いて、コップに注ぎ、私のところへ持ってきた。

「どうですか、飲めるでしょうか」

飲んでみると、すこし変なところがあるけれど、たしかにビールの味がする。

「だいじょうぶですよ」

また歓声があがった。

それにしても、ずいぶん物持ちがいい。そのことは、私にとって気持のいいことだった。私などの知り得ない世界である。

私は、酒好きの老人と二人で、食卓のある部屋へ行ってみた。

みんな、真っ赤になっていた。

「しょうがない奴等だな」

と、老人が言った。

炎天のビール

全く久しぶりで、女房と倅《せがれ》と三人で散歩に出た。暑い日だった。私たちは、昔から案外に炎天のときに外に出ることが多かった。ひとつには、三人とも夏が好きだということがある。また、家でぐたぐたしていると余計に暑いという考えもあった。

駅までの広い道を歩いて行った。学校から帰ってくる小学生と一緒になった。駅までは、かなりの距離がある。夏休みが近いので、子供たちは浮き浮きとしていた。ナゾナゾをだしてくれと言った。私と女房とで、何問かを考えた。

「ぶつと出て、つねるとひっこむものはナーニ」

と、小学生の一人が言った。

女房がその子供の額を打った。その子供は舌を出した。ノドをつねると、舌がひっこんだ。

「舌でしょう」

「そう」

子供は照れて赤い顔をした。そうやって歩いていった。

＊

「コーヒーでも飲もうよ」

倅が言った。

「寿司屋へ行ってビールを飲もうと思っているんだ」

「こんな時間で、やってる？」

十二時を過ぎた所である。

「やってるさ。昼飯を食べにくる人がいるから」

寿司屋へ行くと、卓の上に顔をうつぶせて寝ている老人がいた。

「ビールをください」

よく冷えた大瓶が目の前に置かれた。

若い男が入ってきて、鉄火丼《てつかどんぶり》を注文した。それから、私たちを見て、ビールを追加した。そのビールというときの発音には重々しいものがあった。

次に、いかにも恋人同士らしい若い男女がはいってきて、握りを注文し、同じようにビールを追加した。昼間でもビールぐらいならいいやという感じがあった。

私は二本目のビールを頼んだ。

こちらも、三人で二本ならいいだろうという考えがあった。

「いつでも、こうなんですよ」

おかみさんが寝ている老人を見ながら言った。老人は集金をすませて、二本のビールを飲むのを楽しみにしているという。

「あのカバンのなかに大金がはいっているんですよ」

それが聞えたようで、老人はカッと目をひらき、カバンをかかえた。それを持って便所に通ずる廊下のほうへ出ていった。そのまま帰ってこない。寿司屋の息子の報告によると、廊下でカバンをかかえて寝ているという。

「二本ぐらいでねむくなるものかね」

「ねむくなるわよ。ビールって、飲むとねむくなるわよ」

そう言ったのは女房である。

私も、ビールなんていうものは、こんなふうにして飲めばいいんだと思った。

私たちが帰ろうとするときに、恋人らしい一組は、おたがいに、コップに八分目ぐらいのビールが残っていて、つまり、少しばかり口をつけただけであることがわかった。

ビールなんて、それでいいと思った。

ビールの利尿作用

ビール、特にビヤホールで生ビールを飲むのが最高の贅沢《ぜいたく》だと思われた時代があった。私には、生ビールも、エダマメもソラマメも、ウインナ・ソーセージもハム・サラダも、ただただ有難いのだった。あれは昭和二十年代の終り頃までだったろうか。

現在は、私にとってビールはあまり有難くない。うまいことはうまい。ただし、例の利尿作用が困る。そうでなくても私には頻尿《ひんにょう》の傾向がある。それに、嗜好《しこう》が変ってきたということもある。

昭和二十年代の終りということは、私の年齢も二十代の終りであって、もっとも飲めるときであった。

ビヤホールへ行く。中ジョッキで、たて続けに六、七杯飲む。大ジョッキというのは、どうも重くていけない。それに、これみよがしなところも厭《いや》だ。

中ジョッキでも五杯、六杯と飲んでゆくと、全身が寒くなってくる。風邪をひいたような感じになり、声もかすれてくる。そうして陶然となる。

一度便所へ立ったらもう駄目だという人がいる。栓が抜けてしまうのだという。そうなると、ひっきりなしに便所へ通うようになる。そうかといって、それだけの量を飲んでしまうのだから、便所へ行かないわけにいかない。

翌日は、たいてい、下痢《げり》である。どうも世の中のことは、すべてよしというわけにはいかない。

*

あるとき、ビヤホールで飲んでいると、顔見知りの女性に会った。むこうは、社内の宴会の流れでもあるようで、七人か八人でさかんに飲んでいる。その女性は酒が飲めないようで、オレンジジュースかなんかを飲んでいる。

そちらが解散になり、彼女は私のテーブルに坐った。

「困っちゃうわ、みんなお行儀が悪くて」

私は自分が叱られているような気がしたが、そうではなかった。私は、どういうものか、あまり顔に出ないタチである。しかし、酔っていることは酔っている。

そのうちに、何度も便所へ立つようになった。我慢が出来ない。とても具合がわるかったが、煙草を買いに行くとか、家へ電話を掛けに行くとか嘘をついて便所へ行った。

私は今でも不思議に思っているのだが、男と女とでは膀胱《ぼうこう》の大きさや能力が違うのだろうか。彼女のほうも、ジュースやコーラを飲まされているはずである。それなのに、彼女は坐ったままである。

そのひとは、きわめておとなしい真面目な女性だった。家の方向が同じだということがわかったので、送って行くと引きとめていた。

＊

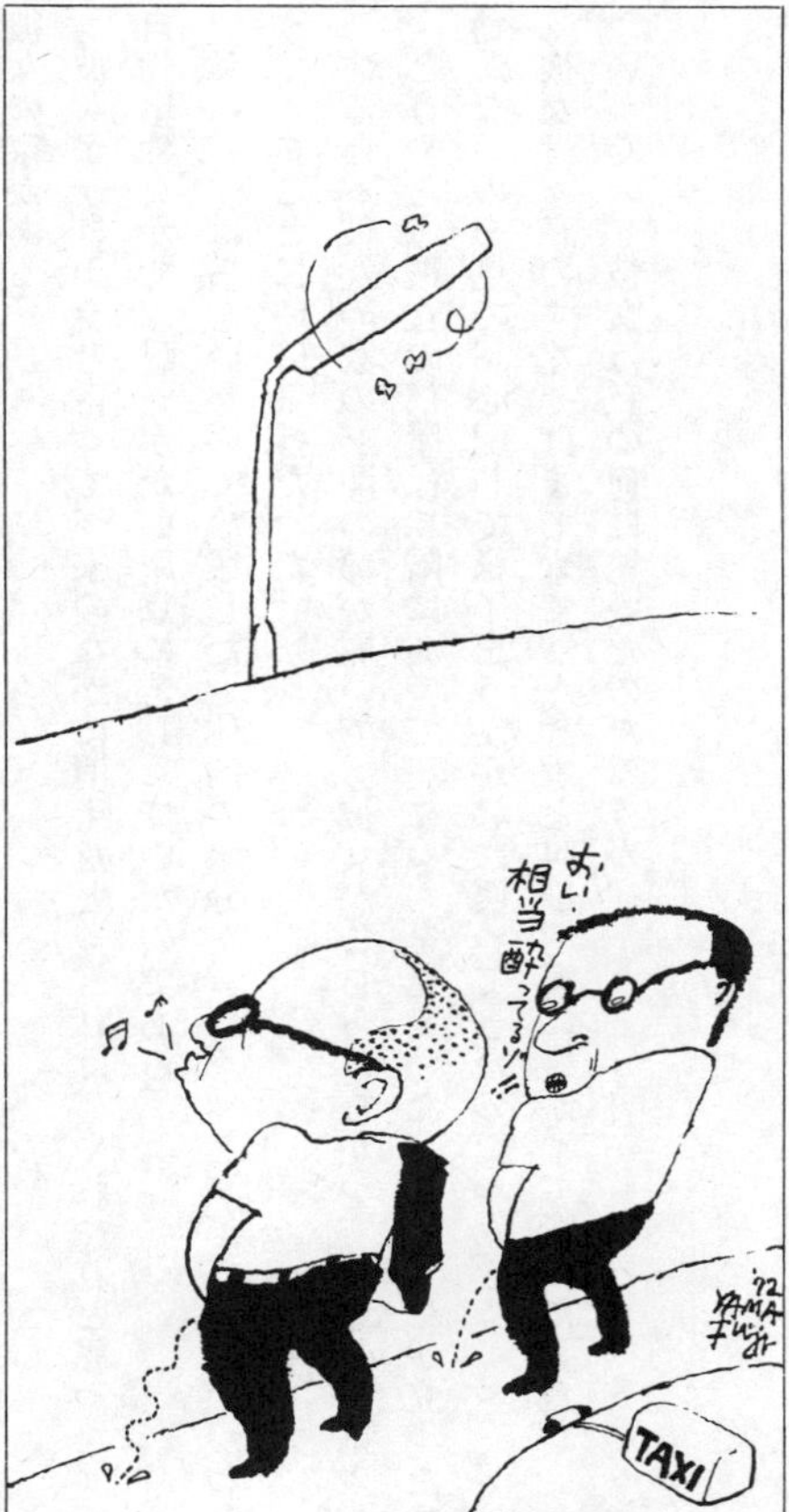

彼女の家の前に自動車がとまった。正確にいうと、そこから三十メートルぐらい奥に

彼女の家がある。

彼女がサヨナラと言って、家のなかに消えたとき、私は、やれやれと思った。実は、自動車のなかで、耐えがたい尿意に苦しんでいたのである。

私は、すばらしい勢いで放尿した。体内の水分が、すうっと減ってゆくのがわかるようで、まことにいい気持だった。

すると、彼女の家の玄関の扉が開いて、彼女がこちらにむかってくるのが見えた。どうやら、彼女の部屋は二階にあって、こっちを見ていたらしい。私が立ったままで動かないのを見て、心配して様子をうかがいに戻ってきたのだった。

彼女は、私のすぐそばまで来て、キャッと叫び、家にむかって駈けだした。

いったい、彼女は私の何に驚いたのだろうか。

酔っぱらい①

私は酒癖のわるい男だろうか。

酒癖がいいとかわるいとかは、自分ではわからない。また、自分では悪いということを認めたくないという気持がはたらく。……そうかといって、私にしても、まさか、自分には酒癖がなくて、いい酒呑みだと思ったことは一度もない。

それから、酒癖というものは、ある酒場では、そいつが悪く発揮され、ある酒場ではそれほどではないということがある。私の友人で、銀座では酒癖がわるく（彼は暴れる）、新宿では極めていい酒呑みであるという男がいる。

彼の場合、たとえば銀座の酒場で小説家に会うと、畜生！　流行作家面《づら》をしやがって、ということになる。また、自分がそういう場所で飲んでいることにも嫌悪感を抱くのである。さらに、銀座にいるときの彼は緊張していて、野球の投手で言うと肩に力がはいっている状態になっている。

ところが、新宿で小説家に会うと、同志よ、悩める同志よ、ということになる。これはわからないこともないけれど、私のように、東京の山の手と下町の間に育ってしまって、子供のときから銀座を自分の盛り場にしている男は困ってしまう。

ある酒場のマダムが言った。

「わたしはあなたが酒癖がわるいなんて一度も思ったことないわよ。だって、おとなしいし、きちんとしているし、礼儀正しいし、お勘定もちゃんとしているし、ぜんぜん悪くないわよ」

私はいい気持になる。その酒場では、他の客に嫌われるようなことをしなかったのだろう。そう言われれば紳士的にならざるをえない。

……しかし、その酒場で飲んでいて、待てよ、と思う。彼女がそう言ったのは、私の酒癖のわるいのが評判になっていて、たまたまその店では事件がなくて、それでそう言ったのではあるまいか。いや、そうであるに違いない。そう思い当ると、気持がわるくなり、そうかといってその店でのせっかくの評判やら実績やらをこわしたくないので、そうそうに帰ることになる。

＊

酒癖がわるいとは、いったい、どういうことなのだろうか。

一緒に酒を飲んでいて、いなくなってしまう人がいる。これは困る。心配して探しに行くと、どこにも見当らない。そのうちにふらっと戻ってきて、どうしたんだと訊《き》くと、アイマイに笑うだけである。これは腹がたつ。しかし、おそらく、気分が悪くなって、どこかでもどしてきたりして、恥ずかしくてそのことが言えないのだろう。

電車に乗って乗りこして、家が荻窪《おぎくぼ》であるのに中央線に乗って甲府まで行ってしまった人がいる。

道端で寝てしまう人がいる。公園でも寝るし、駅のベンチでも寝る。

深夜にヤタラに電話をかけてくる人がいる。その応対に骨が折れる。なかには三十分おきに明け方まで電話をかけてくる奴もいる。めんどうなので受話器をはずしておくと、サキホドハスマナカッタという電報がくる。このごろは、十二時過ぎの電話には出ないことにしている。

私は、そんなことをしたことがない。

酒を飲んで夜おそく帰ることはあっても、洋服をキチンとたたみ、ワイシャツ、ネクタイをしかるべき所へ置き、静かにベッドにもぐる。玄関で倒れるなんてことはない。私は、どちらかというと、哀れな酔っぱらいである。

そうではあるけれど、自分をいい酒呑みだと思っているわけではない。

酔っぱらい②

私は酒癖がわるいだろうか。

いいとは思わないけれど、いちがいに悪いときめつけたくない気持がある。十年ぐらい前まで、文壇関係の会、あるいは文士劇などのパーティーで、最後まで飲んでいるのは、亡くなった十返肇さんと向井啓雄さんということがあった。それを私が知っているということは、私も残っていたということになる。

十返さんにパーティーで会うと、会費だけは飲むぞと叫んでいたことを思いだす。これは、むろん、冗談である。

文士劇のパーティーでは、入場するときに入口で酒の引換券を貰う。十返さんも向井さんも、これを札束のように持っていた。酒の飲めない人が呉れるのである。私も同様だった。

さて、パーティーで、最後まで飲んでいる客は酒癖がわるい人だろうか。私はそうは思わない。酒に縁の深い会社に勤めている関係で、当社主催のパーティーもあるのであって、そういうときは、最後までいてくださるお客さんは有難い人だと思う。この頃は、パーティーの客も冷淡になった。

私も、あまりパーティーには出席しないようになり、出てもすぐ帰ってしまうけれど、これは主として酒に弱くなってしまったためで、体が丈夫であれば昔のように最後まで飲んでいたいと思う。

しかし、そうかといって、十返さんと向井さんと私の三人が会場に残っていたとしたら、ああ、酒癖のいい人が残ってくれたと主催者は思うだろうか。残念ながら、そうはいかないというのが世間一般の常識というものだろう。

私が主催者であるとして、客観的にこれを眺めるならば、残ってくれて有難いが、どうか無事に帰りますようにと思うに違いない。しかし誓って言うけれど、十返さんや向井さんや私がパーティー会場で暴れたことは一度もない。終始、機嫌よく飲んでいるだけである。

＊

ここで白状すると、私は、酒場で何度も喧嘩《けんか》した。ただし暴力をふるったことは一度もない。

あるとき、浅草の酒場で飲んでいて店主につまみだされたことがある。

そのとき、私は、隣の客とネクタイを交換しようと言った。二十年以上も前のことで、私は紺無地の飛切上等のネクタイをしていた。だからといって、こちらの言い分が正しいなどということがあるわけはなく、あくまでも私が悪く、店主の処置は正当であった。私は隣の客に親近の情を示そうとしたのであろうが、余計なお世話であり、ルール違反であった。私は酒に飲まれていた。

私が酒場で喧嘩になるときのひとつのキッカケは、相手が、戦争中に、いかにして徴

兵を逃れたかということを得々として話しだす時だった。当時の私は、それだけはどうしても許せなかった。徴兵逃れに成功したのはインテリに多かった。

私は知らなかったのであるけれど、実に巧妙な方法があったのであり、そのために命ながらえた人が案外に多いのである。

最近はあまり怒らなくなった。それは、やはり、いま戦争がおこり、巧妙な方法を私が知ったならば、私だってやりかねないと思うようになったからだろう。

しかし、私のような戦中派の人間にむかって、そういう話をするということは、あまりいい趣味ではないと思う。

そうして、そのことに怒らなくなってしまった私というものに、いくらかの淋しさを感ずることがあるのである。

酔っぱらい③

酒癖のわるい人とはどういう人であろうか。がいしていえば、それは、心に鬱屈するところのある人である。

従って、これも、おおよそのことでいえば、おとなしい人があぶない。小心な人があぶない。傷つきやすい人がいけない。コムプレックスのある人があやしい。穏和な婿養子なんていうのが一番危険である。

これはと思う人が、宴会の席で、座敷の真中で小便をしたりする。海や湖に飛びこんだりする。裸になる。二階から飛びおりる。温泉地で女湯に侵入したりする。

アルコールに対して病的に弱い人がいる。これは酒に関していえば病人であるから、病人の扱いをしないといけない。

コムプレックスのある人といっても、その人のコムプレックスというものは、まことに計り知れぬものがあって、複雑怪奇である。人それぞれ、実にくだらないコムプレックスを抱いているものであって、それがその人の生きる原動力になっている場合がある。

文壇関係のパーティーで、私にスピーチの指名があり、司会者が、私を、戦中派コムプレックスの権化と紹介したことがある。そのとき少し腹が立ったけれど、後になって、うまいことを言うなと思った。私にはそういう傾向がないことはない。

私には、自分より年長の人はすべて敵だと考えている時期があった。それは、昭和十七、八年において最も激しく、だんだんに薄らいでいった。

年長の知識人というものが憎らしくてたまらなかった。すべて、自分を戦場に追いやる者、死においやる者と思われた。

いまとなってみると、そんな馬鹿なことはないと思う。しかし、当時においては、そう思いつめ、その思いに把《とら》えられていた。その思いは、戦後になっても、ずっと長く続いていた。

この、思いつめるというのがいけない。これが酒癖に作用する。人を狂わせる。私にはひどい偏見があるといわれるが、その源は、すべてそこにあると思われる。

＊

そういうめんどうな話はやめよう。

私は酒場で悪いことをしたことがある。その場所は、有楽町の「ニュートーキョー」というビヤホールにおいてであった。

ジョッキやゴブレットを盗んだのである。「ニュートーキョー」のジョッキを盗むというのは、おそらく何百人かの人のやったことで、店のほうでも覚悟していたと思うけれど、私の場合は、やりかたが巧妙であり、悪辣《あくらつ》であった。

私はそれがほしくてたまらなかった。というのは、「ニュートーキョー」のグラス類は、安定がよくて、テーブルの上に置いたときに、ぐらぐらせずに、ぴたっと吸いつくようになるのがいい感じだった。

私の方法は、カメラマンの持っている、大きな四角の皮のバッグを利用するということだった。

三人か四人で飲みに行く。じゃんじゃん飲む。ウエイトレスがジョッキをさげにゆくのが間にあわないように注文して、テーブルの上にジョッキが林立するようにする。こうなれば、そのうちの一箇をカバンにいれるのはわけはない。私たちは完全に成功した。しかし、そのうちに、どうもお勘定の額からいって、割にあわない泥棒であると思うようになり、店にハメラレているような気がして止めてしまった。

私の犯罪はスーパーマーケットで万引をする人よりはいくらかマシだったと思う。しかし、修学旅行で駅の売店の土産物をかっぱらう高校生と較べると、大差はなかったような気がする。

殺して飲む

私は十九歳のときから雑誌記者をしていたし、三十一歳からは洋酒製造会社のＰＲ雑誌を編集していて、三十六、七歳から作家生活ということになるので、座談会や対談の席に出る機会が多かった。

編集者として座談会に出席していて、他の人と同じように食べ、同じように飲み、しかも酔っぱらわないというのは、なみたいていのことではない。しかし、これも訓練とか心構えによって、ある程度までは達成されるものである。げんに、いまでも、編集者は、そうやって飲んでいる。殺して飲むのである。

私が酒に強くなったのは、このためである。やろうと思えば、顔に出さないで飲むことができる。というより、殺して飲むのが身についてしまっていて、なかなかウマイ酒にならない。

座談会が終って二次会の酒場へ行くと、女給に、こちらお静かねとよく言われたものだ。そうではないのだ。こちらが浮かれてしまっては仕事にならない。

座談会では、出席者が喋《しゃべ》ればいいのであって、こちらは何もしなくていいと思ったら大間違いだ。話の最中に、タイトルとか小見出しを考えていなくてはならない。また、そういうときに、次の号の企画のヒントを摑《つか》んだりもするのである。

従って、出席者と別れて一人になったときは、中途半端に酔っている。これが、どうにも具合がわるく、自前で飲むことになる。

*

座談会やら対談やらでは、食事が出る。酒になる。つまり、芸者のいない宴会だと思えばいい。終戦直後から現在にいたるまで、こういうスタイルになっている。考えてみれば実に馬鹿馬鹿しい悪習である。

私はいまでもそう思っているのであるが、座談会は、昼間、出版社の応接室で、お茶とお菓子でやればいいのである。そのほうが実のある話になる。宴会がやりたければ、きりはなして行えばいい。

座談会が宴会の形になったのは、戦後の食糧の乏しかった時代の名残りである。そのころ、私たちは、ヤミ料理の手配をしなければならなかった。だから、テンプラにウナギに寿司《すし》といった変な食事になることもあった。当時は金の価値がなく、謝礼よりも食事で釣ったのである。

この悪習が続いていて、まるで、葬式に行った坊主が、今日はお布施《ふせ》はまあまあだったが般若湯《はんにゃとう》が出なかったと文句を言ったりするのと似た状況になってきた。

だから、座談会を活字で読むときは、特に後半は、変な発言があれば、その人は酔っていると思ったほうがいい。座談会には〝(笑)〟とか〝(笑声)〟とかがつきものであるが、私は〝(酩酊《めいてい》)〟など注をいれたほうが読者に親切ではないかと思っている。

＊

ただし、酒が入ったほうが話がはずむということがある。酒を飲ませないと口のきけない人もいる。特に、洋酒製造会社のPR雑誌をやっていたときは、昼間からどんどんウイスキーを飲んでもらうという企画をたてたりした。

あるとき、そういう座談会があって、出席者が帰ったあとで、五十歳ぐらいの男の速記者が、

「すみませんが、一杯だけ飲ませてください」

と言った。

見ると、いかにも酒の好きそうな男だった。私は罪なことをしたと思った。彼にとって、まことに苦痛な二時間であったと思う。

その後、私は、座談会のはじまる前に速記者に、酒を飲むかどうかをたずねるようになった。飲む人であれば、二時間だけ辛抱してくれるように頼んだ。

赤木駿介さん

赤木駿介さんのことについて書いてみよう。赤木さんは競馬評論家でテレビで解説をしているので読者にはナジミが深いと思う。

赤木さんは酒を飲まない。全く飲めないわけではないけれど、ナメルという程度で、ビールをコップに一杯も飲めば、これはもう間違いなしに寝てしまう。

私は、赤木さんを、ひそかに「競馬用の運転手」と名づけているので、酒を飲まないのが有難い。彼は私の家の近くに住んでいるので、競馬へ行くときは迎えにきてくれる。また、将棋の会で小旅行をするときも彼の自動車に乗る。赤木さんは私の将棋友達であり、競馬の先生である。

＊

赤木さんと私とは同業者であるといっていい。彼は主婦の友社にいたことがあり、そのときはコピーライターだった。平凡出版にいたこともあり、広告関係の調査の会社に勤めたこともある。そういう経歴が私とよく似ている。

その赤木さんが、どうして競馬評論家になったのかということが、わからない。経歴が似ているので余計にわからない。私にとって謎《なぞ》だった。

私は、競馬評論家の顔を見れば、その人がどうしてこの道に入ったかがわかると思っている。まず間違いがない。なかには、あきらかに、馬券に憑《つ》かれて、と思われる人がいる。若いときに競馬で大金を失って、もはやこの道以外に道がないということで専門家になった人がいる。私はそれが悪いと言うのではない。人それぞれの人生である。

これは専門家に限ったことではないが、はじめて競馬場へ行って、いわゆるビギナース・ラックということで大儲《おおもう》けして競馬が好きになるということがある。あるいは、そのとき千円とか二千円を失って、それが口惜しくてという人がいる。ダービーのときに、人に教えられ、自分でも研究して、これでよしという馬券がはずれ、事件を解明するようなつもりで馬のことを勉強しているうちに競馬が好きになってしまう人もいる。

いずれにしても、誰でも、最初は馬券からはいってゆくのである。そうでない人は、牧場に関係があるとか、競馬場のそばに住んでいたとか、父が競馬狂であったとか、ということになる。

赤木さんは、どれにもあてはまらない。そこが不思議であり、謎めいている。

競馬評論家としての赤木さんの良さと特徴は冷静ということだと思う。熱くならない。特定の馬に惚《ほ》れこんだりはしない。実際は、そういう型の人は、本来、競馬という「ギャンブル」の世界には飛びこめないはずである。

彼は馬券中心の評論家ではない。こういう人は珍しい。完全に競馬をスポーツとして把えようとする。

＊

はじめて、赤木さんの動機を知った。それは、近くの郷土料理の店でのことで、私は

焼酎《しょうちゅう》を飲んでいた。

赤木さんが編集者であったとき、東急文化会館の地下のニュース映画専門館で、フランスだか英国だかのダービーの映画を見た。そのとき「競馬の美しさ」にしびれてしまったのである。こんなに美しいものがあるかと思った。赤木さんの動機は詩的であり純粋であるといえるかもしれない。

彼は、はじめて競馬場へ行って、競馬を見たときのことを明細に記憶している。彼は馬券の買い方も知らなかった。単勝という言葉さえ知らなかった。私はほぼ同業者であるので、当時から「非常に競馬の好きな」編集者がいることは聞いていた。その内容が、やっとわかった。

こういう話を聞くと、私はたちまちに嬉しくなって、ついつい飲みすぎてしまうのである。

あっさりと

私と矢口純さんとは同じ町に住んでいて同じ会社に勤めているから、時に一緒に帰ってくることになる。それは私にとって非常に楽しい時間になる。

私が国立《くにたち》市に引越してきたのは、矢口さんの家に遊びに行って、そのあたり一帯のたたずまいが、すっかり気にいってしまったからであった。数年後に、当時『婦人画報』の編集長であった矢口さんにおねがいして私のほうの会社に来ていただくようになった。そういう御縁である。

私は非常識な男であり、矢口さんは均衡のとれた大人であるから、そのために、ずいぶん助けられてきた。

矢口さんは植物にくわしく、自分のことを百姓だと言うし、動物のこともよく知っていて特に鳥のことでは、ちょっとした権威である。

＊

七月のある日、矢口さんと私とは一緒に会社を出た。東京駅から中央線に乗り、国立駅で降り、朝は自動車に乗る道を歩いて帰るというのが、いつものコースである。

電車のなかで、矢口さんが、小さい赤いユリの花が国分寺あたりに咲いているのを知っているかと言った。カンゾウに似ているがカンゾウではない。カンゾウよりも小さくて、ユリであることは間違いない。なんというユリだろうかと言う。

矢口さんにわからないものが私にわかるわけがない。オニユリでもなく、ヒメユリでもなく、スカシユリでもないと言われる。ちょっと面白いユリが群生しているという。

私たちは三鷹《みたか》を過ぎる頃から外ばかり見ていて、武蔵《むさし》小金井では腰が浮いてしまい、国分寺に到着する前に立ちあがってしまった。

座席を立って見ていたのであるが、小さい赤いユリを発見することが出来なかった。そのあたりは、複々線の工事と、新環状線が出来るのとで、土堤《どて》は無残にけずりとられていた。私は、交通が便利になることを喜ぶ気持と、失われてゆくものを惜しむ気持が、ちょうど相半ばしていた。

＊

私たちは「紀ノ国屋」へ行って、ホタテ貝を買った。ホタテ貝は二箇で百五十円という見当だった。矢口さんはアワビを買い、私もサザエを追加した。それでもって家で一杯やろうというわけである。

ホタテ貝のバター焼きは非常に美味なるものである。フライも悪くない。私の友人で、夜遅く会社から帰ってきたときに、ホタテ貝の罐詰を冷凍室にいれ、ごくごく冷たくして、それでもって一杯飲むのを無上の楽しみとしている男がいる。

「ちょっと寄っていかないか」

と矢口さんが言った。

「ビールを小瓶《こびん》で一本ずつというのはどうだろうか」

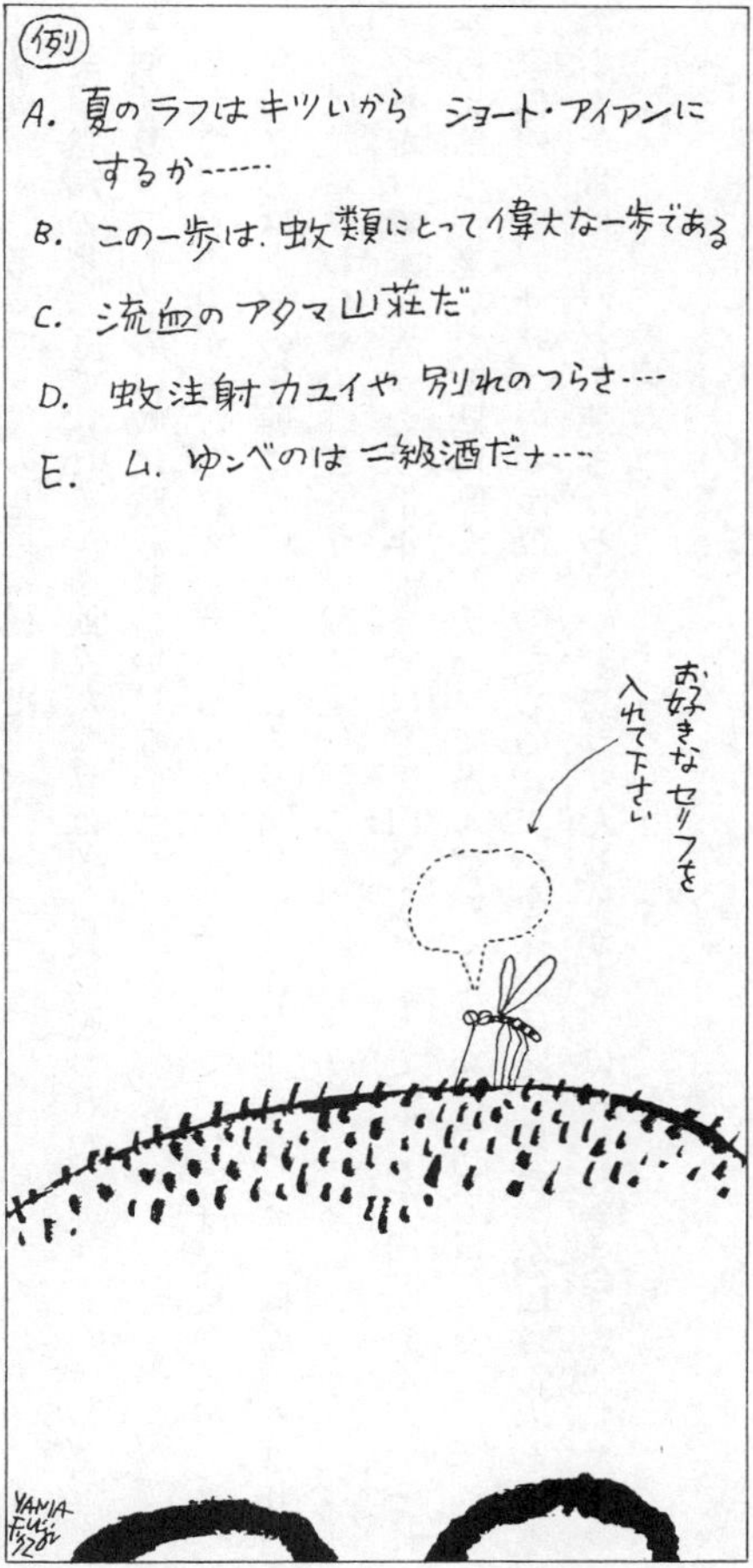

例
A. 夏のラフはキツいから ショート・アイアンにするか……
B. この一歩は、蚊類にとって偉大な一歩である
C. 流血のアタマ山荘だ
D. 蚊注射カユイや 別れのつらさ…
E. ム、ゆンベのは 二級酒だナ…
お好きなセリフを入れて下さい
YAMAFUJI

私は、少し考えて、彼の意見に従った。

矢口さんの家の庭で、ビールを飲んだ。私は忽《たちま》ち蚊《か》に喰われた。

「酒飲みっていうのは蚊に喰われていけない」

「それでよく小説が書けるねえ。そうじゃないんだ。蚊っていうのは炭酸ガスが……」

矢口さんは、蚊の生態についてくわしく説明してくれた。そうして、結局、やはり酒呑みは蚊に喰われやすいという結論に達した。

それだけで家に帰った。十年前までは、矢口さんと二人でずいぶん酒を飲んだ。それを考えると、老いたる賭博師がパチンコで遊んでいるようなものだと思った。

家に帰って、サザエのツボ焼きのためのミツバを探しに庭へ出た。矢口さんのところのホタテ貝は、バター焼きだろうか、フライだろうかと、ぼんやり考えていた。

こっちの酒は苦いぞ

七月三十日に競馬へ行った。それは、家の近くの府中競馬場でのレースがその日で終りになるからであった。今年の前半が終了する。また、この日、野平祐二騎手は一勝すればタイ記録、二勝すれば通算千二百九十六勝という新記録になるので、それを見たいという気持もあった。彼は、サンタイヨー、ホーオーテイ、スガノホマレなどの有力馬に騎乗するので、多分、記録は達成されるだろうと思った。野平騎手は、この日かぎりで、パリへ帰ってしまうとも聞いていた。

＊

この日のお目当ては、なんといっても、日本短波賞（別名残念ダービー）である。野平騎手はスガノホマレに騎乗する。

私の読みは、野平さんは、サンタイヨーとホーオーテイで勝って記録を達成し、スガノホマレで惨敗するということにあった。最終日のメイン・レースで勝って新記録となり、それでもってパリへ帰るというのでは、芝居の筋書として出来すぎていると思った。

私はイシノヒカルが勝つと思った。相手は堅実なタカイホーマ、穴と狙って面白いのがタケクマヒカルだと思った。この馬券には、かなりの自信があった。

野平騎手は、第六レースのサンタイヨーで勝ってタイ記録となり、第八レースのホーオーテイで三着となった。読みがくずれて、ちょっと厭《いや》な気がした。

＊

この日、私はラジオ関東の席にいたのであるが、単複ばかりで連戦連勝、競馬のことは山口にお聞きくださいと大見得をきっていた。

さて、日本短波賞、スタートでスガノホマレは出遅れて最後方になった。野平騎手はサンタイヨーでも出遅れている。スガノホマレという馬はスピード馬であるが飛びだしても出遅れても折りあいのつきにくい馬である。

直線坂上で、まずタケクマヒカルが先頭に立ち、イシノヒカルがならびかけ、いったん中団にさがったタカイホーマが差しかえしてくるという態勢になった。この三頭ではイシノヒカルが強い。こんなに読み筋通りの展開になったのも珍しい。ゴール前五十メートルまではこの態勢が続いたと私の目には見えた。イシノヒカルの大楽勝である。

ところが、このとき、大外から飛びこんでくる馬がいた。赤い勝負服を着た野平祐二の騎乗するスガノホマレである。私は、いまでも、悪い夢を見ているような気がする。スガノホマレはゴール前十メートルでイシノヒカルをとらえて差し切った。スガノホマレを買った人には胸のすくようなレースであったろう。

古山高麗雄さんは、スガノホマレ、イシノヒカルの連複の一点買い、ラジオ関東解説の窪田さんはスガノホマレの勝利を強調していたので、私は両者に握手した。

サンタイヨーのときもそうであったけれど、私は、放送席から野平騎手に対して力一杯の拍手を送った。やっぱりスターは違うと思う。

私だけではなく、馬券をとられても拍手を送るファンが大勢いるのに、あなたはどうしてフランスへ行ってしまうのですか。

*

家へ帰って、まずビールを飲み、頭がぼうっとしていたので、仕事をせずに寝てしまった。出来すぎた芝居を見せられるというのはあまり気分のいいものではない。むこうはスターで、こっちは駄目な男という感じになる。

明け方ちかく夢を見た。

古山さんも窪田さんも家に帰って酒を飲んでいる。二人とも、競馬をはじめてからこんなにうまい酒を飲んだことはないと言っている。

王貞治

いまから八年前、つまり東京オリンピックの行われた年のプロ野球日本選手権試合は、南海と阪神とで行われた。ということは、大阪だけでゲームが行われるということになる。しかも、三勝三敗で決戦が行われたのだから、東京から行ったプロ野球関係者は、十日間も大阪に足どめを喰らうという結果になった。私もその一人だった。

この日本選手権では、南海がスタンカをうまく使って勝った。一方の阪神は、バーンサイドという面白い投手がいたのであるが、ほとんどベンチにいて、阪神が負けたのはこのためだろうと私は思った。私はバーンサイドを「幻の名投手」と名づけた。

しかし、当時の阪神の藤本定義監督は、人情監督であって、エースの村山に花を持たせようとした。そこが藤本さんのいいところであり、また、阪神というチーム全体が打倒巨人を果たせば南海はどうでもいいと考えているようだった。

私は、同じく新聞やらテレビやらの仕事で大阪へ来ている王選手に、バーンサイドは打ちにくいだろうと言った。王はわらってうなずき、十何打数かで一安打という成績だと答え、その一安打もこれよと言って、手でボテボテの内野安打であることを示した。

私は、かねがね、誰もが同じようにバットを振って、どうして王だけが飛距離がのびるのかということに疑問をいだいていたので、そのことも質問した。

王は、中学生時代にピンポンをやっていたためだろうと答えた。ピンポンによって、左の手頸《てくび》のかえしが強くなったのだろうと言う。

こういうふうに、王貞治という選手は、なんでも気軽に率直に答えてくれる。実に素直である。こういう選手は大成する。大選手は可愛がられる要素をもっているものである。

＊

私は王を大阪の酒場に誘った。すると、彼は、その店は勘定が高いから厭だと言った。勘定はこっちが払うんだし、そんなに高くないから大丈夫だと私が言うと、

「いや、そうじゃないんだ。俺みたいに金を持っている男が一緒だと吹っかけられるんですよ」

と答えた。

私は笑ってしまった。いかにも王らしいと思った。正直すぎる。

結局、王は、自分の行きつけの安い酒場へ行き、私は高いほうの店へ行った。王の独身時代である。

ずっと後になって、銀座の酒場で会った。私がカウンターにいると、王が遠くから挨

拶した。私は、今日のバッティングはどうだったかとたずねた。すると、王は、指を四本だし、次に二本だした。四打数二安打という意味である。そういう動作も気持がいい。

＊

その大阪でのとき、なにしろ十日間であるから、疲れてくるし、特に体格のいい選手や、選手出身の評論家は、セックスのほうはどうなっているのかと案じられた。彼等のなかの一人が、仕方がないから毎晩麻雀《マージャン》をやってまぎらわしているのだと言った。

下着類も買わなければならない。

王は、毎日、ホテルで靴下を洗濯しているという。靴下は二足で、その柄が気にいっているので、変なものを買う気になれないと言った。そのように、王はなかなかオシャレであり、そのオシャレにも筋が通っている。

しかし、王のような選手が、一人で、ホテルの洗面所で洗濯しているというのは、私には何かわびしく思われた。

私が王選手を大阪で一番高いといわれている酒場へ誘おうと思ったのは、ちょうどその頃のことだった。

失われた混合酒

酒がテーマになっている小説では、O・ヘンリーの『失われた混合酒』の右に出るものはない。酒の出てくる小説は無限といっていいくらいにあるし、小説としてすぐれたものがあるけれど、酒そのものを描いた小説においては、どの作家も、O・ヘンリーのこの短篇《たんぺん》に遠く及ばない。

私は『洋酒天国』というPR雑誌を編集していて、酒の出てくる小説を開高健と一緒に片っぱしから読みあさった時期があるから、自信をもって断言する。

非常に短い小説であるが、志のある方は、ぜひ原作で読んでいただきたい。（以下は『新潮文庫』の大久保康雄氏の訳からのダイジェスト）

＊

コン・ラントリはケニリィの経営する酒場のバーテンダーである。

ケニリィ一家は酒場の二階に住んでいる。ケニリィの娘のキャザリンにコン・ラントリは思いを寄せているが、一種の女性恐怖症であって、女の前では震えるだけで、お天気の話しかできない唖男《おしおとこ》になってしまう。ケニリィの店へライリィとマッカークという二人の男がやってきて、裏の部屋に住みつく。この二人は、酒屋が開業できるほどの罎《びん》やらコップやらを持ちこんでいて、日夜、カクテルの研究に没頭する。

ある夜、コンはキャザリンに声をかけられる。コンは、例によって雨になるようですとだけ答える。キャザリンは、水が少ないのは困るから、雨降りは結構だと言う。

＊

ライリィがコンに、自分たちがカクテルの研究に憑《つ》かれているわけを話す。

ライリィとマッカークは、去年の夏、ニカラガで酒場を開こうとして船に乗る。あと五時間で到着というときに、船長が、ニカラガでは物価調整のために罎にいれた酒には四十八パーセントの輸入税がかかると言った。そこで、二人は、大きな樽《たる》を二箇ゆずってもらって、持ってきた酒を全部ぶちこむ。

ひとつの樽は、とても飲めない酒になっていた。しかし、別の樽は、一杯飲めば「男一匹に何か事をやってのけようという野心と勇気をふるい起させる」という素晴らしい混合酒になっていた。二人は大儲《おおもう》けして帰国する。

しかし、その酒を得たのは全くの偶然であって、以後十カ月、研究を重ねたが、どうしても造れない。もはや破産寸前であるという。

＊

ライリィは、コンに、一杯やれよとすすめる。コンは、水より強いものは飲まない、キャザリンさんも水が少ないのは困ると言ってましたよと答え、夕食を食べに出る。二人はその言葉にヒントを得る。いままでの研究は間違っていなかった。足りなかったのは水だった。

＊

コンが帰ってくると、店の前に警察のパトロール・カーがとまっていた。三人の警官がライリィとマッカークを車に押しこもうとしていた。二人は傷だらけで歓喜の叫び声をあげていた。気違い沙汰だった。

コンが裏の部屋へ行くと、内輪同士の大乱闘が行われたあとで、酒瓶《さかびん》やコップが壊れていて、アルコールが匂っている。テーブルの上の計量コップの底に、黄金《こがね》色の液体が少し残っていた。コンは匂いを嗅《か》ぎ、味わってみた。

部屋を出て廊下を通りかかると、キャザリンが声をかけた。コンは彼女を抱きあげて、ぼくたちは結婚するだろうと言った。

「おろしてちょうだいな」と彼女は腹立たしげに叫んだ。「さもないと、あたし——おお、コン、でもあなたは、そう打明けるだけの勇気を、どこで手に入れたの？」

美少年

中学生のとき、私は一人の同級生が好きになった。それは恋愛感情に似ていて、ただただ苦しかった。

私は、その男が女であったらどんなによかったろうと思った。女であったら、万難を排しても結婚するつもりだった。

その少年は色が白くて目が美しく、体つきはグニャグニャしていた。あるとき、電車に乗っていると、夏時分であったが、その少年にそっくりの女が乗ってきた。女は浴衣を着てウチワを持っていた。そのときの胸苦しさを忘れることができない。もしかしたら、少年の姉ではないかと思ったものだ。しかし、その女は、あきらかに二十歳を越していて、十三歳であった私には年齢的にも不似合いだった。私は苦しい感情を味わったが、同時に、ホッとしてもいた。

しかし、それはある時期までのことであって、その程度のことで済んでしまった。

私は麻布中学の四十九回の卒業生であって、いまでも毎年同期会を開いているが、かつての少年は出席しない。名簿にも名が載っていない。誰に聞いても行方がわからないのである。

麻布学園の騒動は現在も続いているが、私が力をかそうと思ったのは、そういう過去があったからである。中学生たちは、いかに学校が堕落しても、級友と別れるのが辛いので、最後まで残留すると言っているそうだ。その気持がよくわかるし、哀れにも思う。

(これは恋愛感情とは別の話であるが)

*

私は中学生のとき、美少年を見ると羨《うらや》ましく思ったものだ。彼等の人生はバラ色に輝いているに違いないと思った。

ところが、最近になって、決してそんなことはなく、彼等の人生も辛いのだということを知るようになった。

たとえば、芸能界において、美少年は、必ずといっていいくらいにある種の男に目をつけられるのである。

昔からあったことであるが、ホモセクシュアルというものが、いまでは、かなりおおっぴらになってきている。すると、かりに、美少年がいい役を貰ったり、ボスに引きたてられたりしたときに、誰かに狙われているのではないかと思って不安になる。いや、現実には、フランスの芸能界やハリウッドと同じことが日本でも行われているに違いない。

オエッ!
〈呑まず、打たず〉だけど
そのケのない イラストレーター
逆に〈色が白くて、目が美しい〉ので、
気にいられるのではないかと ビクビクしている

私は男色がいけないと思ったことは一度もない。彼等は不具者である。あるいは肉体的な劣等感を抱いている病人である。不具者や病人を攻撃するわけにはいかない。ただし、そのために、自分の劣等感のために、他人を苦しめていいというわけにはいかない。彼等は同好の士でもって別の世界に住めばいいと思うだけである。

まない。

＊

ここで、私の知るかぎりのことで言うと、がいして、男色家は酒を飲まず、博奕《ばくち》を好まない。

我田引水になってしまうと困るけれど、酒も博奕もやらない男は、そのぶんだけ、ひとつのことを思いつめるということになりはしないだろうか。たしかに、酒の効用、博奕の効用は存在するはずだと思っている。これも自己弁護であるに過ぎないだろうか。

＊

最初に書いた少年のことであるが、ちょっと言わせてもらうならば、全体の感じが私の女房に似ている。私の好みだから、そういうことになる。正直に言って、そうなのだ。そんなことをわざわざ書くのは、家庭円満を思ってのことになる。

私は、ある種の傾向のある男はこわいと思っているけれど、女のほうがもっとこわい。そうして、それよりもこわいのは、女房である。

いまから酔うぞ

私は『三田文学』に連載されている鷲尾洋三さんの随筆を愛読しているが、昭和四十七年七月号の「山川不老」のなかの次の一節を読んで、大いに笑ってしまった。

「横光利一も、中山義秀などを伴って、ときどき姿を見せたが、酒量の程は高の知れている横光さんは、せいぜい二本ぐらいのお銚子《ちょうし》を、ゆっくり時間をかけて呑むのが習わしであった。そうして、ポーッと眼のふちを赧《あか》らめて、独特の、陰のない微笑で頬をゆるめながら、しかし大まじめで、奇想天外な台詞《せりふ》を吐いたりした。

『酒を呑んでいて、いまここから酔うぞという、その境目ぐらいのところが、何とも云えない……実に面白いですなア』

こんな横光さんの言葉に、噴き出したくなるのを、じっと怺《こら》えるのに難儀なおもいをしたのも、いまから想えば懐かしさばかりが先きだつ」

＊

私が知人の家で酒を飲んでいるときに、知人の友人であるAが訪ねてきた。Aは外国文学者であって、五十五歳ぐらいに見受けられた。

年齢でいえば分別ざかりである。また、これぞ外国文学者、これぞ大学教授といった実に渋い洋服を着ていた。言葉づかいもまことにていねいで、学識の深いことがすぐに知れた。

Aは、酒のほうも、悠容せまらぬという飲み方をする。知人とAとで昔話になる。

「Bはどうしているかね」

と、Aが言った。Bは知人の弟子筋にあたる男であったようだ。

「さあ、どうしているかなあ」

「あれ、きみんところへ来ないのか」

「この三年ばかり来ませんね」

「けしからんね、あれほど世話になっておきながら」

それからまた三十分ばかり飲み、別の話題になった。

「Bはぜんぜん来ないのかね」

「来ませんね」

「ふうん。悪い男だなあ、むかし、あれほどきみの世話になっておきながら……。へええ、来ませんかな」

Aは考えこむ顔になった。また十五分ばかり、さしつさされつという状態が続いた。

私はAが酒で乱れたり、調子がおかしくなるということは全く考えられなかった。

実におだやかで学識豊富な紳士だった。人情にも厚い人であると思われた。

「Bの自宅の電話番号はわかりますか」

「ええ、わかっています」

「私が電話をしよう。けしからん話だ。あれほど世話になっておきながら」

「まあまあ……」

Aの顔つきは、はじめて見たときと少し変っていた。

「きみ、ちょっと聞くけれど、Bの家の電話番号がわかっているかね。わかっていたら教えてくれないか」

「わかっていますけれどね」

「私が電話をしよう。あれほど世話になっていながら」

「……」

「ときに、きみ、Bは挨拶に来ないようになったのか。ぜんぜん来ないのか」

完全に酔っていた。考えこむ顔になってからの数分間が境目だったのだろう。

福島競馬場

私は福島競馬場をやったことがない。しかし福島競馬場へは行ったことがある。三年前の秋だった。調教師になったばかりの森安弘明が三歳馬に乗っているというので、それを見に行ったのである。

その前に米沢にいた。それから峠《とうげ》という駅から二里という姥湯《うばゆ》温泉へトラックに乗って行き、山を降りて福島競馬場へ行ったのである。

森安が福島駅にむかえにきてくれた。市内を案内してくれた。森安がいつも世話になるという旅館に泊った。まことに感じのいい旅館だった。女中が親切だった。

酒を飲んだ。森安も私も、酒を飲みだすと止らなくなってしまう。果てしなく飲み歩いた。

私が旅館にもどったのは午前二時に近かった。女中は起きて待っていた。

布団にもぐって、起されたのは四時半だった。朝の調教訓練を見に行くのだから、それは当然のことだった。

午前五時に競馬場に着いた。あたりはまだ暗い。森安は、もう馬に乗っていた。

蹄《ひづめ》の音が谺《こだま》する。不思議なことに、太陽が昇ると谺が止んでしまう。これは、あたりが騒がしくなるためだろうか。そのうちに雀が鳴きだす。

何頭目かのときに、森安がスタンドにいる私にむかって手をあげた。キヨズイセンという馬に乗るときには合図をしてくれと頼んであったからである。

キヨズイセンは、当時の森安厩舎《きゆうしや》では、ただ一頭の期待できる馬だった。可愛らしい牝馬《ひんば》だった。しかも、よく走りそうな体つきをしていた。オークスに勝ったヒロヨシの妹だから、重馬場にも強いはずで、かなり値の高い馬でもあった。

その馬を、ていねいに、大事に乗っていた。内馬場のなかの小さい運動場で、ゆっくりと何度も何度も廻っていた。

*

キヨズイセンは期待したような活躍は出来なかった。

翌年の秋の牝馬特別のとき、これは牝馬の菊花賞と天皇賞をあわせたようなレースであったが、私は、ここでキヨズイセンが勝つだろうと思った。その日、私は競馬場へ行くことができなかったので、近所に住んでいる友人に馬券を頼むことにした。

朝七時に起き、九時すこし過ぎたところで友人に電話すると、たったいま、競馬場へ出かけてしまったという。私はがっかりしたが、どうすることもできない。

私は二万円用意していた。単複連と買うつもりでいた。競馬場へ電話することもできるが、立替えてもらうとすると、千円か二千円ぐらいしか頼めない。

そのレースは十四頭中の十三番人気であったキヨズイセンが勝ち、単勝四千四百七十円、複勝一千百十円、連勝は万馬券になった。予定通り買うと五十万円を越えたはずである。

本当のことをいうと、キヨズイセンが勝つとは思っていたけれど、タマミ、ハーバーゲイム、スズガーベラなど当代を代表する牝馬を負かすというのは、私の妄想《もうそう》ではないかという考えもちらちらしていた。私は馬券を買えなかったことが非常に残念であったけれど、キヨズイセンが勝ったのだから、そのことだけは満足していた。

夜になって森安にお祝いの電話をかけた。意外にも彼は新潟競馬のほうに出張していた。

＊

私は福島競馬場の朝を思いだすことがある。あのときのキヨズイセンは可愛らしかった。私のヒイキにしていた馬の一生に一度の大駈けのときの馬券を取り損ってしまった。まあ、競馬なんて、そんなものだろうと思う。

テレビ局の酒

私はテレビには出演しないことにしている。

それは、まず第一に、顔をおぼえられたら損だということがある。テレビでは、顔だけでなく、全体の感じがわかってしまう。喋《しゃべ》り方とか癖とかがわかってしまう。私は三遊亭円生さんのファンであるが、円生さんに接近したいとは思わない。なにもかもわかってしまっては、つまらなくなると思うからである。私の小説の少数のファンにとっても同様なことが言えると思う。また、私自身にとっても、テレビで度々見かけるので嫌いになってしまった文化人がいる。すなわち、営業上で不利だと思うから出演しない。

第二に、拘束される時間に比して、出演料が安すぎるのである。

第三に、何かを言いたいと思っても、たいていは製作者の意図の通りに動かされているに過ぎないということがわかってきたからである。それに、待たされる時間は長くても、話せる時間は極めて短い。

第四に、スタジオに入れば、私はオブジェもしくは物体にされてしまう。これは当然であるが、ときには不愉快である。

「よう、そこの頭の禿《は》げてる人、光るから、少しずれてください」

なんていう声が天井から降ってくる。見あげると照明の係りが私を指さしている。

第五に、テレビに出演するとなると、文学のほうはそっちのけで、将棋、野球、競馬などのゲスト出演、サラリーマン諸問題、酒の話といったふうに便利屋あつかいにされることが目に見えているような気がするからである。

さらに、私はオッチョコチョイであるから、テレビで有名人になったりすると、いい気になってしまうおそれがある。自戒のためにも出演しない。

*

昭和三十八年までは、何度かテレビに出演した。それは、私が一種の「時の人」である時期があったからであり、テレビ局の内情やテレビの怖ろしさを知らなかったためである。

はじめてスタジオに入ったときに、誰でも気がつくことだろうと思われるけれど、あのセットというものが実にチャチなのに驚く。対談が行われるとすると、椅子もテーブルもバックも薄汚ない。ハリボテではないかと思ったりする。それが画面になると美しく映る。女の人の衣裳《いしょう》なんかも薄汚れているのが多いが、画面ではわからなくなる。テレビというのは魔法が行われているのである。

私が出演すると、酒の話が多く、スタジオのなかにカウンターが出来ている。そのうえに、酒瓶やらグラスやら灰皿やらが置いてある。そのカウンターが、まぎれもなくハリボテであった。それにスツールに腰かけて寄りかかるのだから、不安定であり、非常に危険であった。

とうとう、私は、やってしまった。

＊

それは、小林桂樹さんの誕生日を祝う番組であって、小林さんが喋ったり歌ったりする。私の原作の映画に小林さんが出演したという関係で、私もゲスト出演した。

例のカウンターで酒を飲みながら小林さんと話す。ついで、小林さんは歌を歌うために、バンドの前に移動する。

残っていた私がうっかりカウンターに肘《ひじ》をついたので、そいつが倒れ、ガラス類でもって大音響を発した。

番組が終ってから、小林さんにあやまった。

「えっ？　そんなことがあったんですか。ちっとも知りませんでした。何も聞えませんでしたよ」

と、小林さんは不思議そうな顔で言った。

岡田ちうさん

岡田ちうさんは、銀座松屋裏の小料理屋「はち巻岡田」の女主人である。意地のわるい人は、わざと「はら巻」と読んだりする。

「岡田」はあまりにも有名なので、紹介するのにかえって骨が折れる。といって、知らない人は知らないのだから何か書かないわけにはいかない。

戦争が終って、はじめて上演された歌舞伎は帝国劇場の六代目菊五郎の『鏡獅子《かがみじし》』と『銀座復興』だった。私は、そのときの胸のときめきや感動を終生忘れることがないだろう。

この『銀座復興』という芝居は「岡田」がモデルになっている。水上瀧太郎の原作で、震災が戦災におきかえられている。

私は終戦直後の「岡田」を知らない。私は、いまの店の少し南寄りの、松屋のモーター・プールになっているあたりにあった店以後の客である。そのころは、夏になると、小林勇さんが店の外に椅子を持ちだして涼みながら飲んでいたりして、ちょっといい風《ふ》情《ぜい》だった。冷房のない店だった。

これはどうにも仕方のないことであるが、私は、東京生れの人の経営している銀座裏の小料理屋というものが好きなのであって、また、そういう店の数は、いまや極めて少ないのである。すなわちそれが「岡田」に通う最大の理由である。

京橋にある会社から銀座方向に歩いていって、「岡田」でちょっと飲んで地下鉄に乗って荻窪《おぎくぼ》へ出て中央線で家に帰るというのが、まことに自然であり気持のいいコースである。会社勤めをしていると、一歩でも家から遠くなる店へは行きにくいものだ。

*

水上瀧太郎も菊五郎も「岡田」をヒイキにしていた。小泉信三さんも同様だった。小泉さんの『海軍主計大尉小泉信吉』という書物によると、小泉さんは息子さんを何度か「岡田」へ連れてきたらしい。息子さんも、その店が気にいってしまって、また連れていってくれるようにせがんだという。そのあたりで私は涙を流した。もし彼が戦死していなかったら、まちがいなく「岡田」の常連の一人になっていただろう。

*

「岡田」に入ると、亡くなった主人の写真が飾ってある。はち巻をしている。たしか、主人は卯歳《うどし》のはずである。はち巻とウサギとがよく似ている。

私は、未亡人であり、当主の母であるさうさんと話をしながら酒を飲むのを無上の楽しみとする。

会社の帰りに寄るのだから、早いほうの客であって、飲んでいると、銭湯からすいうさんが戻ってくる。私を見て、ハハア、アッハッハア、あら、イラッヒャイてなことを言う。人によると、すいうさんは非常に艶《つや》っぽいと言う。

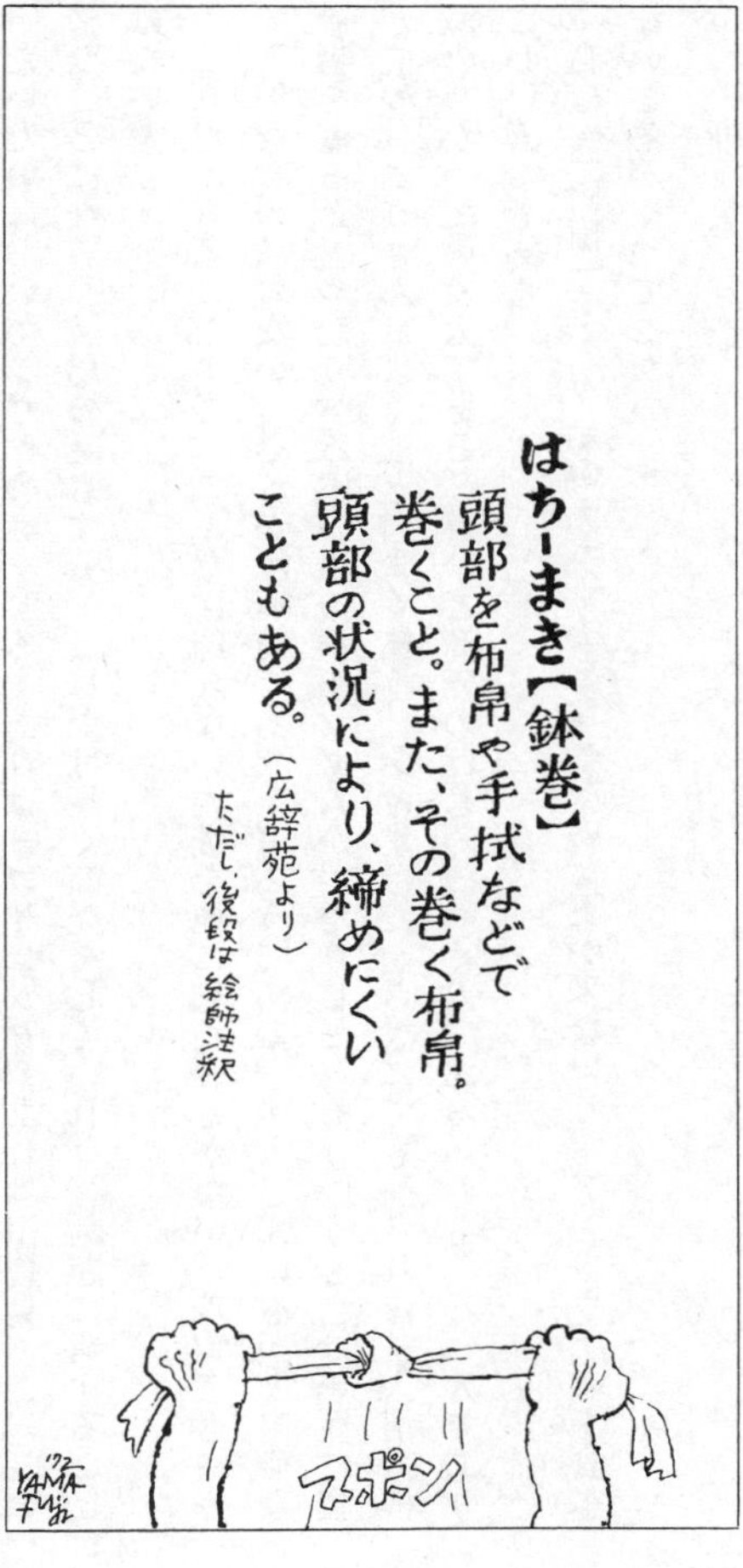
はちーまき【鉢巻】
頭部を布帛や手拭などで
巻くこと。また、その巻く布帛。
頭部の状況により、締めにくい
こともある。
（広辞苑より）
ただし、後段は絵師注釈
スポン
'72 YAMAFUJI

だいたいにおいてシバヤの話をする。あれはヨゴザンシタ、あれは田舎臭くて、といったことになる。競馬の話もする。これだけ長く商売をしていれば、話題に窮することはない。

これだけ有名になって、こんなに飾らない内儀《おかみ》を他に見たことがない。着物でも決して贅沢《ぜいたく》なものは着ない。それが江戸前であり下町ふうである。おうさんにもっと高価な着物を着ろと言ったりする田舎出の銀座マダムがいたりして、そういうときは無性に腹が立つ。おうさんはよく泣き、よく笑う。あけすけだから誰にでも愛される。人情の機微のわかっている人である。遊びと商売のけじめのつく人である。おもしろい人であり、こわい人でもある。

私は、「岡田」でカツオのナカオチを食べないと夏が来ないし、アンコウナベを食べないと冬がやってこない。

外国旅行

私は外国というものに行ったことがない。

私の勤務する会社で、私より年齢の上の者で外国へ行ったことのない人は一人もいない。いや、三十代以上の者はすべて外国旅行の経験があるはずである。

それは、物書きのほうの世界でいっても同様のことが言えるはずである。

なぜ外国旅行をしないかというと、それは実に、行きたくないからである。なぜ行きたくないかというと、面白くないと思うからである。

手近なところで言うと、たとえばハワイなんてところが面白いだろうか。ハワイアン・ミュージックを聞いたりフラダンスなんか見たってちっとも面白くない。もっとも、ハワイ諸島のうちのひとつの島を買う財力があって、そこでぶらぶらして暮すということになれば話は別であるが。

たとえばニューヨークであるけれど、人が殺されても新聞記事にもならないなんていう都会は怖くて歩けない。ニューヨークがそれだから、サンフランシスコやシカゴなんかは推して知るべしということになろう。しかし、南部の小都市に何年も住みつくなんていうのは悪くないと思う。

パリとかロンドンでは日本人は馬鹿にされるにきまっている。ああいう身分差のあるところでは、上流社会に入りこむのでなければ、そこへ行ったということにならないと思う。

ただし、東南アジアには、いくらかの魅力を感じている。

*

山本周五郎さんも外国へ行ったことがなかった。

山本さんは、ドイツの田舎へ行ってビールや葡萄酒を飲みたいと思ったことはあると言っていた。

それでは、なぜ行かないかというと、飛行機が嫌いだからである。なぜ飛行機が嫌いであるかというと、空中分解をしたときに、摑《つか》まるところがないからだと言っていた。船はどうかというと、あいにく自分は泳げるので、船が沈没したときに、むこうに島が見えたとすると、泳ぎつこうとして苦しむのが厭《いや》だと言っていた。泳げないのであるならば船もわるくないという。

非常に明快であるが、よく考えると、わけがわからない。

*

田舎に育った人ほど都会に対する憧《あこが》れが強い。また、田舎の人は、書物によって都会を勉強するようになる。すこし飛躍するけれど、従って前衛的になる。それは、書物や雑誌というものは、だいたいにおいて前衛的だからである。前衛芸術家というものは、ほとんど田舎者である。

田舎で育った人は、たとえばパリに対する憧れが強烈である。酒場で酔っぱらってシ

ヤンソンを歌う人は、まず田舎者だと思って間違いがない。

私は田舎で育った人を軽蔑《けいべつ》するつもりはない。理の当然を説くだけである。田舎から東京へ出てきた人は、下町の横丁に住んで江戸前を気取ったりする。あるいは青山のマンションに住む。このいずれかになる。

私が外国へ行きたくないというのは、あきらかにヴァイタリティの不足である。衰弱している証拠である。本当は憧れを失ってはいけないのである。

そうかといって、行きたくないものは行きたくない。どうすることも出来ない。

言葉が通じないということを除けば、もうひとつの理由は、酒と食物である。今晩あたり、庭のミョウガをきざんでヒヤヤッコでなんてことを考えると、外国は吹き飛んでしまう。こんなに考えが狭くなっては困ると思うのだが……。

虫明亜呂無さん

東京競馬の最終日に、競馬場の受付へ行って通行章をもらおうとすると、受付の女性に造花のついたリボンを渡された。次の瞬間に女性は赤くなった。

「あら、虫明亜呂無さんじゃなかったの？」

私は虫明亜呂無さんと間違えられたのである。

虫明さんと私との共通点は、二人とも、どこへ行くにも帽子をかぶっているということである。その他では、体つきがやや似ているかもしれない。

私は、自分では普通だと思っているけれど、現在の世間一般の風潮でいうならば帽子愛好家ということになるだろう。戦前の中学生の頃から、トルコ帽をかぶって得意になっていたりした。虫明さんも帽子愛好家である。

二人とも、帽子をかぶるのは、ハゲカクシという気味がある。これも、世間一般の人たちは、多くは、ハゲだから帽子をかぶっていると思っているだろう。頭髪には危害防止の意味があり、日除《ひよ》けの役割もあり、我等両名にはそれが無いのだから、何かで補わないといけない。

ダービー当日は虫明さんと同じ四階席で観戦した。風の強い日で、そこから帽子を飛ばされたら、どこへ飛んでいってしまうかわからない。そこで、私は、虫明さんに、帽子を取りましょうやと言った。虫明さんは少し辛そうな顔で考えていたが、結局は賛同された。

*

先輩に対して、こういう言い方をするのは失礼であるが、そのことに目をつぶって書くと、この一、二年、虫明さんのお書きになるものは、小説にしろ、評論にしろ、随筆にしろ、筆が冴《さ》えかえっているように思われる。

陸上競技でも、野球でも、競馬でも、あるいは映画でも、虫明さんのような見る側の人には、どうしても年季が必要となるわけで、それがいま実を結びつつあるような気がする。

私が虫明さんを尊敬するのは、惚《ほ》れこめる人だからである。ラグビー、高校野球などのスポーツや芸術作品において、虫明さんは、いつでも誰かに惚れこんでいる。これは鑑賞家としての得難い資質であって、攻撃一方のキンキンした評論家を私は好まない。虫明さんには、その人のいい所を見つけてあげる才能があるようだ。

*

虫明さんの競馬は、これがまた独特のものであって、自分の目で馬を見て馬券を買うから、予想紙のシルシからすると、とんでもないものを買うことになる。従って、たいていは二百円券しか買わない。

彼は、馬がゴールに近づくと大声を発する。腹の底から出る素晴らしい声である。

二年前に、函館競馬へ行ったときに、

アナウンサー『きょうは、
この馬に惚れこんでらっしゃる
ゲストをお招きしてます
ので、ちょっと伺ってみます
えー……
アッ、隣の席に見当り
ません!!
どこに行ったのでしょうか』!!
YAMAFUJII '72

「ランドエース！」

という物凄《ものすご》い声がしたので、振りむくと、そこに虫明さんが立っていた。

彼は、ダートの競馬では、馬が本馬場へ出てきたときに、喜んで跳ねているような馬を買えばいいという不可思議な理論を抱いている。いつか彼の推賞するダート馬を買ったら、ドンケツから嬉しそうに飛び跳ねながら駈けてきた。

去年の冬、中山競馬の帰りに、銀座で酒を飲もうと誘った。西船橋までバスに乗ろうとすると、虫明さんは歩きましょうと言った。西船橋で、百円玉がないので、地下鉄の切符を買ってくださるようにお願いすると、虫明さんは、銀座までの切符を買えることは買えるけれど、そうすると、家へ帰る金が無くなってしまうと言われた。実は私も似たような状態だった。銀座まで行ってツケのきく酒場へ行って飲み、自動車を呼んでもらって虫明さんを送って家へ帰った。長い長いオケラ街道だった。

禁酒時代の作品

三年前の秋に、はっきりと糖尿病を宣告されたときに、何十回目かの禁酒を実行した。さすがに、そのときは一カ月ばかり酒を飲まなかった。酒を断ち、甘味をいっさい食べないようにすると、たちまちに体重が減少した。

ここで糖尿病と酒との関係を書くと、絶対に酒を飲んではいけないということはない。砂糖でも、いけないことはない。結局はカロリーの総量に問題があるのである。

さて、酒をやめて何日目かのとき、便所で異常なる体験をした。オツリガクルという言葉があるだろう。あれがきたのである。それは二十年ぶり、いや、戦後での初体験ではなかったか。私は日本海海戦における水柱を想像した。司令長官になった気分で、次々に発射を命令した。

大量の酒を飲む者の常として、私は、ずっと下痢《げり》腹が続いていたのである。びっくりして下をのぞきこむと、そこに信じ難いような作品が残っていた。惚《ほ》れ惚《ぼ》れとする奴だった。私は何だか別れ難いような気がした。水洗の把手《とって》を押すときに、惜しいなァと思った。

劇場でも駅構内でもデパートでもいいのだけれど、前任者というか前走者というか、とにかく私の前にそこに坐っていた人の作品がそっくり残っていることがある。

私はそれを目撃し、驚嘆することが実にしばしばであった。第一に太い。第二に長い。太くて長いから雄渾《ゆうこん》な作品である。色艶がいい。見事な茶褐色である。馬でいえば鹿毛《かげ》である。

私は、いったい、これはどういう人物の遺作であろうかと想いをめぐらすことになる。度量の小さい人間のことをケツの穴がセマイというが、そうすると、前任者は大人物でなければならない。あるいは、私のように、別れ難くなって残していったのだろうか。あるいは、水洗の紐《ひも》をヒッパルなんてことに頓着しない茫洋たる男であろうか。

とにかく健康な男であることは間違いない。私の作品は、いかに傑作であったとしても、固さにおいても色においても、せいぜいが芋ヨーカン程度である。

私は、いつでも、打ちのめされたような気分になる。敗北感といっても、これほど決定的なものはない。私はガッカリして前任者の遺作を始末することになる。

＊

世に食通といわれる男は、すべてこれ大食漢である。小島政二郎先生は、毎日、「伊勢屋」のマンジュウを十箇ずつ召しあがるそうである。

その他、私の知っている、食物にうるさい連中は、誰でも実によく食べる。こういう人たちと鍋《なべ》料理を食べるものではない。こちらは損をさせられたうえに講釈を聞かされることになる。腹が立つ。

以前、そのなかの一人と中華料理を食べに行くと、ボーイの持ってきた皿がまだ空中

トシユキ「男たるもの、太うて、長うて、固うて、え、艶して、雄々しい奴でないとアキマヘンなァ」
ヒトミ「そやそや」
トシユキ「また出した時がこたえられへん」
ヒトミ「思わず、声、出まんなァ」
トシユキ「済んだ後は、もうサッパリして……」
ヒトミ「腹ン中 空っぽ、ちゅう感じで……」
トシユキ「しかし、アレ、過ぎたら 腰が疲れるのがかなわん」
ヒトミ「ワテは、ヒザが痛うて……」
トシユキ「ヒザ？ あんた、たたみの上でやりまんのか？」
ヒトミ「たたみぃ？ そんなとこでしたら あとがかなわんワ。ちゃんとトイレでしまンがな……」
トシユキ「トイレで!!？ 変った趣味やなァ…で、どんな体位や？」
ヒトミ「タイイィ？ 何のハナシしとんのや……」
上方 漫才
トシユキ ヒトミ
YAMAFUJI '92

にあるときに肉団子のひとつを食べ、皿がテーブルに置かれたときには、ふたつめを食べ終っていて、私が箸《はし》をのばすと、剣道で竹刀《しない》をはねあげるようにして私を制し、みっつめを食べてしまった。マイッタと思った。

私は、かねがね、こういう男たちの作品を見たいと思っている。私の三倍とか四倍の量となると、どんな大きさ、どんな長さ、どういう盛りあがりをみせるだろうか。食味評論家は、おたがいのものを見せあって、食べたものがどのように消化されたかを研究し、かつ、それでもって勝負を行うべきだと思っている。

*

禁酒時代の作品は、私としては立派なものであった。現在はどうなっているか。大量に酒を飲む人にはわかるはずであるし、飲まない人に作品の説明をしてあげようとは思わない。

梶山季之さん

『噂《うわさ》』の昭和四十七年九月号に、文藝春秋の樋口進さんと梶山季之さんが「海を渡った文士の講演旅行」というタイトルで対談している。これは講演旅行における珍談を集めたもので、とても面白い。

そのなかに、次のような梶山さんの発言がある。

梶山　マジメというと、ぜんぜん遊ばない人といっしょだと困りますね。山口瞳さんなんか困りますよ。なんとかあの人に女の子を抱かせようと思って、徳山にいっしょに行ったときに銀座の女の子をわざわざ連れていったんですよ。それで、女の子に逃げられたら困ると思うから、靴をぼくの部屋の押入れに隠しちゃってね。ところが、マッサージやってもらっているうちに、ぼくが寝ちゃった。そうしたら瞳さんは、自分の布団に女の子を寝かせて、自分は座ぶとんに寝ているんだ。それで、「女の子の靴がない」って、私を起すんですよ。彼を誘惑しようと思ってやった珍談奇談は数限りなくある（笑い）。

*

たしかに、そういうことがあった。その夜、梶山さんは珍しく怒ったような顔で早く寝てしまった。

私の部屋に女が二人いた。これはどうもおかしい。梶山さんのところに一人、私のところに一人なら、いくら私だってその意味を察知することはできる。もぞもぞするうちに、夜が更けてきた。

女を帰そうと思って玄関まで送ってゆくと、そのうちの一人の女の靴が無い。旅館の人を起そうと思ったが、地方都市の日本旅館のことで、すでに寝静まっている。おそらく、梶山さんが、女も泊ると言っておいたのだろう。

玄関も、どこもかしこも鍵《かぎ》がかかっている。梶山さんを起しに彼の部屋へ行ってみると、依然として不機嫌で、とりつくシマがない。なんという気のきかない男だろうと思っているようだ。

仕方なく、三人で、私の部屋へもどった。酒もなくなっていて、することがない。ジャンケンポンでもしようと思ったが、まさか、そんなこともできない。

寝ることにした。私の布団を二つにわけて女二人を寝かした。私は女たちが眠りにつくのを見とどけてから、多分、座布団で寝たのだろう。

翌朝、梶山さんに、三人では麻雀《マージャン》も出来ないし、することがないので困ったと言うと、彼は、実に情けなさそうな顔をした。もし、本当に私のために銀座の女の子を連れてきたのだとすると、さぞやガッカリしたことだろう。

私は、徳山の酒場の女が、梶山さんに惚れて旅館に押しかけてきたのだとばかり思っていた。梶山さんが不機嫌で一人で寝てしまったので、二人の女に申しわけないと思い、あいつは本当はいい奴なんだなどと言って、謝ってばかりいた記憶がある。

「世のため人のため」という言葉があるが、梶山さんは全くそればっかりの男で、あんまり尽されるとかえって困ることがある。前掲の発言でも、ずいぶん私をかばっているのであって、私自身は女に関してもイヤシイ男である。

＊

それから一ヵ月後に銀座の裏通りを歩いていると、例の二人の女のうちの一人に会った。私は、徳山の酒場から銀座の店に移ったのだとばかり思っていた。（いま考えると、やはり銀座の女であったようだ）その女は、自分の店へ寄ってくれという。私も、それなら女も出世したわけだから、お祝いのために飲みに行こうと言った。

その店には十五分ぐらいしかいなかった。その勘定の高いといったらなかった。

私は、いまでも、訳がわからないでいる。

直木賞の頃①

私が直木三十五賞をいただいたのは、第四十八回で昭和三十七年下半期の作品であるが、実際に受賞となったのは三十八年一月である。

そのときの最初の記者会見の記録がレコードになっている。そういう音を収録して当事者に売りつける会社があるのである。

先日、レコード・ケースを整理していた女房がそれを掛けた。

いやはやどうも恥ずかしくって聞かれたものではない。ひとつには私が馴れていないというせいもあった。いまでも私はその種のことが極めて苦手であって、どうして酒を飲むのですかと聞かれても、即座には答えることが出来ない。

その頃の私は毎日酒ばかり飲んでいて、家には明け方に帰ることが多く、受賞前の二日間は昼間から飲んでいたようだ。

はじめ候補作のひとつとなったと聞いたときに驚いた。とても私の作品に賞が与えられるとは思っていなかった。私は小説家になろうと思ったことはないし、小説を書いたつもりもなかった。しかし、候補になると、私の尊敬する小説家が私の書いたものを読んでくださるわけで、そのことは一途に嬉しかった。

そのうちに、何か手応えといったものが伝わってくるようになった。というのは、私の書いたものは全くの処女作であるから、それを読んだ選考委員が、担当の編集者に、あれはどういう男かと訊《き》いたりするようなことがあったからである。そういう話が伝わってくる。その時の感じで、全く希《のぞ》みがないわけではないと思われるようになってきた。

そうなると落ちつかない。もし、ひょっとするようなことになったらどうしよう。私の同僚の開高健が五年前に芥川賞を受賞していた。そのとき会社は大騒ぎになり、宣伝部長は泣いて喜んだのである。私の場合は、それが相乗されるから一層の事件になるはずである。それがわかっているから平静ではいられなくなる。受賞したから小説家になるという気持もなかったので、私の気持は複雑だった。といったようなことで、発表が近づくにつれて、酒を飲まないではいられないようになる。飲めば飲んだで荒れてしまうし、その酒が深夜に及ぶ。

身辺のことでいえば、もっとも慎重に行動しなければならない時期であった。毎晩銀座で飲みあかし、飲めば暴れて喧嘩《けんか》を吹っかける男という噂が立てば、選考委員会で不利になるにきまっている。それがわかっていてブレーキがきかない。

*

発表のあった日は、これはもう自分でブレーキどころではない。銀座・新橋の酒場の

六軒か七軒かで私を待ちうけているグループがあった。文藝春秋で借りてくれたホテルの一室にもどってみると、私のベッドに酔いつぶれて寝ている男がいたということで情況を察していただきたい。

その頃の私は元気であったし、気が張っていたために、毎晩飲めたのだろう。小さな祝賀会が、その後も続いた。

日が経つにつれて、どうしたって無理がくる。それに情報化時代の一種の「時の人」という立場は、私の想像以上に物凄《ものすご》いものだった。

ある人に、きみは死相があらわれていると言われた。ただちに酒をやめないと死んでしまうと言う。それでも飲み続けていた。家にいても、午前三時、四時まで電話が掛ってくる。どうすることも出来ない。

それでも、私は、いわば酒の勢いで暮していた。酒の勢いをかりなければ書けないようになっていた。原稿を書くときに、ウイスキーのストレートをがぶがぶ飲まなければ頭が動きださない。

直木賞の頃②

酒の勢いで暮していた。

直木賞発表のあった日の翌日、私は、飲みかけのサントリー・オールドを持って『婦人画報』編集部へ挨拶に行った。編集長の矢口純さんは、物書きとしての私を発掘してくれた人である。

矢口さんは前夜は姿を見せなかった。どこかで擦れ違ったのかもしれない。しかし、矢口さんという人は、こういうときにサッと身を引くようなところがあり、それがジャーナリストとしての信念になっている。それに照れ屋でもあるようだ。十年前には、まだサントリー・オールドは貴重品だった。飲み残しのオールドは、編集部員に一杯ずつでオシマイになった。

*

その頃の私は傍目《はため》から見れば狂人であったろう。自分自身、どうしていいかわからなかった。

会社のことがある。私は会社をやめることなど考えてもみなかった。ところが、ジャーナリズムの世界では、私が当然退職するものと思っていたらしい。そのことだけでいうと、降って湧《わ》いた災難だった。

私はサラリーマンだった。その勤務先は、サントリーという上昇一途の、何かにつけて話題になる会社であり、そのなかでももっとも派手な宣伝部という部署にいた。私は将棋を指すし、いっぱしの野球評論家であったし、競馬通とも見られていた。そのうえに小説ということになると、体があっちこっちへ引き裂かれてゆくような思いをする。私の書くものに良さがあったとすれば、余技であり、アマチュアであったからだ。それが、そんなことを言っていられなくなる。

私は酒の勢いを借り、酒に逃げるようになる。こういう状態でいい小説が書けるわけがない。私は、ジャーナリストたちは私を育ててくれようとしているのか潰《つぶ》しにかかっているのかわからないと思った。私も十九歳のときからその世界にいたわけで、義理ある人が数十人といっても決してオーバーな言い方ではない。

ともかく、会社には六カ月の休職を願い出て、難を逃れようとした。ひたすら、逃げた。

その頃、子供のときから親戚《しんせき》同様に可愛がってくれた老人から手紙がきて、そのなかに「聞けばアルコールを浴びるように摂取されるそうで……」という一節があったことを忘れない。

しかし、いま考えても、そのときはそうするよりほかに仕方がなかったと思う。狂人と言われても仕方がなかった。

いや、実状を言うならば、いまでも大差のない生活が続いている。従って、糖尿病を宣告され、禁酒を申しわたされたときのショックは計り知れぬものがあった。勢いがつ

かないのである。糖尿病で駄目になるのではなく禁酒で駄目になると思った。

そうして現在でも飲み続けているのであるが、昔と違ってきたのは、酒の力で勢いを得ることがなくなってきて、酒はもっぱら気分転換であり睡眠薬になってきたことだ。

＊

伊豆で療養中の梶山季之さんから電話が掛ってきた。何とも心細い声である。来てくれという。急に言われてもどうにもならぬ。

禁酒のショックは、私より梶山さんのほうが遥《はる》かに大きいはずである。彼は毎晩遅くまで飲むという生活をずっと続けていた。朝はビールを飲んで原稿を書きはじめる。大衆作家の生活なんてイイ気なもんだと言われれば、これを甘受しよう。そうでもしなければ梶山さんも私もやっていかれなかった。彼は酒をやめたら蟻走感《ぎそうかん》に悩まされたという。それも私にはよくわかる。

食堂車

たとえば夏の終り頃であると、郷里に遊びにやった男の子二人を両親が迎えに行き、列車に乗り、食堂車へ連れていって朝食を食べさせているといった光景を見るのは気持のいいものだ。

むろん、洋定食である。父親がオートミールの食べ方を教えたりしている。子供は日焼けしている。行儀がいい。列車が揺れるので緊張している。田舎の床屋へ行ったようで、頭は短く刈ってあって、そこだけに青白い肌が見える。母親は無言で見ている。

私はそういう光景を見るのが好きだ。

オートミールに関してはおかしな話がある。たしか徳川夢声さんが書いていたのだと思うが、田舎のお爺さんが食堂車でオートミールを食べるときに、まず牛乳を飲んでしまった。つぎに、センベイを食べるようにして、オートミールを食べだしたというのである。

私にも同じような経験がある。

それは食堂車ではなくて飛行機だった。お爺さんの前に紅茶が置かれた。紅茶の葉は袋に入っている。お爺さんは、まず茶碗の湯を飲んでしまった。そうして袋を破って紅茶の葉を食べた。なんともいえぬ珍妙な顔になった。

＊

新幹線のビュフェは評判がわるい。私はカレーライスを食べることにしている。うまいもまずいもない。それでいい。しかし、文句を言う人がいる。まずくて高いという。カレーライスは百二十円ではなかったかと思うが、内田百閒《ひやっけん》先生は、決して高いことはないと言われたそうだ。あれは単なるカレーライスではなく、カレーライス自体も二百キロのスピードで走っているのであって、二百キロで走っているカレーライスを百二十円で食べられるのだから非常に安いという。

私は食堂車でビーフステーキを食べる人は嫌いだ。なぜだかよくわからないが、顔をそむけたくなる。同様にしてウナ重を食べる人もきらいだ。

なかには、ビーフシチューと一口カツ定食をとって食べ残す人もいる。こんなのは言語道断である。ガツガツしているように見える。

＊

食堂車で酒を飲むのが好きだ。チーズクラッカーにポテトチップスを一袋買ってゆっくりと飲む。ただし、混んでいる列車ではすぐに退散して、ウイスキーのポケット瓶《びん》を買う。

クイズ
(下り)
新幹線の車窓の風景をさかなに飲んでいた彼は、「新大阪」を過ぎてから急に悪酔いして来ました。何故でしょうか？
ヒント：
「新大阪」から先はトンネルだらけです。
YAMA FUJI 72

食堂車で飲むと体が横揺れする。そのために酒がどんどん下のほうへ下っていって、いくらでも飲めるような気がする。振動のせいかどうかわからないが、その酔い方が、ホロッとくる。ホロ酔いの度あいが実にいい。

酒の肴《さかな》は「変る景色」である。旅先に仕事を持って行くことはないからノンビリしている。誰かと一緒だから話題が尽きない。

梶山季之さんと二人だと、列車が駅を離れるとすぐ食堂車へ行き、目的地まで飲み続ける。こういう客も顰蹙《ひんしゅく》を買っているかもしれない。ただし、二人とも、東京・大阪間ぐらいなら酔って乱れるようなことはない。おとなしいものだ。

私は食堂車については、ひとつだけ文句がある。上り新幹線であると、横浜のあたりで終業になる。上り東北線は大宮あたりだろうか。これが実に困る。

こちらはホロ酔いだから、最後の仕あげと思っていると、そこでオシマイになる。あの二十分なり三十分なりがとても辛い。むなしい感じになる。

あれは、客のためでなく、もっぱら従業員本位でそうしているように思われてならない。ビュフェの後片づけぐらいは停車してからでも出来ると思うのだが……。私の記憶では、戦前の東海道線ではこんなことは無かったように思う。

朝の酒

高校野球甲子園大会のあるときは困ると言う友人がいた。その友人は小説家ではないがモノカキである。だから一日中家にいる。高校野球の中継放送は、ラジオなら十時過ぎ、テレビなら十時半からはじまる。それが夕方まで続く。これを全部見るのだから仕事にならない。

高校野球というのは、一試合を気合をいれて見ていると、一人一人の選手の家庭の情況までわかってしまうことがある。すると情が移ってしまう。

いいプレイヤーだから好きになるということもあるけれど、珍妙な打撃フォームだから面白いという選手もいる。バットを短く持つといっても極端なバッターがいて、よくあれでヘソを突かないものだと感心したりする。

なにかの意味で気になる選手のいるチームが勝ち進むと、どうしても見ないわけにはいかない。

＊

法政二高が優勝したとき、私は、彼等の練習するグラウンドのすぐそばに住んでいた。

柴田、是久、高井などがいて活気があった。鶴岡の息子もいてライト打ちがうまかった。春だか夏だか忘れたが、ピッチャーの柴田は下痢が続いていることを知っていた。アナウンサーが、柴田は○○高校をくだし、△△商業をくだし、次々とくだしていってここに……なんて放送すると、くだすというのが下痢にきこえて困った。

夏の甲子園大会が夕方に終ると、まもなくプロ野球のラジオ中継がはじまる。これも大いに困る。八時からテレビにきりかえ、九時半ちかくまで続く。

仕事をはじめるのは、それから後である。そのうちオリンピックでもはじまったら、どうなることだろう。

平日はまだいいとして、日曜日には、これに将棋と競馬が加わる。将棋は東京12チャンネルにも新設され、昼と夕方の二回である。そうこうするうちに、相撲の九月場所である。

私のような男は、電話もなく、テレビもなく、新聞も週刊誌も来ないアパートを借りる必要があるのではないか。

＊

かくして、仕事になるのは、早くて十時、ふつうは十一時か十二時である。そうして、空が明るくなってから仕事をやめる。

仕事が終ったから寝られるかというと、そうはいかない。原稿用紙に四枚でも五枚で

も書けば神経がいらだってしまって寝られない。

そこで、台所へ行ってウイスキーの瓶を持ってくる。時間が時間だから妙なことになるけれど、これは寝酒である。

プロ野球を見ないで夕方から朝までに二十枚も三十枚も書いたときは少しの酒では寝

られない。

朝刊がくる。牛乳屋がくる。それはいいのだけれど、遠くの町へ通勤するサラリーマンの姿が見えるのがいけない。

私の家は角地に建っており、ほとんど全面ガラスばりである。

朝のサラリーマンの足音は力強い。夏でも吐く息が白い。ポマードが匂うようだ。ヒゲの剃《そ》りあとが青く、ネクタイをきちんとしめている。

こういうのを見ながら（見られながら）酒を飲んでいるというのが、どうにも恰好がわるい。こちらはランニングシャツにサルマタという姿である。私はあわてて酒を飲む。これは寝酒なんだぞと心の中で呟《つぶや》く。それでも大悪人であるような気分になる。ベッドにもぐりこむ。俺はマットウな人間ではないのだという思いにさいなまれる。

しばらくして、音楽がきこえてくる。十時半。高校野球の中継。ＮＨＫスポーツ放送のテーマ音楽が起きろ起きろと叫ぶ。

イビキ

先日、友人達と旅行して、私は大広間のほうで酒を飲んでいると、離れのほうから轟《ごう》音《おん》が聞えてきた。それは轟音としかいいようのないものだった。先に寝た友人のイビキであることがすぐにわかった。

他人のことは言えやしない。私だって、その友人にまさるとも劣らぬ豪の者である。このことに関しては、私は生涯にわたって女房に頭があがらない。よくぞ我慢してくれていると思う。

自分のイビキがどうしてわかるかというと、女房が録音したことがあるからである。それを聞かされたとき、思わず、ヤメテクレエと叫んでしまった。

＊

イビキで困るのは、出張、社員旅行、講演旅行などであり、布団部屋でもいいから一人で寝かせてくれと頼む。

はじめて社員旅行に行ったとき、六人で一部屋であったけれど、朝、目をさますと、誰もいない。唐紙《からかみ》をあけると次の間に残り五人が折りかさなって寝ていた。それだけでなく廊下をへだてた部屋の女子社員全員が寝られなかったという。

＊

あるとき、講演旅行に行って、それは四日目か五日目であったけれど、午後三時に旅館に着き、六時までに間があるので横になった。

五時半に女中が起しにきて、こう言った。

「さっきテレビをつけていましたか」

私はすぐに寝てしまったので、テレビはつけていない。

「このお部屋の前を通る人が、テレビがつけっぱなしになっているって言うんですよ。私も来てみたんですが、スリッパがありますし、ご在室ということはわかっておりましたし、きっとテレビをごらんになっていると思ったんです」

「テレビは見ませんでした」

「あら、そうですか。私は、何か戦争映画でもごらんになっているのかと思いました」

いったい、私は、どういうイビキをかいていたのだろうか。

＊

講演が終って旅館に帰ってくると、私の隣に寝る講師から、部屋を代ってくれという要請があったことを知らされた。

講演会も四日目か五日目になると疲れてくるし、土産物も多くなる。引越しはめんどうだけれど、私が悪いのだから仕方がない。

私の案内された部屋は宴会場の舞台の裏にあった。

そこへ行くと、その土地の人が大勢待っていた。なになにクラブや青年商工会議所の人たちである。私はいつでもこういう人たちの相手をさせられた。それは、私が大酒呑

みであることが知られていて、ほかの講師よりも仕事が忙しくないせいだった。

飲んでいるうちに、ひどく腹が立ってきた。私が疲れてしまってイビキをかくのは、お客さんを一手に引きうけているためではないか。私のイビキがうるさかったら、自分で部屋をかわればいいじゃないか。

私は、だいぶ荒れたらしい。

翌朝、目をさますと、昨日の女中が坐っていた。

「旦那さん、どんなことがあったってガマンしなくちゃ駄目ですよ。……この近くにとてもいいお寺があるんです。ご案内しますから一緒に散歩に行きませんか」

その人は、まだ三十歳になっていなくて、しっとりと落ちついた感じの女性だった。

私の愛読者

ずいぶん前のことになるけれど、木下順二さんにお目にかかったときに、私の母があなたの愛読者でしてねと言われた。私のことの出ている新聞記事まで切りぬいておられるという。そのとき九十何歳とかうけたまわったが、どうしておられるだろうか。

藤本定義さん（当時タイガースの監督）にお目にかかったときも同じことを言われた。藤本さんは、そのとき六十歳ぐらいではなかったろうか。また、藤本さんのほうは、奥様のお母様であるかもしれない。

広島市にお婆さんばかりの読書会があって、そこで一番人気のあるのは私であるという。

私の友人がこう言った。

「それは一種のレディキラーだね。また老人キラーでもあるね。しかし、どうも年齢が高すぎるという難があるな」

＊

もっと若い女性から電話が掛ってくることがある。若いといっても四十歳は過ぎている。笑っちゃいけない。九十歳からくらべれば四十歳は少女のごときものである。

「ねえ、いま、お友達と一緒に阿佐ヶ谷で飲んでるのよ」

電話口にキャッキャッという声がきこえる。相当に酔っているらしい。

「声がききたくなっちゃってねえ。ねえ、なんか言ってよ」

「こんばんは」

「ねえ、飲みにいらっしゃらない？　奢《おご》るわよ。阿佐ヶ谷で降りて○○横丁の△△といえばすぐわかるの。出てこない？　駄目？　仕事なんかないんでしょう？　えっ？　意地悪ねえ。もう本を買ってあげないから……。別に取って喰おうってんじゃないんだからね」

＊

若い男から手紙がくる。私のものをよく読んでいる。こういう読者は大切にしないといけないから礼状を書く。

会いたいという電話が掛る。読者に会う気持はないから断わる。するとう、深夜に電話が掛ってきて、すぐそばに来ているから会ってくれという。だいぶ酒を飲んでいるようなので別の日にしてくれという。

それが午前一時だとすると、次に二時、次に三時というふうに掛ってくる。実にシツコイ。このへんでこちらもおかしいなと思う。

ついに怒る。電話が掛っても出ないからと宣言する。午前四時、こんどは出ない。午前五時、電報がくる。

「サツキハスマナカツタ」という電文である。

午前六時、新聞を取りに行くと、長文の手紙が郵便受に入っている。薄気味がわるい。

こんなのは春先とか木の芽時に多い。

私は酒呑みのことを書くので、なにか酒乱の味方というように思われるらしい。酒のことを書くのも、これで楽ではない。

毎年、春には、こういう男が二人か三人あらわれて悩まされた。有難いことに、今年は一件もなかった。もっとも、今年から深夜の電話には出ないことにしているのだが。

*

今年の春、旅行中の旅館の娘さんらしき人に、先生のファンですと言われ、とても親切にされた。珍しいこともあると思い、気をよくした。

帰りがけに、娘さんは、テレビでよく拝見していますが、実物を見て嬉しかったと言った。

誰かと間違えているらしい。私は、十年ちかくテレビには出ていない。

海のホテル

毎年の夏に、湘南《しょうなん》海岸のそのホテルに行くようになってから、もう、五、六年になるだろうか。いつでも、きまって三泊である。

はじめ、そのホテルができたとき、会社での会議がそこで行われた。一年に一度の会議で、議題も多く、たまには気分をかえてみようということで、そこが選ばれた。

そのときの海に落ちる夕日が美しかった。西むきの部屋の景色がいいというホテルは、そう滅多にあるものではない。また、むろん、日の出も美しい。

私は、ハワイの海岸が美しいなんていったって、まあこんなもんじゃないかねと言った。同僚の一人は、ハワイよりきれいだよと答えた。周囲に外人が多いか少ないかだけの差だとも言った。

翌年の夏、私は、女房と子供を連れて、そのホテルへ行った。二人とも、とても喜んだ。

＊

私は、はっきり言って、そのホテルが好きではない。だいたい、海に突き出るようにして建てられた高層のホテルなんて私の性に合わないのである。私は山の温泉宿のほうがいい。

そのほかにも、いろいろと私の気にいらない点があるのだけれど、ただひとつ、私がそこを好むのは、料金が高いからである。安いからではない。特に、海に面した部屋は高い。

なぜ料金が高いからいいかというと、だいたいにおいて、夏の最盛期でも空室があるからである。すると、何カ月も前から予約をするという面倒がいらない。私のように予定のたたない仕事をしている者には、それが有難い。なんでも安いからいいというものではない。ただし、三泊以上は、とても無理だ。

＊

三泊四日ということになると、出発の前日は徹夜になる。仕事を片づけて出なければならない。そうして、これも毎年のことになるが、それでも仕事が終らなくて、第一日目は終日原稿書きになる。

従って、第二日目の解放感はすばらしい。冷蔵庫に瓶《びん》ごと冷やしておいたサントリー・オールドを朝から飲むことになる。ついでながら、ウイスキーを瓶ごと冷やして飲むのは、とてもうまい。私はこれを開高健さんに教えてもらった。

プールへ行く。そこで紙コップの生ビールを飲む。デッキチェアで寝る。

夕食は、中国料理なら老酒《ラオチュー》、外へ出てアワビかサザエなら酒を飲む。ホテルの近くの伯父の家へ挨拶に行く。必ずウイスキーが出る。深夜まで将棋を指しながら飲む。いい気分である。

さて、いい気分であるところの結末がどうなるか。

番外
私の夏休み
徳島の阿波おどり
YAMA FUJI
＊ 昨年 東京の目白・椿山荘で ひと目惚れした 阿波おどり を見に 徳島へ出かけた。
＊ 市内の 道という 道、辻という 辻が 2種類の阿呆によって 埋めつくされている
＊ なにしろ 400もの「連」（踊りのチーム） があるという
＊ もっとも 皆が 皆 うまいわけじゃない。 学生連や 企業連など ヒドいのも かなりある。
＊ さすがに 有名連の 踊りは 酔わせる 「うずき連」 「新のんき連」 「鳴門連」等
＊ とくに 2年続けて 見て、すっかり ファンになったのが 「娯茶平連」
夜目・遠目・笠の内で だれもかれも 美人に見えるが、「娯茶平連」は 本当に美人が 多い！
＊ 鳥追笠に ピンクの 蹴出し、内股の 〈純練り〉美人に 参った
ヒョットコ面で テレビ等で 有名になった 「新のんき連」は、来年は 外国へ出かせぎに行くとか…… 松竹新喜劇と並んで、西の阿呆は よく稼ぐ。

そもそも徹夜が続いて、へたばっているのである。そこへ朝から深夜まで飲む。日中はプールサイドにいるわけだが、私のような日常を過している者には、日焼けすることは重労働である。遊泳は危険だから自分で禁止しているけれど。

第三日目は、これはもうどうにもならなくて、一日中ベッドのなかである。私における避暑とは、まあ、そういったことになる。

そのホテルの料金は、現在ではそれほど高くはなくなっていて、庶民的といっていいくらいになってきた。以前のように映画俳優の顔を見ることもなくなった。プールには子供とその母親が多くなった。

しかし、ホテルとしての効率がわるいためか、経営のことで、終始ごたごたしている。そうなると、こんどは不思議な愛情が湧《わ》いてきて、応援したい気分になる。とにかく、海と夕日の美しいホテルである。

かくれジャイアンツ

「かくれジャイアンツ」という言葉があるそうだ。もちろん「かくれキリシタン」をもじったものである。

巨人軍が好きだと言ってしまうのは、時によって恥ずかしいことであるらしい。いわゆる野球通にはアンチ・ジャイアンツが多いのである。それに判官びいきということもある。俺は巨人軍だと言うのは、何やら子供っぽく見られる気配がある。まるでYGという野球帽をかぶっているように——。

それでは私はどこのチームが好きか。こういう質問を何度も受けた。私には特別に好きなチームはない。野球が好きなだけである。そんなことはあるまいとシツコク聞かれるときには「特定のチームが好きだというほど素人《しろうと》ではない」と言うこともある。

それでは、ジャイアンツというチームをどう考えるか。

たとえば巨人・阪神戦を見ているときは、私は阪神に肩入れする。なぜかというと、阪神が勝ったほうがペナント・レースが面白くなるからである。ということは面白い野球が見られるということと同じである。

また、たとえば日米野球を考えるときに、巨人軍というチームが圧倒的に強くなくては困るのである。いまの阪神や大洋にコロコロ負けるようでは非常に困る。

ところが、野球評論家、スポーツ記者、アナウンサーといった専門家には「かくれジャイアンツ」が多いのである。私は、ひそかに、アンパイアにも多いのではないかと疑っているのである。彼等は、職業上、それを発表することが出来ない。

それは無理のない話である。

なぜならば、巨人軍の選手は、他のチームの人たちと比較すると、行儀がよく、明るく素直であり、研究熱心である。つまり、ヤル気がある。野球に生涯を賭《か》けている人たちは、どうしたって、心中ひそかに巨人軍を応援し、これを愛するようになる。

＊

巨人軍と他の十一球団とでは、野球が違うのである。

これをチーム・プレイと呼ぶことにしよう。頭脳的でもいい。巨人軍の代表選手は、内野手の土井であり、外野手の高田である。

もうひとつの違いは、給料の違いである。あるいは観客の数の違いである。この点になると、他のチームの選手が次第にヤル気をなくしてしまうのも無理がない。

阪神の藤田、江夏、田淵といった人たちは素晴らしい選手である。ところが年々に生気が失われてゆく。金田監督の策が悪いと思ったことはない。しかし、ＴＶ画面に映る金田の渋面を見てごらんなさい。一方の川上は笑いっぱなしである。これでは野球以前の野球で負けてしまう。

＊

七時から八時まで、ラジオの野球中継を聞きながら晩酌をする。八時から九時過ぎま

でテレビを見ながら食後酒を飲むといった人たちの数は、一千万人を越えていると思う。ジャイアンツのファンであっても、相手のチームがあまりにだらしのない負け方をすれば面白くないと思う。私のような単なる野球好きは、バカバカしい野球を見せられると腹が立つ。これがアンチ・ジャイアンツになると、不愉快はその極に達するのではないか。

これは酒呑みにとっても由々しき問題である。酒がおさまるところへおさまらず、肴は消化不良となる。

「かくれジャイアンツ」なんてものが存在するのが、そもそもおかしいのである。八連《れん》覇《ぱ》が行われるほどに差が出来たのは何故《なぜ》か。このことを関係者はよく考えてもらいたい。いまの巨人軍は野球のチームとしては少しも強いとは思えないのに――。

女房の父

女房は酒に関しては非常に理解のある女である。私が酒を飲むといったときに厭《いや》な顔をしたことは一度もない。また、酒場からの請求書が高いと言ってグチをこぼしたこともない。

私の母はそうではなかった。よく怒られた。酒呑み自体を好まなかったようだ。ダラシがないという。

母は酒を飲まない。だからそうだということもあるし、母が生きているときは世の中全体が貧しかったということもあった。

女房は、この点に関するかぎり、母の態度がよくわからなかったらしい。

女房に言わせると、自分が酒呑みに理解があるのは父が酒乱であったからだという。これは、逆の言い方もできるのであって、父が酒乱だから酒呑みは嫌いだとなっても不思議はない。そうならなかったのは、私にとってラッキーだった。

どんなに貧乏していても、焼酎《しょうちゅう》を買ってこいと言えば、女房は、アイヨと言って出て行く風情《ふぜい》があった。男は酒を飲むものであり、晩酌は行われるものだと思いこんでいるようだ。

私は、若いときは無口であり、仏頂面の男だった。それが、酒がはいると饒舌《じょうぜつ》になる。陽気になる。それで女房が酒をすすめるということもあったようだ。

＊

女房の父は、親類のなかでは、好きなほうの人だった。酒乱であったということを私は知らない。

女房は七人兄弟の末娘である。父が酔って帰ってくると、暴れて手がつけられない。母も兄も姉も逃げてしまう。

そこで末娘が登場する。父も幼児に手を出すわけにはいかない。

それに、どうも、女房は、先天的に酔っぱらいの介抱がうまかったらしい。酒乱の父は、帰ってくると、酒を出せ、もっと飲ませろとわめく。母も姉も、これ以上飲ませたら大変なことになると思って逃げる。これがいけない。

幼児である女房は酒の支度をする。父はニコニコする。可愛い奴だと思う。すると、すでにして酔っているのだから、ちょっと飲めば寝てしまう。女房は、幼くして酒呑みの心理を摑《つか》んでいたようだ。

女房の父は職人肌の男だった。私はそこが好きだ。職人肌の男には鬱屈するところがあり、酒によって爆発する。

女房の母は正直で働き者で理詰のところがある。酒はいけないと思いこんでいる。私が女房と結婚したのは二十二歳の時であり、それ以前にもいろいろとあったから、女房の母は、ずいぶん心配し、警戒もしたと思う。それに私が大酒呑みときている。

父のほうは、そうではなかった。私が会ったときは、終始ニコニコ笑っていた。まあ、

心配は心配であったのだろうけれど。

その父は亡くなり、女房の母は一年のうち半分ぐらいを私の家で暮している。

母は八十歳になる。頭がよく元気な人であったけれど、やはり年齢相応に弱くなっていて、人手の足りない兄の家のことを思って、こちらへ来てもらう。私は半分は自由業であり、従って私も女房も家にいることが多いので、それだけ面倒が見られるというわけだ。

ところが、まさに、青天の霹靂《へきれき》、最近になって母のほうではそうは思っていないのだということがわかった。

つまり、自分の娘が酒乱の男を亭主にしてしまったので、心配で心配でたまらず、母としては、私を見守りに来ているのである。

それに気づいてから、酒を飲むときに、母のほうを見ると、むこうもジッとこちらを睨《にら》んでいることがわかった。

泰然自若

何が厭だといって、酒を飲んでガラッと態度が変ってしまう男ほど厭なものはない。説教癖というのがある。文字通り、御説教をはじめるのである。私で具合のわるいときは子供に説教する。この酒癖は珍しいようでいてそうではなく、案外に多いのである。

「先生とは何だ……」

あるとき、そういうなかの一人が私に言った。

「きみは、町の人に先生と呼ばせているのか」

タクシーの運転手やソバ屋の長男が遊びにきていて、その人たちは私のことを先生と言っていた。私だっていい気持じゃないけれど面倒なのでそのままにしておくことがある。

困るのは、彼の言うことは、いちいちもっともで、正論であることだ。たしかに、自分のことを先生と呼ばせたのはよくない。非常に困ってしまう。

＊

ダジャレを飛ばす人がいる。これがうるさい。こちらの神経に突きささってくる。

私はダジャレが嫌いなのは、酒を飲みながら、そういうつまらないことを考え続けているというのが厭なのだ。

それが、そう言っちゃ悪いが、その程度の人であったのならいいのだけれど、ふだんは俊敏な会社員であるのに、酒を飲んだら途端に低俗になるというのを見るのが厭なのである。

講演旅行に行くと宴会になる。はじめは席が整っている。それが、だんだんに皆が近づいてきて車座になる。そういうときに、必ず、あっちじゃ話が遠いので、と言う人がいる。一度はいいけれど、各地で毎晩おなじことを聞かされるとウンザリする。

*

態度が変るというなかでも、もっとも嫌いなのは、なんというか、猥雑《わいざつ》になってしまう人である。

もっと具体的に言うと、女性に対する態度が粗暴になる人である。

「おい、ナニ子、こっちへ来い！」

なんて言う。平生の彼からはとても考えられないことを言ったり行なったりする。まるで、酒を飲むということは豪傑になることであり、豪傑とは女を苛《いじ》めることだと思っているようだ。

そういう状態をデキアガッテイルと評する人がいる。冗談じゃない。それを酒の害に

されてはたまらない。その人は、そもそも品性が卑しいだけの話だ。

また、これはと思う人が、きわめて猥褻《わいせつ》な歌を歌うことがある。それにはびっくりする。私は、酔っぱらって歌を歌ったり、いろっぽくなったりするのは嫌いではないけれど、そういう人を見ると、この人は、歌舞音曲に限らず、なんでもいいのだけれど、ちゃんとした師匠について芸事を学んだことのない人だなと思ってしまう。

酒場の女が私に言った。

「あなたってちっとも面白くならない人ね」

私のようでもいけないようだ。

＊

酒を飲んでも平生と変らず泰然自若でありたい。私は、やはり、饒舌になりクドクなるところがある。

井伏鱒二先生は、夕方から飲みだして、明け方にいたるまで、まるで変らない。話し方も、酒の速度も変らない。いくらか感じがやわらかくなるだけである。いや、そうではない。井伏さんはふだんでもやわらかい。

ああ、私ごときは、酒のうえでも遠く遠く及ばない。

鉄火場の酒

鉄火場というと、何か特別な場所があると考えられがちであるが、そんなことはない。金持ちの邸内の一室であるとか、旅館の離座敷といった所である。

私は十八歳と十九歳のときに、そういう場所へ出入りした。ということは、まさに終戦直後という時であって、兵隊から帰ってきたばかりの私は全身これ虚脱感という感じで、何をしていいかわからなかった時代である。実際、いま考えても、どうしてそんなことになったのかわからない。そこへ行けばナニガシかの金になったのである。そこでは、金は紙片であるに過ぎなかった。

その当時、何か事業をはじめた人は、まず間違いなく失敗していた。だから、動かないでいるほうがいい時でもあった。

＊

鉄火場へ行くと、客が集まるまで、麻雀《マージャン》やコイコイが行われる。私は花札は苦手であるが、麻雀ではまず負けなかった。もっとも商売人にとって麻雀はお遊びであるから、それほど気をいれることはせず、むしろ少し負けるようにしていたのかもしれない。

そうはいっても、彼等は必ずツミコミその他のイカサマをやってくるのである。これを負かすには、早うち早逃げ安上りしかない。こちらは必死の逃亡者となる。ただし、ヤクザ者は頭脳明晰《めいせき》とはいかないから、麻雀のような複雑なルールのゲームでは、つけこむスキがないわけではない。

月給八百円のアルバイトをしていたときに、麻雀は千点千円だった。それで震えなかったというのも不思議でしようがない。ただし、三万円勝っても、その場ですぐに札を勘定しなおさないといけない。家へ帰って数えると、三万円が一万五千円しかないということがある。商売人は紙幣を手品のように扱うから注意しないといけない。

いまヤクザ映画に出てくるテホンビキなんていうのも、前座のお遊びである。ああいう時間のかかるものをヤクザは好まない。

本当の勝負はバッタだった。しかし、これは味わいが薄いのと細工がしにくいので、オイチョカブと半々ぐらいに行われていた。

*

鉄火場には、うまい酒とうまい食べ物があった。どこで見つけてくるのか、全く驚くべきものがあった。当時、虎屋のヨーカンなんかもあって、私には宝物のように見えた。酒は冷やで茶碗酒である。こういうものをウマイと言ったら、年齢的に言っても笑われるかもしれないが、夜もふけてきて、頭に血が上っているときの茶碗酒はウマイとしか言いようがない。夜が明けて、ふところに大金をいれ、人通りのない町を歩いて帰るのも、いい気分だった。私は、そういう、駄目な少年でありました。

私などのバクチは、鉄砲というヤツで、場を見ているとメがわかってくるときがあって、そういうときに一万円ぐらいボーンとはってそれで終りというやり方である。

ヤクザに義理とか人情というものはない。すべて経済闘争である。ヤクザの喧嘩《けんか》というのは金の争いだけである。もっとも、国と国との戦争も同じことであるが——。

＊

私は、いまでも、鉄火場だけで生活できる自信がある。要するに金が動いているのであって、そこのヤリクリをうまくやれば、それでもって、結構やっていかれる。

しかし、そういうところにワナがあるのであって、それでもって十年間暮せたとしたら、実は、その間に、いろいろの意味を含めて何千万円という金を失っている計算になる。それがわかったので、私は鉄火場から手を引いた。

秋草の頃

私は、炎天でも、またひどく寒いときでも家の附近を散歩するが、秋になって好天気が続くと、家のなかにじっとしていられない。散歩は秋に限る。

関東大震災があって、一橋大学が、この町に、いわば疎開してきた。この大学を中心として町が開けてきた。従って、どんなに家がたてこんできても、大学と、駅から甲州街道に通ずる大通り（大学通りと呼ばれる）があるかぎり、広場と緑は残るのである。大学のほかにも、音楽学校や、高校・中学が集中していて文教地区になっている。

私の友人も何人かここへ引越してきていて、五月の黄金週間に友人の妻に大学通りで会ったとき、どこかへ遊びに行きましたかと訊《き》くと、彼女は、

「行くわけがないじゃないですか。こんなに美しい町に来たのに……。そのためにここへ引越してきたんじゃないですか」

と、怒ったような顔で答えた。私は非常に満足した。

＊

そういうわけだから、秋になると、じっとしていられない。私は秋草が好きだ。

ある小説家が「名もない草が……」と書いたとき、別の小説家が、名のない草なんてあるわけがないと笑ったという。

しかし、秋草というのは、名もない草と書きたくなるような気配がある。形も色も、その花も、毎年見ていてよく知っているのだが、その名を知らないという草が多い。

私はカルカヤが好きだ。昔、私の家のあたりはカルカヤの原であったという。多摩川の河原だったのだろう。

秋草を引き抜こうとすると、意外に根のしっかりしているものがある。また、ぽこっと他愛なく抜けてしまうのもある。茎に小さなトゲのある花がある。触れただけで掌が赤く染まる草の実がある。それぞれ、名もない草で何かを主張しているような気がする。

名もない草と書いた小説家は、雑草という意味でそう言ったのだろう。私は、その雑草を摘《つ》んで帰る。

いい齢をして、雑草を持って歩いていると、狂人みたいに思われるかもしれないが、それは仕方がない。

あまり気持のいいときは、そのまま駅のそばの居酒屋へ行く。

「まあまあ、草なんか持っちゃってどうしたんですか」

そんなことを言われるが、内儀《おかみ》さんの目は笑っていて、すぐに花瓶を持ってきてくれる。

*

まっすぐ家に帰っても、雑草を瓶《かめ》に活《い》けることに変りはない。

すると、食卓のあたりが、にわかに豊かになる。変人だと言われるかもしれない。しかし、私はチューリップやカーネーションを瓶に活ける人の気持がわからない。

その雑草を見ていると、やはり、どうしても思いが酒にむかってゆく。古来、多くの人が歌にも歌っているように、秋の夜の酒がもっともうまいのだ。

＊

三年前の秋に京都の病院に入院した時のことを思いだす。見舞に何を持っていこうかという友人の電話をうけたときに、雑草を摘んできてくれと言った。友人は嵐山まで行って、それこそ名も知れぬ花をたくさん持ってきた。私はベッドの上からそれを写生した。

翌朝、掃除のおばさんが、びっくりしていた。おばさんはこう言った。

「あんた、その花、ゼンソクに悪いのを知ってますか」

子供の酒

私の息子が酒を飲むようになったのは、高校の二年か三年のときだった。私はそのことをいいとも悪いとも言わず、晩酌のときに、どうだい、一杯飲むかいときいたりした。だから、むしろ、けしかけるほうの側にあったということになる。息子は大学の四年生になり、二十一歳になった。二十歳を過ぎてからは、おおっぴらに飲むようになった。

高校生のときは、もちろん、学校の規則としては禁酒・禁煙である。私は、煙草を吸ったから停学、喫茶店へ入ったから譴責《けんせき》というようなやりかたには反対していた。教育者として子供を叱るのは、もっと別のことだろうと考えている。

学校の教師は、交通取締りの警察官ではないのだ。点数をあげホシをあげるのを職業とする人ではないのだ。

前首相の佐藤栄作さんは、中学生のときに煙草を吸い酒も飲んでいたという。その前の首相の池田勇人さんは広島の造り酒屋の倅《せがれ》だから、佐藤さんよりも早かったろう。それでいいのだと思う。

十年前に、私がさかんに飲んでいたころ、息子と二人で酒場で飲めるようになったらどんなにいいだろうと思っていた。ぜひそうしようと考えていた。そのころ、息子は中学の一年生だった。

ところが、いまとなってみると、そんな気は起らない。なにかキザったらしく思えて仕方がない。それと、おたがいに、何か照れくさいような気がする。

というよりも、私と息子とでは、住んでいる世界が違うのである。私は私、彼は彼である。息子は、私の若い頃がそうであったように、新宿あたりの大衆酒場で飲んでいるようだ。そのほうが、ずっといい。

どうかしたときに、息子と二人で銀座あたりで夕食を摂《と》ることがある。そのときは酒を飲むが、息子はまだ食べることに熱心であって、そのあとで二人で酒場へ行くようなことはない。

＊

芝居をやっている息子は、公演が終った夜などは、大勢の仲間と一緒に大酒を飲むようだ。先生方も飲むだろうし、いかにも楽しそうだ。まことにうらやましい。そのまま下宿に泊って、翌日、蒼《あお》い顔で家へ帰ってきて寝てしまう。どうやら、最後にはモドしたりするらしい。

滑稽でもあり可哀相でもあるが、それは私の通ってきた道である。若いときは、どうしてもそんなことになるし、そこを通らないと酒呑みにはなれない。

あれは不思議なもので、何度かそんなことを重ねているうちに、平気になってしまう。何事も突き破らなければならぬ壁がある。ただし、アルコール中毒になりやすい体質の人や、酒癖の極端に悪い男は、その壁の前で引きかえさないといけない。

＊

これから、秋になり冬になる。酒のシーズンであるといっていい。「鍋物《なべもの》はじめました」という札がぶらさがるようになる。息子も私に似てアンコウ鍋が好きだ。

あるとき、息子がこんなことを言った。

「あと、スッポンとシャブシャブを一回ずつ奢《おご》ってくれたら、それでもういいや」

いったい、これはどういう意味だろうか。スッポンとシャブシャブを食べさせてくれたら、親子の縁を切ってもいいということだろうか。それから後は自分で生活するということだろうか。さすがに、スッポンなどは自分の小遣いでは無理だということを知っている。それにしても、ずいぶん妙なことを言う奴じゃないか。

私は、いまだに、その意味を計りかねている。

自由ヶ丘の金田中

　東横線自由ヶ丘駅の近くに「金田」という一杯呑み屋がある。私はこの店を村島健一さんに教えてもらった。

　村島さんと私とは、その店を「自由ヶ丘の金田中」とよんでいた。こういうことに不案内な人のために書くと、「金田中」というのは築地の最高級の待合である。

　はじめ「金田」は自由ヶ丘のガード下にあり、壁はベニヤ板であり、便所は建物の外にあったという記憶がある。カウンターと丸椅子だけの店だった。

　ヤキトリがあり、オデンがあり、各種魚料理、季節の野菜という店である。「うまいやすい」という言葉があるが、まさにそういう店であった。魚も野菜も新鮮であり、オデンのコンニャクはどこそこのなにという逸品である。やすいということで言えば、当時、鯛《たい》のアラ煮が百円という店は、ここより他に知らなかった。しかも、その百円の皿が、もっとも高い食べものであった。私は、おもに、三十円のソラ豆、エダ豆、トマトで酒を飲んだものだ。

＊

従って、いつでも千客万来であった。だから新鮮であったともいえる。

数年前、その「金田」が、近所に移転した。こんどは鉄筋二階建てであり、二階には座敷もできた。私たちは大いに喜んだ。こういう店が大きくなるということが嬉しくてたまらない。

「金田」のいいところは、うまくてやすいということだけでなく、働いている人たちがニコニコしていて愛想がいいことにもあった。実に気持がいい。

私には、どうしてこんなに安く飲ませ、安く食べさせてくれるのかということが不思議であり謎《なぞ》であった。

＊

あるとき、村島さんと二人で飲んでいると「金田」の主人が、うちへ行って飲もうやと言った。ただし、ジョニ黒なんかないよとも言った。

私は主人について行った。家は電車で一駅というあたりにあり、それも新築で大きな家だった。

主人が店をほうりだして早く帰りたかったわけがわかった。彼は私たちをダシにして孫の顔が見たかったのである。

ジョニ黒とナポレオンの封がきられ、私の大好物の冷たいトマトと冷やソーメンが出てきた。ソーメンの液《つゆ》は自家製のニンニクをつけた醬油《しょうゆ》だった。

夜が更けてきて、続々と店員が帰ってきた。いや、店員だと思っていたのは、長男であり、長男の嫁であり、次男であり、三男であり、その嫁たちであった。私には「金田」の料理が安いわけがわかった。人件費がゼロなのである。これなら安く出来る。みんながニコニコしているわけもわかった。家中で働いていて客がつめかけ

てくれば誰だって機嫌がよくなる。金田さんの家が予想外に大きかったという驚きも解消した。みんな一緒に住んでいるのである。

私は非常に愉快になり、ジョニ黒もナポレオンも厭ですと言って、サントリー・オールドを御馳走になった。トマトとソーメンのうまかったこと！

しかし、私は、同時に、こうなるまでの金田さんの苦労を思った。子供たちが幼なかったときは、さぞや大変だったろう。

いまや、金田さんは、いい子供たち、いい嫁たちに囲まれて、店を放って早く帰ってもいい境遇になり、ますます笑い顔が絶えぬようになった。世のなかには、何もかもうまくゆくという人がいるものである。

実に気持のいい一夜だった。私は、金田さんの昔の苦労と今の満足のために、村島さんと二人で何度も乾杯した。

屋久島の酒場

屋久島へ行ったときは鹿児島空港から東亜航空のＤＨ１１４という飛行機に乗った。ＹＳ11のことをバスに乗るようだと言う人がいるが、そうだとすると、その飛行機はボロタクだろうか。それでも十六人乗りである。シートなんかがお粗末で、私は場末のキャバレーに入ったような気がした。灰皿が掃除してない。航空距離が短いのだから、それでいいのだろう。

オシボリが出る。そういうわけだから、汗臭い匂いがする。

飛行機が地上を離れるとき、私は、あ、飛んだと叫んでしまった。

屋久島は雨の多いところである。その日も雲が低く垂れこめていた。飛行機は、その雲の下を、低く低く、海面すれすれに飛ぶ。それでも宮之浦空港に着陸することができた。

＊

その町には、酒場が三軒あった。一軒にはバー、一軒にはサロン、残りの一軒にはクラブという看板が出ていた。中身は大差がない。私は、毎晩、三軒まわって焼酎《しょうちゅう》を飲んだ。焼酎といわずに、ホワイトリカー、ライスブランデーと書かれてあった。

私は、その三軒に銀座の酒場の名をつけた。すると、どうしたって、ここへ寄ってあそこへ廻らないのは失礼になるという気分になる。不思議なものだ。三軒廻って三千円ぐらいだけれど、豪遊した感じに変りはない。

ただし、そこを銀座とすると、深夜の六本木に当る場所はなかった。

女の一人に、どこかへ遊びに行こうかと誘うと、

「そうだねえ、浜へ行って亀が卵を産むところでも見ようか」

と言う。海岸で腹ばいになって、亀の来るのを待つのだそうだ。そのあたりに小学生もかくれていて、卵を取って小遣いにするという。邪魔になるといけないので止めた。

*

ずっと以前、屋久島に一人の娼婦がいた。内地から十二万円で買われてきたのである。それが、なかなかいい女だった。島の男たちは皆そこへ通った。すると、女は、くたびれてしまって、一年間で帰ってしまった。

その話をしてくれたホステスは、片方の目だけに青いアイシャドウをしている。それはおかしいじゃないかと言うと、いいえ、これはアイシャドウじゃなくて痣《あざ》ですと言った。それなら、なお具合がいい、もう一方の目にアイシャドウをすればわからなくなると言うと、女は、

「いいんです。みんな知っていますから」

と、笑って頸《くび》を振った。

変に懐かしいような感じのする女だった。みんな知っていると言われたとき、私は、ああ、遠いところへ来たんだな、この島は狭いんだなと思った。旅情とか旅愁とかいう

のは、そういう感じを言うのだろう。

*

帰りは天候が悪く、飛行機が飛ばないので船で種子島《たねがしま》に渡った。

そこでも小さい酒場へ寄った。カマボコが出た。女たちはそれを食べない。一人が、こういった。

「こんふかはにんげんばたぶがっちょおもっせたもいもならん」

カマボコの原料である鱶《ふか》は人間を食べるのだと思うと、とても食べられないという意味であった。

酒場としては屋久島のほうが面白かった。のんびりしていた。

種子島の女にそのことを言うと、屋久島はいいところだけど、言葉が通じないので困ると言った。

鍋奉行

九月の半ばを過ぎると、そろそろ鍋もののシーズンになるが、鍋ものを食べに行くときは相手を選ばないといけない。

まったく人はわからないもので、これはと思う痩《や》せっぽちの友人が大喰いであったりする。親の代から軽井沢に別荘のある奴が、食事になると目の色が変ってしまうことがある。

大喰いはまだいい。場合によってはお代りを頼めばいいのだから――。問題はスピードである。競馬でいえば、ワラビーとかダイハードのようなジリ足系統はいいのだけれど、パーソロン、スパニッシュイクスプレス、サウンドトラック、ミンシオといった短距離系が困るのである。すなわち、テンのダッシュが鋭い男である。

かりにアンコウ鍋であると、キモ、ぶるぶるした皮の部分、なにかわからぬが内臓、肉といった順序にうまいと思うが、いきなりキモを喰ってしまって、これをたいらげたあと皮になる。ついで内臓をさらってしまう。

こういう際に、キモはよく煮ないと危険だと言うのも何か意地が悪いようで言いだせない。それが困る。

とにかく、彼は、一心不乱である。私とすれば、久しぶりに会って、ゆっくり話をしたいと思ったので、鍋ものにしたのである。それが、鍋がきたとたんに、それこそ目つきも顔つきも変ってしまって、とても話どころではない。そうして、彼が、やっと人心地ついたという様子でこちらを見るときは、すでに鍋のなかにはロクなものが残っていない。

私は、自分のイビキによって、あやうく親友の一人を失いそうになったことがあるが、眠れぬ恨み、喰いものの恨みは長く残るので始末がわるい。

*

鍋奉行という言葉がある。この言葉がどこから出てきたのか、誰が言いだしたのか、まるでわからないけれど、まさに言い得て妙というところがある。

多分、この言葉は、鍋料理のときに支配者的になる男という意味だろう。

ふだんはおとなしくて口もきけないような男が、スキヤキになると、ああだこうだと言いだす。殺気だってくる。

「ああ駄目だ駄目だ。そうやっちゃ駄目だ。……ああ、ああ」

大仰に嘆いたりする。

*

二十年ぐらい前に、私が雑誌の編集者をしていたときに、Aという小説家に食事に招かれた。それがスキヤキだった。

まだ食糧が乏しく、特に肉は大変な御馳走だった。

このAが鍋奉行だった。なんだかんだとうるさい。私と二人きりなのに大きな声をだす。

私が、これは私の肉だと考え、目をつけていた奴に箸《はし》をのばそうとすると、あ、それはまだ早いと言う。もういいかと思って再び箸をのばすと、煮つまったな、ダシをいれようと言う。その次に、頃あいだなと思っていると、あれ、薄くなっちまったなと言って砂糖をふりかけてしまう。

ついに私は、肉片を口にいれることがなくてスキヤキが終った。なにしろ、ネギをつかもうと思っても、向うの目が光るので、こっちは酒を飲むだけである。Aは下戸《げこ》である。本当に、奉行と容疑者の関係だった。

食事が終って、さあ、こんどはきみにいいものを見せようとAが言った。

Aの娘が二人出てきて、レコードで「かもめの水兵さん」を踊った。

その娘二人の面《つら》のまずいこと、踊りの下手なこと、態度の生意気なこと、それはいまでも忘れられない。

酒飲まぬ奴

何かで世話になった男を細君同伴で小料理屋に招待したとする。こっちも夫婦で出かけたとする。

ところがこちらの調査が不徹底であって、先方は二人とも酒を飲まぬということがある。これは、とても困ってしまう。あじけないのである。

こっちはどんどん飲みたいほうである。女房も手があがっていて、料理屋の銚子《ちょうし》なら二本ぐらいは飲める。

そうなると私は手酌である。女房にも注いでやりたいのだが、坐った位置がわるく、手が届かない。女房はむこうの細君に調子をあわせて、あまり飲めないフリをする。

酒の飲めない人は気が利かないから酌をしてくれない。そもそも女は飲めないものときめてかかっている。

それでいいと思うかもしれないが、小料理屋のサカナは、酒を飲みながら食べるように出来ているのである。こっちはちょうどいいのであるけれど、むこうは忽《たちま》ち幾皿も食べてしまって不満気な顔つきである。学生食堂じゃあるまいし、量が多いからいいというものではない。

また、酒の飲めない人にかぎって、好き嫌いが激しく、肉も駄目、魚も駄目ということがある。これにはガッカリしてしまう。

酒の肴《さかな》は朝御飯のお菜《かず》と同じというのは池田弥三郎さんの名言である。つまり、ノリ、ナットウ、大根おろし、塩鮭《しおざけ》などであって、こっちはそういったものが食べたいのに、先方は後できいてみるとオムレツとハンバーグ・ステーキが大好物であることがわかったりする。

それなら銀座の表通りのオリンピックか不二家でよかったのだ。相手が子供じゃないから裏通りばかりを考える。こちらの調査が行き届かなかったのがいけないのだし、先方の遠慮があった。

銀座の表通りでも、私は、「資生堂」で日本酒を飲んだり、白葡萄酒を氷のバケツにいれて持ってきてもらうなんていうのは好きなのだ。徳田秋声の『縮図』のファースト・シーンは「資生堂」になっている。もっとも、改装されて、二階から人力俥《じんりきしや》に乗った芸者を眺めるなんていうことは出来なくなった。

それから、私は、待合へ行って、肉屋で売っているイモのサラダやコロッケを買ってきてもらって、それで飲むのも好きだ。腹がすいたら釜《かま》あげウドンをとってもらう。だから、先様次第で、どうにでも合わせることが出来る。

＊

酒の飲めない人は本当に気の毒だと思う。私からするならば、人生を半分しか生きていないような感じがする。

体質でどうにも飲めない人は別として、すこしは修業されたほうがいいと思う。

フグをジュースで食べている人を見るのは哀れである。ビールでも駄目だ。フグは日本酒に合うようになっている。

カキは葡萄酒だろう。生ガキをビールを飲みながら食べている人を見ると、見ているだけで、こっちの腹がだぶだぶしてくる。

私がサントリーに入社したころは、社員はすべて剛の者だった。会社が終ると、それも半分は仕事であるが、サントリーバー、トリスバーへ押しかけてゆく。

しかし、なかには、全く飲めない人もいる。酒の会社だから余計に可哀相だった。あるとき、そうやって大勢で飲んでいると、酒の飲めない社員の姿が見えない。私はそういうことが気になる質《たち》である。

表へ出てみると、彼は、当時の銀座の舗道にあった金の鎖に腰かけて、ブランコに乗っているように体を揺らしていた。私は声をかけることも出来ないで、あわてて店へもどっていった。

酒の無い国

　ここで私は重大なる告白をしたいと思う。

　それは、私が、酒の無い国があったらどんなにいいだろうかと考えているということである。同様にして、わが国は、有害なるタバコの発売をどうして中止しないのかと考えることがある。

　私は酒の飲めない人の悪口を書いているので、飲めない人はザマを見やがれと思うにちがいない。まったく、ザマはないのである。

　どうしてそんなことになるかというと、たとえば、一仕事が終ったあとに大酒を飲むということがあり、これはこれでいいのであるけれど、翌日に座談会があり、翌々日に思わぬ来客があり、その翌日に法事があって親戚《しんせき》一同が集会するといった具合に、酒を飲む日が続いてしまうと、当然のことにへたばってしまうのであり、そんなときに、つくづくと、酒の無い国があったらなあと思ってしまう。

　そうなると、煙草も吸いすぎるのであって、胃があれて、絶えず吐き気をもよおすようになり、煙草の発売をやめるべきだと考えてしまう。

私は、禁酒を五日間続けると、かなりの健康体になる。これは酒が悪いのではなく、私が飲み過ぎるのがいけないのである。

仕事が続くと疲労する。疲労すると元気をつけるために飲まずにはいられなくなる。そうやって一層疲れてしまう。疲れるから、また飲む。かくして、舌はザラザラになり、胃が重苦しくなり、気持も荒れてしまう。もし酒というものが無かったら、俺はもう少しマシな仕事が出来たのではないかと考えるようになる。酒の無い国へ行きたいと思う。

しかしながら、賢明な読者諸氏は、酒の無い国があるのを御承知だろう。それはアメリカの禁酒州である。私はそこに住みたいと思うことが一年のうちに何度かある。胃腸は活発にはたらき、頭はすかっとするし、よく眠れるだろうし、どんなにすばらしいかと思う。

私はそのことを友人の一人に話した。友人は、しばらく考えて、まさに私がそう思っていたことをズバリと言った。

「それはいい考えだ。しかしだね、きみは三日か四日で、きっと国境を越えるようになると思うね」

そのことは、ほぼ間違いがない。

酒の無い所は他にもある。たとえば刑務所である。私は刑務所へ入りたいと思ったこともある。そこでなら、完全に禁酒・禁煙が実行できる。私は健康になって出所するだろう。

ただし、そこに入るのに、ハレンチ罪では困る。政治犯なんかがいいのだけれど、現代では、ちょっとしたことでは、すぐに釈放されてしまう。それに、禁酒・禁煙は実行できても、活字のないことに耐えられるかどうか。読書ができて、眠れるベッドがあり、

* かわいそうな人が 何か叫んでいます。
何といってるのか 想像を働かせてください。
例 Ⓐ 「離れ」って予約しといた筈だゾ!!
Ⓑ 小説の題だってば、「人殺し」ってのは!!
Ⓒ 「頭を刈る手間がはぶけて助かる」とは何だ!!
YAMA.

適度に運動が許可され、犯罪自体は恥ずべきものでないということになると、難かしい条件であり、私には許されない贅沢《ぜいたく》だと思われてくる。

＊

いま書いたことは、一年に何度かということであって、残る日は、酒の無い国なんてとんでもないと考えていることになる。

煙草の発売が中止されたら、私は誰かと一緒に暴動を起すだろう。酒の無い国？　じょうだんじゃない。そんなところに住めるわけがない。

酒の害は、それがあまりにも楽しすぎるからである。楽しいから飲んでしまう。元気になるから飲んでしまう。あまりにも楽しすぎるので、神様が、私のような者でも禁酒州を考えるような罰をあたえてくれるのである。

酒の害は楽しすぎることにある。

盲人の酒

およそ、何が不自由だといって、目が見えないくらい困ることはない。盲聾唖《もうろうあ》のうち、聾唖というのは、聴覚が駄目であるために口がきけないわけであるが、こっちのほうは、そういう人のための職業をいくらでも思いつくことが出来る。読むことと書くことができるのだから――。仕事でもスポーツでも、なんでもできるだろう。二年前に総武線に乗っていて、これから亀戸《かめいど》のグラウンドで野球の試合があるという聾唖学校の生徒に会ったことがある。彼等はとても楽しそうにしていた。

盲人と聾唖者とでは、まるで違う。音楽家というのは、盲人に出来る職業といえば、音楽家もしくはマッサージ業だけである。音楽家というのは、きわめて限られた人たちだけであるから、ほとんどマッサージ業に限られてしまう。

ところが、こういう考え方は実は誤っているのであって、実際は盲人に出来ない仕事は何もないと言っていい。大工にもなれる。工場で働くこともできる。

ただし、そのために彼等を訓練するとなると、厖大《ぼうだい》な費用と時間を要するのである。詳述する余裕がないが、そういうものであって、私は、どんなに巨額の金が必要であっても、これは、やらねばならぬ国家的事業だと考えている。

＊

私は、一人の愛すべき盲人を知っている。三十歳ぐらいの男性で、実に善良な愛すべき人柄である。

彼が盲導犬を飼うことになった。しかし、この犬の具合があまりよくなかった。嚙《か》みつくのである。もちろん彼を嚙むことはないが、よその人を嚙んだり激しく吠えたりするので使いものにならない。彼は、その犬を訓練所へ返しに行くことになった。訓練所は中野にある。彼の家から中野まで、歩いて三時間か四時間を要する。

彼は、知人にくわしく道順を聞いて頭に叩きこんで出発した。三時間半ぐらいで無事に訓練所に到達したそうだ。道中、教えられた道とか目印となる建物が変ってしまっていて苦労したけれど、中野に近づくに従って犬のほうで知っていて、急に速くなったそうだ。

私は、彼に、犬が悪いのは訓練所が悪いのだから、取りかえるにしても向うのほうから引きとりにくるべきではないかと言った。

すると、彼は、こう言った。

「それはそうですけれど、私は、いっぺん、中野まで歩いて行ってみたかったんですよ」

私は不意を衝《つ》かれたように思った。彼の万感がそこに集約されている。彼は、彼と全く同じことで、八王子から中野まで歩いた盲人がいると話した。

彼はまた、こうも言った。

「東海道五十三次を歩いてみたいですね。京都とか大阪とか伊勢とかへ行ってみたい

な」

もしかしたら、彼は、私などの気づかない、たしかな手応えのある楽しみを持っているのかもしれない。

＊

盲人も酒を飲む。しかし、酒は目に悪いので、飲み過ぎてはならない。

盲人の酒は非常に早く飲むそうだ。コップ酒をグッと呷《あお》ってそれでおしまいである。なぜそうなるかというと、酒は目で楽しみ舌で味わうわけであるが、盲人の場合は、最初の段階が欠けているのである。それで早くなる。

私は、盲人は、ちびちびと酒を味わって飲むものだとばかり思っていた。

この話を聞いたとき、どんなに費用がかかっても盲人の幸福を考えなければいけないという思いを一層強くしたのである。

営業部第三課

私の知っているある会社では、営業部の第三課というのは、地方へ行って製品のセールスをする部署であった。課長以下、剛の者がそろっていた。酒が強いのである。招待し、接待し、相手を飲み潰《つぶ》して契約するのが得意であった。課長も係長も、酒焼けしていて、鼻は完全に朱鼻であり、クリスマスのときの仮面のような顔をしていた。とにかく強い。

彼等が上野駅を出発するとき、たまたま私もそこにいたのだが、荷物のなかに大きなボール箱があった。

知人である課長に、あれは何ですかと訊くと、彼は、まあ開けてみいと言った。封がしていなくて、すぐにフタが開いた。そのなかに、ぎっしりと、ネストンとチオクタンがつまっていた。

そのころ、肝臓薬としてはネストンの全盛時代であった。私は彼等の労苦というものが、一度にわかったような気がした。楽に金のはいってくる商売なんてありはしない。

彼等は、いざ出陣で打って出るところである。ネストンとチオクタンの箱が、私には鎧櫃《よろいびつ》のように見えた。

*

私がその課長を知るようになったのは、彼の部下に私の中学時代の同期生がいたからである。彼が大阪本社へ転勤するようになってからは、その課長のほうと親しくなった。なぜなら、その課長は、地方へ出陣しないときは銀座の酒場に出没していて私と会う機会が多かったからである。

中学の同期生は酒が飲めないはずである。ところが、課長に言わせると、彼はとても強いし、非常に優秀なのだそうだ。それは私には到底信じられないことだった。

彼は立派な体格をしている。酒は全く飲めないことはないが、ビール一本で真っ赤になってしまう。営業部第三課にいて優秀な働きをすることがわからない。あるとき、課長と彼とが酒場で飲んでいて、彼は例によって艶々《つやつや》した顔色で楽しそうにしていた。

私は課長にわからないように、こっそりと、なぜその部署が勤まるのかと訊《き》いた。彼もまた課長に知られないように、私の耳もとで囁《ささや》いた。

「いいか、誰にも言うなよ。俺には特技があるんだ。ちょっと飲んだところで洗面所へ行って吐いてしまうんだ。全部吐いちまう。それで知らん顔で席にもどってまた飲む。お前もやってみろよ。とても胃にいいぞ。……実はな、いまも吐いてきたばかりなんだ」

私は、心中ひそかに、こう思った。

「勇将のもとに弱卒なし！」

そんなふうに荒っぽい時代でもあった。

ネストンの全盛時代の後に、内服液の時代が来る。内服液には、キャップつきのものと、注射液のようにアンプルをヤスリで切って飲むものとがあった。

*

グロンサンの内服液を飲んでから酒を飲むと、どういうものか酔わなくなる。ただし、酒はまずくなる。私などもずいぶん愛用した。北杜夫もそうだった。医者である北杜夫に、どの薬が効くかと訊いたら、とにかく、大きな会社の製品を飲めと言った。衛生管理がいいという。

私は無器用だから、アンプルを切るのが下手だ。ある酒場で、私の手つきを見かねて、ホステスが、ハート型のヤスリで内服液を切ってくれた。ちょっと切って、指でポンとはじく。

「アンプルを切って二十年！」

彼女は赤城山の国定忠治のように内服液をかざして見得をきった。看護婦あがりだという。中年ホステスであるが、そんな年齢であるとは知らなかった。

居酒屋

私が小説のなかで近所の居酒屋と書くときは、たいていは、中央線国立駅のそばの富士見通りの「繁寿司」と、甲州街道の谷保天神を過ぎて右に折れた「阿呆陀羅」をミックスした感じで書く。

両店とも居酒屋ではないけれど、小説だから、そんなことは関係ない。むしろ、私のほうで勝手に居酒屋で飲んでいる気分で飲むのである。

＊

「繁寿司」のほうは、ずっと以前に、草野心平さんがこの町に住んでおられたころ、片っ端から飲食店を飲み歩き食べ歩いて、この店と、駅の反対側の鰻《うなぎ》の「うなちゃん」の二軒が残ったという、いわば保証つきの店である。

私は「うなちゃん」も大好きだけれど、こっちは大繁昌していて、私のような長っ尻は迷惑をかけるので、残念ながら、めったには寄れない。

「繁寿司」のオヤジさんは、七十歳を越しているけれど、毎朝、築地の魚河岸まで仕入れに行く。荷が重いから容易ではない。草野さんが評価したのはそこだろう。ちかごろの寿司屋は、自分で行かないで配達されるのを待っているのが多い。「繁寿司」では、天ぷらダネやクサヤの干物やタクアンを譲ってもらう。時にミカンなんかを貰う。

板の前に坐って、うっかり注文なんかすると怒られる。だまっていると、鮭の頭やら煮豆やらを出してくれる。寿司屋では、家族の食べているものがうまい。なにしろ舌がこえているし、毎日河岸へ仕入れに行くのだから間違いがない。

ただし、ここのオヤジさんぐらい愛想のわるい人はいない。客は早く出ていってくれたほうが有難いという顔をしている。と見るのは実は誤りであって本当は人懐こいのである。それが時に逆に出てくるから扱いにくい。私はこの店がヒイキであるので、オヤジさんが誤解されるのを見るのが辛い。実は、客のほうで、見る目がないのである。こういうオヤジさんに会ったら、まかせっきりでいるのが得策である。なまじ利いたふうなことを言うから斬られてしまう。

ただし、当世では、商売がうまいとは言えない。もっとも、オヤジさんのほうは客が少ないほうがいいと言うに違いないが——。

巨人軍のファンであるから、ことわっておくけれど、まちがっても負けた日に行ってはいけない。私はわざと連敗した日に行って、じっとオヤジさんの顔を見るのを無上の楽しみとしている。オヤジさんは悲しみのあまり、マグロを厚く切ったりする。

＊

「繁寿司」は商店街にあり、「阿呆陀羅」は村のほうにある。ここは村の青年の集会所のようになっていて、彼等の話をきくのが楽しい。アベックで来て、ウドンと汁粉だけでひっそりとしている客もいる。

店の主人が解体した農家の材木を集めて自分で建てた家で、土間があり囲炉裏があり畳敷きがある。それが少しもわざとらしくないといえば大体の察しがつくだろう。

タマゴは地卵で、従って親であるところのトリモツはブロイラーであるわけがない。主人もおかみさんも旅行好きで、旅先で見つけた漬物やメン類を契約して送ってもらうというところがいい。

私は「繁寿司」で飲み、「阿呆陀羅」へ行って、夜おそく、ススキをわけて歩いて帰ってくることがある。これからは月がいい。月のないときは、懐中電灯でなくチョウチンがほしくなる。

いずれにしろ、家の近くに、しっかりした居酒屋があってそこで気楽に飲めるということは、何ものにもかえがたい嬉しいことである。

同期会

毎年、いまごろになると、社員旅行、忘年会、クラス会の打ちあわせが行われる。学校のほうの集まりでは、麻布中学の同期会が蜿々《えんえん》と続いている。昭和十九年の卒業だから、三十年ちかくなろうとしているのに、衰えるどころか年々に盛んになるのは珍しいといっていいだろう。麻布中学では成績順によって毎年クラスがいれかわったので、クラス会ではなく同期会になる。クラス会でも同窓会でもなく、同期のサクラである。

百人以上集まるというと誰でも驚くが、これは事実である。百人ということは、出席しようかどうか迷っていたのがあと百人いる勘定で、行方がわからなくなった者や死亡者を除くと、ほぼ全員である。

どうしてそうなったかというと、幹事が熱心であること、その幹事の構成がうまくいっていることが第一にあげられる。同期会の幹事はヒトナツコイ奴がやらないといけない。

幹事の一人は、赤坂・六本木の宴会場の主人である。すなわち会場はそこときまっている。大幅に値引きするし、我儘《わがまま》がきく。別の一人は銀座のカバン屋の社長である。連絡に便利である。もう一人は弁護士会の副会長である。つまり弁が立つので、たいていのことは即決できまってしまう。そんなふうにあげてゆくとキリがない。

そのほかに、昭和十九年の卒業ということは、時代のために大学へ行かれなかった者も多く、そのために中学に愛着をもっているということもある。麻布学園の紛争はまだ続いていて、学校の存続さえ危ぶまれているので、なおさら関心が深くなっている。

＊

私も、いつのまにか幹事の一人となった。

打ちあわせ会に行って、見渡したところ、学校時代に成績抜群といった男は一人もいない。むしろその逆であって、そういう男たちが依然として世話役をやっているとも見られるし、ガキ大将たちが優等生を支配している図とも見られる。そこが面白い。

私は優等生とは1プラス1が2であると信じられる幸福な人たちだと思っているが、彼等の小心翼々は実社会では通用しないという考え方も出来ると思う。学校時代とは反対に、こちらで保護してやりたい気持になる。

そういう連中だから、同期会のあとは、幹事たちが仲のいい者をひっぱってきて、二次会、三次会になる。人数が人数なので、大広間のある待合が使われる。

私たちの同期会の集まりがいいのは、遊びざかりの年齢であるからだともいえよう。

私たちは四十五歳になる。なかには二次会の席に細君を呼びよせるという男もいるけれど――。

＊

打ちあわせ会にも二次会、三次会がある。酒場へ行くと、これがけっこう面白いことになる。

内科、産婦人科、歯科などの医者連中は、ホステスの相談役になり、弁護士はもっと深刻な話をやっている。カバン屋、小間物屋は買物相談である。室内装飾のほうの社長はマダムにつかまってしまって、別の席で、秋の改装について打ちあわせ。これは商談だろう。そのほか、それぞれ、遊びかたがた商売がまとまったりしている。なんだか、これだけいると天下無敵の気分になるが、小説家というのは役立たない。

なかの一人が言った。

「打ちあわせ会をもう一回やる必要があるのではないか」

どういう必要なのかよくわからないが、同期会というのは、夜の町へ出る絶好の口実になっているようだ。

みんなの顔を見ていると、齢をとったなと思うし、いつまでも子供っぽいとも思う。

会社の宴会

いまから考えると、まことに不思議な気がするが、私は、ずっと、会社の宴会が苦痛だった。十年ぐらい前まで、つまり三十代の半ばまでがそうだった。

何が厭《いや》かというと、歌を歌わせられるのが厭なのだ。私は相当にひどい音痴であるうえに、記憶力が悪く、歌詞がおぼえられない。

宴会が厭なのではなく余興が厭なのだ。そこで、もっぱら誰かに歌ってもらって、アア、ドウシタドウシタ、ハアドッコイドッコイなんてアイノテをいれるほうに廻る。ところが、私がアイノテをいれると、アイノテではなくて半畳《はんじょう》をいれるというふうに聞えてしまうらしい。

たとえば、美しい女子社員が立ちあがり、頰を染めて「浜辺の歌」を歌ったとする。

あした浜辺を　さまよえば
（アア　ドウシタドウシタ）
昔のことぞ　しのばるる
（アア　ソレカラドウシタ）

風の音よ　雲のさまよ
（ハア　ドッコイドッコイ）
よする波も　かいの色も
（よく出来ました　日本一！　芸の力！）

なんてことになるので、女子社員は泣きだしたり、ひどく恨んだりする。それは当然だ。自分で出来ないくせに、他人をからかってはいけない。

歌えないのが苦痛であるばかりでなく、ひとの歌を聞いて不愉快になることがある。それは、日頃、怠け者でダラシのない社員が、歌を歌ったらバカにうまいといったときのことだ。座がしらけるほどにうまい。こういう奴に限って、はじめはもじもじと遠慮する気配を示す。しぶしぶ立ちあがる。それが小面憎い。

＊

会社の宴会はまだよかったが、軍隊のときは困った。軍隊では、演芸会というのがあったのである。

中年の上等兵が小話をやった。これがうまい。いまでいえば艶笑《えんしょう》コントであろうか。私は、シメタ、この手があると思った。

ところが、よく考えてみると、私は小話をひとつも記憶していない。軍隊だから、そんなタネ本があるわけがない。記憶力が悪いというのは全く困ったことである。

＊

サントリーに入社して以後のことになるのだけれど、社員旅行があり、夜は大広間で宴会になり、重役が挨拶し、その重役が、まっさきに歌う。それが、いつでも、その時にもっとも流行している歌であった。あるときは「潮来笠《いたこがさ》」であり、あるときは「王将」である。

ヒットソングだから、全員が歌詞とメロディーを知っており、調子がはずれると女子社員が笑ったりして、なごやかになる。うまいもんだと私は思った。歌ではなくて、重役の考えのほうである。ともかく彼は一番から三番まで歌ってしまう。

あるとき私はその重役の秘密を知った。彼は、社員旅行に出る前日に、秘書にレコードを買わせ、家へ帰って深夜まで猛練習をするのである。

それを知って私は気が楽になった。社員全体がそれによって和やかになるならば、会社員（重役も）としてはそれぐらいの努力をしていいのではないかということに気づいたのである。気取ったり固くなったり恥ずかしがることはない。

重役が深夜に「黒猫のタンゴ」を稽古している姿を想像すると滑稽になるけれど——。

からまれる

世の中には、イジメッ子がいてイジメラレッ子がいる。同じことになるけれど、酒のうえのことになると、カラミ役とカラマレ役がいる。

これが会社員のことになると、叱られ役というのがいる。叱られ役というのは無能なのではない。また憎まれているのでもない。むしろ、部長なり課長なりに愛されているといってもいい。バカな子ほど可愛いというのと感じが似ている。

私は一人の叱られ役を知っていた。こういう男にかぎって、会議中に居眠りをしたりする。彼は仕事は出来るのであり勤勉でさえもあった。ところが、課長が話をしている最中に眠られてしまっては叱らないわけにはいかない。また、彼は、社内日誌をつけないし、外出するときに黒板に出先を書くのを忘れる。書いたとしても、帰社予定時刻が三時となっているのに五時になっても帰ってこない。つまり連絡がわるい。そのうえ、遅刻も目立つ。

実際は、会社員の仕事としては、社内日誌も伝票処理も遅刻も枝葉末節のことである。ところが、会議で、誰かを叱ろうとすれば、こういう男に目をつけないわけにはいかない。課長は、実は、特にその男だけを叱っているのではなくて、彼を例にして全員にハッパをかけているのである。しかし、私には、その男は課長に憎まれているように思われた。

叱られ役が結婚することになった。すると、課長が、すすんで仲人を買ってでた。ふつうは、しかるべき重役が仲人をするのだが、これはおざなりなものであって、直属上司の仲人のほうが親身がある。そればかりでなく、ふだんお金については評判のよくなかった課長が相当に思いきったプレゼントをしたので驚いてしまった。課長は結婚式の挨拶で涙声になっていた。叱られ役も損ばかりするとはかぎらない。

こういう種類の男は、学校にもいた。少なくとも、なんにもない男よりは、課長と社員、教師と生徒という間柄において縁が深かったと言えると思う。

＊

酒のうえのカラミ役とカラマレ役について、私は次のような発見をした。

恥ずかしい話であるが、七、八年前まで、私はカラミ役であった。ところが、よく考えてみると、私はカラマレた回数も多いのである。自分だけの経験であるから、正確なことは言えないが、どうやら、カラミ型とカラマレ型とは本来は同じものではないかという気がしてきた。

これはあまりいい例ではないし、当て推量で書くのだけれど、作家の五木寛之さんは、カランだこともないしカラマレたこともないように思われる。（梶山季之さんもそうだと思う）これに反して、世間でライバル視されている野坂昭如さんは、カラムこともカラムけれど、カラマレたことも多い人ではないかと思われる。（間違っていたらごめんなさい）

カラミ型の人間を観察してみると、第一に、小心である。内攻的である。自己反省癖が強い。おそらく、酒場で誰かにカランでしまった翌日は、いたたまれないような気分でいるのではないか。

私は、これは明らかに老化現象だと思うのだけれど、最近はカラムのも面倒だけれど、カラマレても何か無感動になってしまって、えへらえへらとしている。そうやって見ていると、カラミ型の男は気がちいさいことがわかる。気がちいさいから、やや誇大妄想《もうそう》になる。小心というのは悪口ではない。私は、小心というのは、小説家の一資質だと思っているので――。

そこで、カラミ型がカラマレると、しゅんとなってしまう。反省癖が強いから、相手の言を理解しようとする。すると、いよいよカラマレる。という考察は間違っているだろうか。

冬でも扇子

落語家は、いつでも扇子を持っている。これは、もちろん、扇子をキセルとか筆とかの小道具に見立てて使うためであって、仕事のうえの必需品であるからである。手拭も同様である。手拭が財布になったり煙草いれになったりする。

先日、テレビの寄席中継を見ていると、長老格の落語家が若手の人たちに苦言を呈するという場面があり、アナウンサーの質問に次のように答えていた。

「なにをやったっていいけれど、扇子を忘れちゃいけない。扇子さえ忘れなければ、それでいいと思う」

若手の落語家のほうは、テレビで人気を得て、新しい観客を寄席へ連れてくるという考えがあるようであり、その功績を一応認めたうえでの言葉である。

扇子を忘れるなということは、落語を忘れるな、芸を忘れるなということで、なかなか味のある言葉だと思った。

＊

将棋指しも常に扇子を持っている。それがエチケットであり、あるときは職業を示す目印になる。

背広を着た若手棋士が内ポケットに万年筆をさすようにして一本の扇子をしのばせているなどということは思っただけでもいい気分である。

明治・大正生れの棋士の扇子を持つ手がすっかりイタについていて、扇子を使ってあれこれ話をしているのも好ましい。

将棋連盟で売っている扇子には、大中小の三種類がある。人によって使う扇子が違う。また、市販の扇子を使う棋士もいる。

すぐに察しがつくと思うけれど、扇子で縁起をかつぐことが多い。

名人戦第七局を見にいったとき、中原誠さんは、市販の柄物の扇子を持っていて、それが印象に残った。青い竹を描いたもので、全体に優しい感じの扇子だった。一カ月後に中原さんに会ってその話をすると、これですかと言って内ポケットから扇子を出した。負けたら変えようと思っているのですが、とも言った。名人戦のあとにも四局か五局かを指しているはずで、たいした男だと思った。それからまた二カ月ほどして私の家に遊びにきたときには、さすがに別の扇子になっていた。

がいしていえば、大山さんや中原さんのような柔らかい棋風の人は、ちいさい扇子を使う。内藤国雄さんや米長邦雄さんのような豪快な攻めを身上とする棋士は大きい扇子を使う。とくに内藤さんが大きな扇子を持っていると、武士が鉄扇を構えているように見える。

＊

私が将棋を指すようになって、素人《しろうと》はまず形から入れという考えもあり、なるべく扇子を持つように心がけることにした。（棋士に見えるか幇間《ほうかん》に見えるかは別として）

扇子万別
せんさばんべつ
キセル
「青菜」など
筆
「天災」など
釣竿
「野ざらし」など
箸
「時そば」など

すると、不思議なもので、これが手離せないようになる。扇子がないと、将棋を指していても酒を飲んでいても手持無沙汰になる。何か落ちつかない。そのうちに、原稿を書いているときでも、机に扇子がのっていないと不安になってきた。

私は冷房が嫌いだ。仕事部屋だけに機械を置いたが不愉快きわまりないものである。足が冷える。扇風機は冷房よりももっと嫌いだ。どうしても扇子が必要になる。

そうやっているうちに、私は、やっと扇子の効用を理解するようになった。将棋を指していると顔が火照《ほて》ってくるのである。そのために扇子が必要なのだ。原稿を書いているときも同じことである。酒を飲むときも同様であることは言うまでもない。

冬の酒場で、私が扇子を持っていたとしても、キザな奴だと思わないでいただきたい。必要な道具なのです。

よく飲むなァ

私は四十五歳であり、学校のときの友人は同年齢であり、その他の友人もほぼ同じ齢《とし》頃《ごろ》の男であるが、これが実によく飲む。

まず、アルコールのきれる日がないようだ。

「このあいだ、久しぶりに飲まない日があってねえ、そうだなあ、一年ぶりだったかなあ」

なんてことを言う。

思うに、社用で飲むことがあり、交際範囲がひろがり、部下と飲み、飲むことが癖になり、家にいても休日には親類の誰某《だれそれ》が来るといった調子なのだろう。

まだ私が毎日会社に出勤していたころ、ある小説家に、

「おれがいくら飲むといったって、きみたちみたいには飲まないよ。だいいちね、会社へ出て行くだろう、そうすると、会社の帰りってものがあるからね。それと同僚との交際ね」

と言われたことがある。

本当にその通りであって、私も家にいることが多くなると、以前よりは飲まなくなった。

だいたい、飲み過ぎてしまうと、その翌日は宿酔《ふつかよい》がひどく、とても飲めない。翌々日も駄目だ。私なんか、たいしたことはない。それに、会社に勤めていると、九時出勤で、ラッシュアワーで揉《も》まれて、朝から会議で、終ると電話が鳴りっぱなしで、といったようなことは宿酔の治療法としてこれ以上のものはない。

宿酔というのは精神的な要素が濃いから、とにかく会社へ出て働くというのがいいのである。夕方になると、また飲めるような気分になっている。

多分、誰でも経験があるだろうけれど、宿酔で会社を休み、家で寝ているときの憂鬱といったらない。

＊

十月の半ばごろになると、忘年会、およびそれと似た会合がやたらにふえてくる。去年の十二月のはじめのある日、昼の対談で酒の話、三時から会社のほうのパーティー、七時から連載読物の打ちあげ会と重なったことがあり、そのときは倒れるのではないかと思った。十二月だから、その前後も、ぎっしりと予定がつまっていた。お座敷の多い芸者になった気分で、芸者も辛いなと思った。

ところが、たとえば政治家などは、私の五倍も十倍もの会合があるわけで、あれでよく勤まるものだと思う。六十歳以上の人が、とび廻り、飲み廻っている。肉体も精神も、私などとはモノが違うのだろう。

彼等は、きっと、自動車のなかでチョコッと寝たりするのがうまいのだと思う。私にはそれが出来ない。芸者にも政治家にもならなくてよかったと思う。

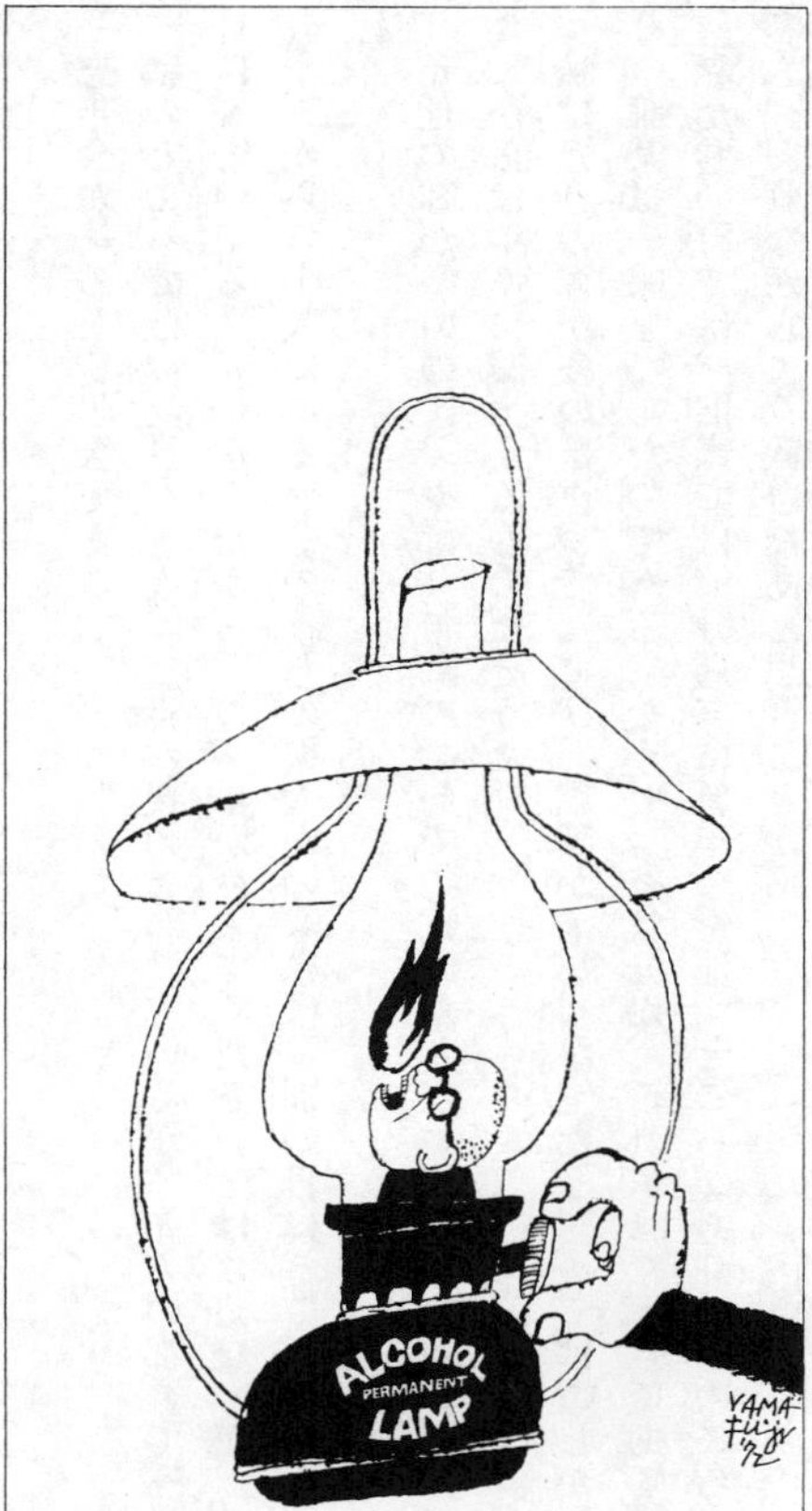

＊ 芯は多少クタビレているが、一回の給油で翌日の夕方までもつのが特長。切れた頃にまた〈むかえ油〉をしてやれば、延々ともつ。

＊

忘年会が終ると新年会である。

私のところでは、元旦が友人、二日が親類とわけているが、先方の都合で三日にも四日にも客が来る。元旦が主だから、こちらから来てくださいとは言えないが、それでも五十人から六十人になる。そのうちの何人かの家には、別の日に、こちらからも挨拶に行く。

元旦の客が多いのは、やはり年齢のせいで、友人たちがいまが飲めるさかりであり、これからは年々に減少するものだそうだ。

私は元旦の客が多いと言っては喜び、誰某が来なくなったと言っては嬉しがる。つまり、誰某は一家をなしたのである。そういった気分が、これもまた元旦である。

私たちの町では、旧家では節分過ぎに新年会を催すところがあり、そのころになると、私も、われながらよく飲むなあと思うことがある。

大橋巨泉さん

最初に、私が大橋さんについて誤解があったことを白状しよう。誤解といったって、悪い人だと思っていたのではない。私はタレントとしての大橋さんのファンであって、彼の出演するTV番組はよく見ていた。大橋さんのタレントとしての良さは押しの強さにあると思う。それと、リズム感のあることだ。しかし、押しが強いというか、アクが強いというか、そういう男と個人的に交際するのは少し鬱陶しい気がしていた。それに、なんといっても、彼はTV界のトップスターである。住んでいる世界が違うというのも困ることのひとつだった。

その大橋さんが初めて私の家に遊びに来たのが一昨年の元日だった。

画面の大橋さんと素顔の大橋さんとはずいぶん違う。大きな声でよく喋《しゃべ》ることは同じであるが、他人に対する気の遣い方は、むしろ凄《すさ》まじいといっていいくらいのものである。元日の大勢の客に彼はまんべんなくサービスしてくれた。

また、押しの強さと見えたのも、それは彼の勉強に裏打ちされたものであることがわかった。本当に勉強家である。

鬱陶しいどころか、非常に好ましい、歓迎すべき客であることが、だんだんにわかってきた。彼の話は、ざっくばらんで理路整然としていて気持がいい。

大橋さんには高所恐怖症の気味がある。その彼が、新婚旅行で外国へ行き、遊園地へ遊びに行って乗物に乗り、それが動きだしたら観覧車であったという話など、まさに抱腹絶倒の面白さである。

大橋さんと私とは、性格やら行動やらが、正反対である。陽性と陰性、積極的と消極的、勝者の美学と敗者の美学（大橋さんの表現）という相違があり、彼とつきあっていると言うと奇異に思うらしい友人がいるが、正真正銘、親しくしている。

どうやら大橋さんは自分に無いものを求めて私に接近したようで、このあたりにも彼の積極性がうかがわれる。

＊

今年の元日にも夫妻で遊びに来られて、たまたま家に来ていた将棋連盟の真部一男三段（当時）と二枚落を指して勝ってしまった。私はプロ棋士と二枚落を指していきなり勝ってしまう人をはじめて見た。

その日から彼は将棋に熱中するようになり、競馬場でも飛行機のなかでも、棋書を読み磁石の将棋盤で駒を動かす。私は飛車落で指していて、こちらの分がよかったが、ついに九月になって完全に負かされるようになった。飛車落で専門家にも勝つ。彼の二段という免状は初めはタレント二段であったが、いまでは立派なアマチュア三段の実力があると思う。つまり、普通の人が三年も四年もかかるところを半年で通過してしまった。驚くべき集中力である。彼はそうやって、麻雀《マージャン》でもゴルフでも釣りでもボウリングでも、次々に征服していったのだろう。

彼は、酒はサントリーのオールドしか飲まない。そういう人は多いけれど、彼の場合は徹底していて、元日にはバーテンダーを呼んであるのだけれど、カクテルその他の飲みものには見向きもしない。

＊

そうして、体つきから見てもわかるように、非常に強い。彼と将棋を指すときは酒を飲みながらになるが、私が負かされるのは、酒の強さ弱さも影響しているように思われる。

いや、これは冗談であるけれど、そう言いたくなるような、目をみはるような棋力の進歩なのである。

宿酔

この読物もそろそろ終りに近づいてきたので、宿酔のことを書かないといけない。

宿酔の治療法について、古今東西、いろいろのことが書かれているが、こんなに書かれているということが、すなわち、治療法は無いという証拠である。

芸術とは何か、小説とは何かというのが文芸評論家における永遠のテーマであり、永遠のテーマとなっているのは、要するに、わからないということであって、宿酔の治療法とよく似ている。

扇谷正造さんが、どこかの雑誌に「一日戦死」と書かれていたのを見たことがあるが、まさに言い得て妙であって、これにつけ加える言葉はないようだ。

だから、以下に私の書くことは気やすめにすぎないと言っていい。

＊

まえにちょっと書いたけれど、会社員であったならば、どんなに苦しくても、ラッシュアワーの電車に乗って出勤することである。遅刻してもいけない。電車のなかで人に押されて汗をかくといい。そのとき、つくづくと、飲みすぎてはいけないと悟ると思う。

さて、会社について、頭がふらふらして仕事ができないと思ったら、社内日誌を書くとか、机の抽出《ひきだ》しを整理するとか、頭をつかわなくてもやれることで、後がさっぱりすることを、まずやってみる。

それでも駄目なら、屋上へ出て、歩いたり軽い運動をしたりする。あるいは床屋へ行く。

とにかく、会社を休んではいけない。最悪の場合は、午前中だけ勤めて早退する。弱っているところを上司なり同僚に見てもらうだけでも効果がある。とにかく、あいつは、どんなことがあっても休まない、あいつが休むのはよくよくのことだと思わせるといい。宿酔は精神的な要素が強いから、こんなことでも、今日の一日が無駄ではなかったという満足感で苦しみが軽減する。

＊

柿を食べるとか、牛乳を飲むとか、鎮静剤やビタミン剤を飲むとか、いろいろ言われているが、すべて無駄な抵抗である。

ただひとつ、これは荒療治であるが、迎え酒という手が残されている。理屈からすればいいわけはないのであるが、時によって成功することがある。

私の経験によれば、迎え酒はビールにかぎる。ビール以外のものは駄目だ。それも小《こ》瓶《びん》一本を限度とする。

宿酔で出社する。午後三時から会議、夜は宴会というときに、昼頃、ビールを飲む。この方法で何度か難を逃れた。私の考えは、不快な状態よりはホロ酔いのほうがマシだということにあった。

＊

ある小説家が、強烈な宿酔状態で、六大学野球を見に行った。ムギ茶が出た。ノドがかわいているので、がぶっと飲んだ。それはムギ茶ではなくウイスキーだった。

誰かが気を利かせたつもりだったのだろう。その小説家はコップのウイスキーを飲みほして、こう言ったそうである。

「酒というものは飲めば飲めてしまうもんですね」

こういう迎え酒はいけない。それにしても強い人がいるものだ。

井伏鱒二先生は、ぬるい風呂にはいられるそうだ。その湯を少しずつ熱くしてゆく。そうすると、さっぱりとして、宿酔がなおってしまうという。

ある人が、先生、それからあとどうなさるんですかとたずねた。

井伏先生は、妙なことをきくなという顔で答えられたそうだ。

「きまっているじゃないか。また飲みはじめるんですよ」

食べない人

酒を飲むときに、まるきり何も食べない人がいる。私はそういう人を何人も知っているが、そのなかでの、いわば最強者の話をしよう。彼をかりにKさんと名づける。

Kさんとは新橋の酒場で知りあった。酒場といったって、カウンターだけで、むりやりつめこめば十人は坐れるだろうという店である。

私とKさんがそこで会うと、看板になるまで飲んでしまうのが常だった。稀《まれ》に一緒に銀座へ出ることがあっても、決して高級酒場へは行かなかった。そうして、いつでも、勘定はKさんが払ってしまう。

新橋の酒場の女主人は、そのことを心得ていて、Kさんの前には何も置かなかった。また、ときによると、Kさんの口を割ってでも何かを食べさせようとすることがあった。

「いいよ、いいよ。そこへ置いといてくれよ、食べるから」

Kさんはそう言うのだけれど、決して箸《はし》をつけようとはしなかった。

きわめて稀に、一年に一度か二度という割で、Kさんが何かを食べているのを見ると、私たちはホッとして顔を見あわせたりするのだった。

「朝は食べるんですか」

と、私が訊《き》いた。

「え？　ああ、朝ですか。朝御飯は食べますよ、私だって」

それもどうもあやしいものだ。

あるとき、私は、Kさんの勤めている会社の若い社員に、昼食はどうなっているかをたずねてみた。

「食べますよ。それが、おかしいんですよ。うちでは女子社員がメニューを持って注文をききにくるんですが、じっとそれを見て、しばらく考えて、カレーライスというんですがね。毎日おなじなんですよ。カレーライスしか食べない。そのくせ、メニューを見て考えることは考えるんですがね」

そうすると酒席では食べないということなのだろうか。

＊

数年前に、Kさんと一カ月に一度会う会ができた。それは銀座の料亭で、食べるものは、牛肉のバター焼きにきまっていた。私をふくめた三人の出席者もあまり食べものに関心のあるほうではなかったので、それでよかったのだけれど、たまにはスキヤキにするとか日本料理にすることがあってもいいのではないかと思った。

バター焼きだから仲居がついて世話をする。Kさんの前に肉や野菜を置く。食べないから冷めてしまう。またあたためる。

「お熱いうちにどうぞ」

なんて言うが、また冷めてしまう。その間、Ｋさんはウイスキーの水割りを飲むだけである。

「食事はどうしますか。お茶漬でも食べますか」

と、Kさんが言う。私たちは、ノリ茶漬とか、御新香に御飯などを注文する。仲居がKさんに、あなたは何ですかと訊く。

「えっ？　あ、ぼく？　ぼくは今日はいいや。御飯はやめましょう」

食事が終って、デザートになる。私たちはメロンやイチゴを食べる。Kさんはミカンを注文したが、ミカンの皮をむこうともしない。私はKさんに、どうせ新橋の酒場へ行くのだから、そのミカンを持っていこうじゃないかと言った。立派なミカンだった。

新橋の酒場へ着いて、Kさんに、あのミカンはどうしましたと言った。

「あ？　ミカン？　どうしたかな。しまった。忘れちゃった」

酒場のエチケット

酒を飲むときに守らなければならないことの第一は、食前酒と食後酒、それに食事中に飲む酒とがあることを知っていて、それを実行することだと思う。

食前酒とは、各種のカクテルやベルモットなどである。

食事中の酒は、葡萄酒、ビール、日本酒などである。

食後酒とは、ウイスキー、ブランデーなどの強い酒である。

そんなことはどうでもいいじゃないか、食事中にウイスキーの水割りを飲んでどこが悪いのかと言う人がいる。そうかもしれないが、たとえばフランス料理の店でウイスキーを飲んでいる様子は、何か騒々しい感じがする。『舞踏会の手帖』という映画（古いなあ）に突如としてジョン・ウエインが出てきたような気がする。私は見た目の悪いものはいけないことだという考えに立っているので、この派の思想には与《くみ》しない。自分さえよければいいというものではない。

会社員が会社を終って、食事をせずに酒場へ直行し、ウイスキーをがぶがぶ飲むのは失敗のもとである。つまり、すでにしてルール違反をやっているのであって、作法というものは失敗を未然に防ぐためにあるものと考えている。

ある会社の部長は、酒場へ行くにも、パーティーに出席するにも、時間がなかったら、ソバ屋へとびこんで、カケソバいっぱい食べて行くようにと教えていた。これは非常に有効な教訓である。何かを食べてしまうと酒がまずくなるという人がいるが、それなら一呼吸おいてから酒を飲みはじめればいい。なにもパーティーだからすぐに酒を飲まねばならぬときまったものでもない。

＊

第二に、というより、酒場におけるもっとも大切なエチケットは健康ということである。わかりやすくいえば、体の調子のわるいときに酒場へ行くなということである。調子がわるいと、とんだ失敗をするし、他人に迷惑をかける。

私は、すべてのエチケットの基本は健康にありと考えている。

たとえば、誰かの誕生日のパーティーに招かれたとして、今日は下痢《げり》をしていますので何も食べられませんと言ったとしたら、これ以上の無礼はない。

つまり、エチケットというのは、その場での言葉づかい、その場での服装ということではなく、何日間かにわたる心がけであると思う。パーティーの日取りはわかっているのだから——。

酒場でのエチケットも同様であり、一にも二にも健康である。逆にいえば、客の健康に気をつかってくれるバーテンダーのいる酒場はいい酒場である。飲ませて金を取るだけが能ではない。

いいバーテンダーは、客が入ってきたときに、すぐにこの客はどれくらい飲めるかを判断する。体が好調であるか不調であるかを見る。それがバーテンダーの第一になすべ

きことである。

酒場では隣の客に話しかけてはいけない。酒場で一人で飲んでいて、ホステスがやってきて、誰々さんが一緒に飲みたいから来ませんかとおっしゃっていますなんて言われるくらい不愉快なことはない。

＊

ただし、友人は別である。酒場へ行く楽しみは、誰かに会えるかもしれないということにあるのだから——。

このごろは、社用族が多いから、二次会で、七人とか八人という団体が押しかけてくる。そういう客はキャバレーへ行くべきだ。酒場は、一人か二人で、ひっそりと静かに飲むべきところである。

そう思うのだが、かえりみて、私がどれだけのエチケットを守り得ているかと思うと、忸怩《じくじ》たらざるをえない。

体にわるい

ちかごろ、ゴルフをすすめられる機会が多い。私は中年男であり、友人もすべてその年齢になってしまったので、私たちにやれるスポーツといえばゴルフ以外にはない。そのことはよくわかる。

「強情はっていないでやりたまえ。いまは強気でいられるかもしれないけれど、六十歳になったらどうする？　ゴルフは六十歳になってもやれるけれど、それは四十歳からやっているから出来るのであって、急にやれるもんじゃない。いまやらないと、あとで後悔するぜ」

それはその通りである。

ゴルフは体にいいという。ゴルフをやった夜はぐっすり眠れるという。それも、おっしゃる通りである。

しかしながら、私は、ここで、またしても強情をはろうと思う。

体にいいからゴルフをやるという。

むろん、その前に、面白いから楽しいからということがある。楽しいから知らず知らずに歩いてしまって、その結果、健康管理によろしいという。結局は体にいいというところへ落ちつく。

私思うに、ちかごろの日本男児は「体にいい」なんてことを言い過ぎると思う。昔はそれほどでもなかった。若者の長髪や服装を笑いながら、実は中年男も女性化していると思う。

ゴルフをやれば接待ゴルフに招かれる。タダ酒ならぬタダゴルフである。ある種の団体、クラブに属することになる。そこで取引が行われる。大宅壮一先生の言う「緑の待合」である。

会員になるために、道具を買うために無理をする。

こういうことは、体にはいいかもしれないが、精神衛生上、はなはだ害があると考えている。体と心の均衡がとれていない。

大山康晴王将もゴルフをやったことがあるが、すぐやめてしまった。

「あれは体によすぎるので……」

この言葉には味がある。

＊

酒をなぜ飲むかと言われれば、体にいいからとは答えない。また、体にわるいからとも言わない。

なぜ喫煙するかときかれても、体にいいからとは言わない。

しかし、私は、酒を飲み、煙草を吸う。

体にいいかわるいかということでいえば、小説を書くことくらい体に悪いものはない。

私の健康のことでいえば、最大の敵はストレスである。小説を書くということは、ストレスのかたまりに突入するようなものである。しかし、私は小説を書く。体にわるいからやめるというわけにはいかない。

酒を飲むことに関する唯一無二の自己弁護もこれである。酒をやめたら、もしかしたら健康になるかもしれない。長生きするかもしれない。しかし、それは、もうひとつの健康を損ってしまうのだと思わないわけにはいかない。

＊

まだ若いところの友人が言う。

「酒も煙草もやめました。いまはゴルフです。すっかり健康になりました」

みると、まるまる赤ん坊のようにふとって、日焼けしている。なんの屈託もないようだ。

そういうときに、私は、心中ひそかにつぶやくのである。

「きみは本当に健康なのか。ゴルフは本当に体にいいのか。その考えは、根源的に誤っているかもしれないぞ」

あとがき

この読物は『夕刊フジ』に「飲酒者の自己弁護」というタイトルで連載された。本書では「飲酒者」を「酒呑み」に変えた。そのいきさつについて書く。

連載をひきうけて、数日後に、タイトルを「酒の害について」と決め、担当の人には諒承してもらった。チェホフの「煙草の害について」の真似であるが、そういうタイトルで、酒の楽しさだけを書くつもりであった。

ところが、広告部のほうで、それでは酒関係のスポンサーにさしさわりがあるので変えてくれと言ってきた。酒関係のスポンサーといえばサントリーのことだろうから、私はサントリーの宣伝課長に会って承諾を得てきた。

いよいよ予告を発表する段階になって、『夕刊フジ』の大阪のほうの広告部からクレームがつき、朝、学芸部長の平野光男さんが私の家に来られた。昼までに別の題名を考えてくれと言われる。

私は非常に苦しんだ。たとえば「余ハイカニシテ大酒家トナリシカ」という案もあった。ぎりぎりのところで自己弁護という言葉を思いつき、上に飲酒者をのせてみた。

連載がはじまり、途中で、飲酒者にサケノミというルビを振ってもらった。書物になるとき、飲酒者では形が悪いので、新潮社の方と相談して「酒呑み」としたというわけである。「飲」と「呑」では、ずいぶん感じが違う。ただし、自己弁護という言葉は嫌いではない。ここに、題名変更のいきさつを書き、読者のお許しを得たことにしたい。

題名では揉《も》めたが、担当の平野さん、神谷雅彦さんとはすぐに親しくなり、気持よく仕事が出来た。とくに挿画《そうが》の山藤章二さんには、とても助けられ（私のハゲ頭を強調するのは悪い癖だが）新聞を見るのが楽しみだった。大勢の人のお力添えに感謝している。

解説　山口さんのカンドコロ

大村彦次郎

久しぶりに懐かしい文章に接した。この連載が始まったとき、なにを措いても、まっ先きに『夕刊フジ』に目を通したことを思い出す。山藤章二さんの挿画が屹立して、筆者の山口さんをオチョクっているのがおかしかった。

文壇に有力な新人が現われると、編集者は湧き立つような思いに駆られる。山口さんが「江分利満氏の優雅な生活」で直木賞を受賞したのは昭和三十八年の一月、受賞パーティの会場になった新橋の第一ホテルはこの異能な新人にひと目会って、声をかけよう、という編集者で、熱気に包まれた。

あれは受賞の挨拶の終り近く、山口さんが壇上からそのころテレビの人気番組だった西部劇「ローハイド」のテーマ曲のサワリ「ローレン、ローレン」をリフレーンした。それで会場がちょっとどよめいた。

先日、ご子息の山口正介さんにお会いしたので、その折のことをお訊ねしたら、あの恥ずかしがり屋の父親が人前で、そんな奇声を発するはずがない、と首をひねられているのかもしれない。
た。なにしろ半世紀近く前の話だから、忘却のかなたである。こちらの記憶がズレてい

山本周五郎が朝日紙上で、「江分利満氏のはにかみ」という一文を書いて、受賞作を絶賛したのはそれからまもなくのことだ。周五郎の慧眼もさすがだったが、これで山口さんの文壇相場もきまった。

山口さんは前身が編集者だから、文壇事情に通じている。物書き同士の手のうちが分る。ははァ、ここは知っていて、わざと知らないふりをして書いているな、と思わせるようなところが随処に見受けられる。本書にも文壇交友録風のものがあって、高見順、木山捷平、虫明亜呂無、梶山季之といった人たちの印象がほどよくまとめられている。これは山口さんのライフワーク「男性自身」の中でだが、左翼の御大中野重治を奇術のアダチ龍光に似ている、と茶化したことがあった。尊敬しているからこそ言えた。そんな発想は左翼陣営の人にはおよそ思いもつかぬことだったろう。

早くから編集者だった山口さんは、言ってみれば、文壇および文壇人が好きなのである。木山捷平が洋服を着て、ネクタイを締め、出社に及んだ、それが山口瞳の原型ではないのか。

○

一滴の酒も嗜まなかった評論家の福田恆存が酒飲みについて、「人生の大抵の間違い

は酒から来るんじゃありませんか。悪口を言って人の怨みを買うのも、女と出来てしまったあとで後悔するのも、酒のためじゃありませんか」と、裁断した。こういう世の正論に対し、山口さんは本書の中で、酔っ払いの弁明をしきりにする。あるいは居直ったりする。

山口さんの文章は明快で、分りやすいが、ときに気むずかしさが嵩じると、その発言は過激化する。たとえば、新幹線車中、「私は食堂車でビーフステーキを食べる人は嫌いだ。なぜだかよくわからないが、顔をそむけたくなる。同様にしてウナ重を食べる人もきらいだ」と、書いている。

ご本人は内田百閒同様、食堂車では手軽なカレーライスを食べることにしている。そのときはうまいまずいは問題外である。この辺が山口さん一流のカンドコロで、それが分らない人は、引き退がるしか手はない。

本書の最終回「体にわるい」は著者の人生観が要約されていて、生きるということは何か、と重たい問いを発している。健康のため、酒も煙草もやめ、ゴルフを始めた若い友人がいる。すっかり日焼けして、なんの屈託もない。その彼に向かって、著者はひそやかにつぶやく。「きみは本当に健康なのか。ゴルフは本当に体にいいのか。その考えは、根源的に誤っているかもしれないぞ」。

この最後の一行に、著者の思いつめた、狂気に近い考えがひそんでいる。世間の常識、規範に対する反逆であり、それこそ〈爆裂弾の投擲《とうてき》〉である。著者は破滅こそしなかった。たが、太宰治の生きかたに繋がっている。

○

本書には酒に関するいろんな話が出てくるが、なかで興味深いものの一つは、わが国の高度成長期における銀座の酒場の盛衰ぶりがつぶさに語られていることだろう。当時の酒場のマダムやホステスや客の生態が後世にしかるべく残された。

山口さんの胸中には、かくあるべきと思い描く、ありし日の理想の酒場がある。それが「ボルドー」や「ルパン」や「クール」である。五味康祐や川上宗薫も銀座の酒場や女給についていろいろ話題を提供したが、山口さんのように具体的な事例にまでは及ばなかった。

著者は銀座の酒場で飲んでも、手銭か社用接待かにこだわる。いくら実入りのいい、流行の文士でも、手銭で高級酒場ともなると、出費が嵩む。酒場の払いをどうするか、これが頭の痛い問題だ。誰もが、このウイスキー一杯の値段が幾らかを頭に入れて、飲んでいる。度胸を要する。ところが、そういう当り前の金銭感覚をブチ壊すような文士が現われて、堅気の山口さんを仰天させるのである。

戦後派作家梅崎春生の七回忌が中野の料亭「ほととぎす」で催されたあと、山口さんは麻布中学の先輩である吉行淳之介に誘われ、同窓の北杜夫、奥野健男と一緒に、銀座の高級酒場へ赴く。この晩、金主の吉行さんは美女たちに囲まれ、「土地成金風に飲もうじゃないか、いちどそういう飲みかたをしてみたかったゝだ」と言って、高級シャンパンをあけ、浴びるように飲んだ。そして当時の勘定でひと晩、三十万円のカネを費消した。吉行さんに余分なカネのあろうはずがない。山口さんは支払いのことを考えると、頭がクラクラした。

ある作家が、文壇の大御所川端康成に向かって、近ごろ銀座の酒場の値段が高くなった、とコボしたら、「そんなら、払わなきゃ、いいでしょう」と答えた、という。文士とは、やくざというのが、山口さんの結論である。

市民社会とやくざ――本書の面白さは、このどうにも並びがたい両者の緊張関係をどう抱え込み、どうさばくかというところにある。山口さんがいま生きていたら、相撲界を揺るがした野球賭博問題について、なんと発言したことだろう。

人、酒、酒場索引

人

ア

カ

サ

タ

ナ

ハ

マ

ラ

酒場

＊本書は昭和四十八年三月、新潮社から刊行された。文庫化にあたっては、同文庫版を参照した。
＊本書中に、今日から見ると差別的あるいは差別的ととられかねない表現がありますが、歴史的背景および筆者が故人であるという事情により、原文どおりといたしました。

大正時代の身の上相談　カタログハウス編

他人の悩みはいつの世も蜜の味。大正時代の新聞紙上で129人が相談した、あきれた悩み、深刻な悩みが時代を映し出す。（小谷野敦）

考現学入門　今和次郎　藤森照信編

震災復興後の東京で、都市や風俗への観察・採集からはじまった〈考現学〉。その雑学の楽しさを満載し、新編集でここに再現。（藤森照信）

路上観察学入門　赤瀬川原平／藤森照信／南伸坊編

マンホール、煙突、看板、貼り紙……路上から観察できる森羅万象を対象に、街の隠された表情を読みとる方法を伝授する。（とり・みき）

老人力　赤瀬川原平

20世紀末、日本中を脱力させた名著『老人力』と『老人力②』が、あわせて文庫に！　ぼけ、ヨイヨイ、もうろくに潜むパワーがここに結集する。

温泉旅行記　嵐山光三郎

自称・温泉王が厳選した名湯・秘湯の数々。旅行ガイドブックとは違った嵐山流遊湯三昧紀行。気の持ちようで十分楽しめるのだ。（安西水丸）

つげ義春の温泉　つげ義春

マンガ家つげ義春が写した温泉場の風景。一九六〇年代から七〇年代にかけて、日本の片すみを旅した、つげ義春の視線がいま鮮烈によみがえってくる。

つげ義春コレクション（全9冊）　つげ義春

マンガ表現の歴史を変えた、つげ義春。初期代表作から「ガロ」以降すべての作品、さらにイラスト・エッセイを集めたコレクション。

つげ義春を旅する　高野慎三

山深い秘湯、ワラ葺き屋根の宿場街、路面電車の走る街……、つげが好んで作品の舞台とした土地を訪ねて見つけた、つげ義春・桃源郷！

笑う茶碗　南伸坊

笑う探検隊・シンボー夫妻が、面白いものを探し求めて東へ西へと駆け巡る！　あまりの馬鹿馬鹿しさに茶碗も笑うエッセイ集。（夏石鈴子）

下町酒場巡礼　大川渉／平岡海人／宮前栄

木の丸いす、黒光りした柱や天井など、昔のままの裏町場末の居酒屋。魅力的な主人やおかみさんのいる個性ある酒場の探訪記録。（種村季弘）

東京酒場漂流記 なぎら健壱
異色のフォーク・シンガーが達意の文章で綴るおかしくも哀しい酒場めぐり。薄暮の酒場に集う人々との無言の会話、酒、肴。（高田文夫）

旅情酒場をゆく 井上理津子
ドキドキしながら入る居酒屋。心が落ち着く静かな店も、常連に囲まれ地元の人情に触れた店も、それもこれも旅の楽しみ。酒場ルポの傑作！

酔客万来 酒とつまみ編集部編
中島らも、井崎脩五郎、蝶野正洋、みうらじゅん、高田渡という酒飲み個性派5人各々に、『酒とつまみ』編集部が面白話を聞きまくる。抱腹絶倒トーク。

酒呑みの自己弁護 山口瞳
酒場で起こった出来事、出会った人々を通して、世態風俗の中に垣間見える人生の真実をスケッチする。イラスト＝山藤章二。（大村彦次郎）

新編 酒に呑まれた頭 吉田健一
旅と食べもの、そして酒をめぐる気品とユーモアの名文のかずかず。好評『英国に就て』につづく含蓄のあるエッセイ第二弾。（清水徹）

文房具56話 串田孫一
使う者の心をときめかせる文房具。どうすればこの小さな道具が創造力の源泉になりうるのか。文房具の想い出や新たな発見、工夫や悦びを語る。

地名の謎 今尾恵介
地名を見ればその町が背負ってきた歴史や地形が一目瞭然！ 全国の面白い地名、風変わりな地名、そこから垣間見える地方の事情を読み解く。（泉麻人）

鉄道地図 残念な歴史 所澤秀樹
赤字路線が生き残り、必要な路線が廃線になるのは、なぜ？ 路線図には葛藤、苦悩、迷走、謀略が詰まっている。矛盾に満ちたその歴史を暴く。

わかったと思うな 中部銀次郎
「史上最強のアマチュア」と言われた著者が、すべてのゴルファーにアドバイスする。ゴルフにとって最も大切なものとは何か？（倉本昌弘）

禅ゴルフ Dr.ジョセフ・ペアレント 塩谷紘訳
今という瞬間だけを考えてショットに集中し、結果に関して自分を責めない。禅を通してゴルフの本質と心をコントロールする方法を学ぶ。

名短篇、ここにあり　北村薫・宮部みゆき編

読み巧者の二人の議論沸騰し、選びぬかれたお薦め小説12篇。となりの宇宙人／冷たい仕事／隠し芸の男／少女架刑／あしたの夕刊／網／誤訳ほか。

名短篇、さらにあり　北村薫・宮部みゆき編

小説って、やっぱり面白い。人間の愚かさ、不気味さ、人情が詰まった奇妙な12篇。華燭／骨／雲の小径／押入の中の鏡花先生／不動図／鬼火／家霊ほか。

こわい部屋　北村薫編

思わず叫び出したくなる恐怖から、鳥肌のたつ恐怖まで。「七階」「ナツメグの味」「夏と花火と私の死体」など18篇。宮部みゆき氏との対談付。

謎の部屋　北村薫編

不可思議な異世界へ誘う作品から本格ミステリまで、「豚の島の女王」「猫じゃ猫じゃ」「小鳥の歌声」など17篇。宮部みゆき氏との対談付。

私の「漱石」と「龍之介」　内田百閒

師・漱石を敬愛してやまない百閒が、おりにふれて綴った師の行動と面影とエピソード。さらに同門の友、芥川との交遊を収める。（武藤康史）

尾崎翠集成（上）　尾崎翠・中野翠編

鮮烈な作品を残し、若き日に音信を絶った謎の作家・尾崎翠。この巻には代表作「第七官界彷徨」をはじめ初期短篇、詩、書簡、座談を収める。

尾崎翠集成（下）　尾崎翠・中野翠編

時間とともに新たな輝きを加えてゆく尾崎翠の文学世界。下巻には『アップルパイの午後』などの戯曲、映画評、初期の少女小説を収録する。

方丈記私記　堀田善衞

中世の酷薄な世相を覚めた眼で見続けた鴨長明。その人間像を自己の戦争体験に照らして語りつつ現代日本文化の深層をつく。巻末対談＝五木寛之

美食倶楽部　谷崎潤一郎大正作品集　種村季弘編

表題作をはじめ耽美と猟奇、幻想と狂気……官能的な文体によるミステリアスなストーリーの数々。大正期谷崎文学の初の文庫化。種村季弘編で贈る。

深沢七郎コレクション　流　深沢七郎・戌井昭人編

『楢山節考』『言わなければよかったのに日記』など独特の作品世界で知られる深沢七郎のコレクション。「流」の巻は小説を中心に。（戌井昭人）

江分利満氏の優雅な生活　山口瞳

卓抜な人物描写と世態風俗の鋭い観察によって昭和一桁世代の悲喜劇を鮮やかに描き、高度経済成長期前後の一時代をくっきりと刻む。（小玉武）

人とこの世界　開高健

開高健が、自ら選んだ強烈な個性の持ち主たちと相対する。対話や作品論、人物描写を混和して描き出した「文章による肖像画集」。（佐野眞一）

修羅維新牢　山田風太郎

薩摩兵が暗殺されたら、一人につき、罪なき江戸の旗本十人を斬る！　明治元年、江戸。官軍の復讐の餌食となった侍たちの運命。（中島河太郎）

魔群の通過　山田風太郎

幕末、内戦の末に賊軍の汚名を着せられた水戸天狗党の戦い。その悲劇的顚末を全篇一人称の語りで描いた傑作長篇小説。（中島河太郎）

兄のトランク　宮沢清六

兄・宮沢賢治の生と死をそのかたわらでみつめ、兄の死後も烈しい空襲や散佚から遺稿類を守りぬいてきた実弟が綴る、初のエッセイ集。

私の文学漂流　吉村昭

小説家への夢はいくら困窮しても、変わることはなかった。同志である妻と逆境を乗り越え、太宰賞を受賞するまでの作家誕生秘話。（稲葉真弓）

快楽としての読書　日本篇　丸谷才一

読めば書店に走りたくなる最高の読書案内。小説からエッセー、詩歌、批評まで、丸谷書評の精髄を集めた魅惑の20世紀図書館。（湯川豊）

みみずく偏書記　由良君美

才気煥発で博識、愛書家で古今東西の書物に通じた著者が、書狼に徹し書物を漁りながら、読書の醍醐味を多面的に物語る。（富山太佳夫）

文壇挽歌物語　大村彦次郎

太陽族の登場で幕をあけた昭和三十年代。編集者の目から見た戦後文壇史の舞台裏。『文壇うたかた物語』『文壇栄華物語』に続く〈文壇三部作〉完結編。

文豪たちの大喧嘩　谷沢永一

好戦的で厄介者の論争家、鷗外。標的とされた暢気な逍遥。独立闊歩の若き批評家、樗牛。文学論争を通して、その意外な横顔を描く。（鷲田小彌太）

ちくま文庫

酒呑《さけの》みの自《じ》己《こ》弁護《べんご》

二〇一〇年十月十日　第一刷発行
二〇一三年七月五日　第四刷発行

著　者　山口瞳（やまぐち・ひとみ）
発行者　熊沢敏之
発行所　株式会社　筑摩書房
東京都台東区蔵前二―五―三　〒一一一―八七五五
振替〇〇一六〇―八―四一二三
装幀者　安野光雅
印刷所　中央精版印刷株式会社
製本所　中央精版印刷株式会社

乱丁・落丁本の場合は、左記宛にご送付下さい。
送料小社負担でお取り替えいたします。
ご注文・お問い合わせも左記へお願いします。
筑摩書房サービスセンター
埼玉県さいたま市北区櫛引町二―六〇四　〒三三一―八五〇七
電話番号　〇四八―六五一―〇〇五三

ISBN978-4-480-42768-7 C0195